FREDERIK POHL | Pórtico

byblos

Título original: *Gateway*
Traducción: Pilar Giralt y M.ª Teresa Segur
1.ª edición: octubre 2005

© 1976-1977 by Frederik Pohl
© Ediciones B, S.A., 2005
   Bailén, 84 - 08009 Barcelona (España)
   www.edicionesb.com
   www.edicionesb-america.com

Diseño de colección: Ignacio Ballesteros

ISBN: 84-666-2298-5

Impreso por Imprelibros S.A.

42270/16-09-05

FREDERIK POHL | Pórtico

1

Me llamo Robinette Broadhead, pese a lo cual soy varón. A mi analista (a quien doy el nombre de Sigfrid von Schrink, aunque no se llama así; carece de nombre por ser una máquina) le hace mucha gracia este hecho:

—¿Por qué te importa tanto que algunas personas crean que es nombre de chica, Bob?

—No me importa.

—Entonces, ¿por qué no dejas de mencionarlo?

Me fastidia cuando no deja de mencionarme lo que yo no dejo de mencionar. Miro hacia el techo, con sus colgantes movibles y sus piñatas, y luego miro la ventana, que en realidad no es una ventana sino un móvil holópico del deaje en Kaena Point; la programación de Sigfrid es bastante ecléptica. Al cabo de un rato le contesto:

—No puedo evitar que mis padres me llamaran así. He intentado escribirlo R-O-B-I-N-E-T, pero entonces todo el mundo lo pronuncia mal.

—Podrías cambiarlo por otro.

—Si lo cambiara —digo, seguro de que en esto tengo razón—, tú me dirías que llego a extremos obsesivos para defender mis dicotomías internas.

—Lo que te diría —replica Sigfrid en uno de sus torpes y mecánicos intentos de humor— es que no debes emplear términos psicoanalíticos técnicos. Te agradecería que te limitaras a decir lo que sientes.

—Lo que siento —digo yo por milésima vez— es felicidad. No tengo problemas. ¿Por qué no habría de sentirme feliz?

Jugamos mucho con esta y otras frases parecidas y a mí no me gusta. Creo que hay un fallo en su programa. Insiste:

—Dímelo, Robbie. ¿Por qué no eres feliz?

No le contesto y él vuelve a la carga:

—Me parece que estás preocupado.

—Mierda, Sigfrid —replico, un poco harto—, siempre dices lo mismo. No estoy preocupado por nada.

Intenta convencerme:

—No hay nada malo en explicar lo que se siente.

Vuelvo a mirar hacia la ventana, enfadado porque me doy cuenta de que tiemblo y no sé por qué.

—Eres un latazo, Sigfrid, ¿lo sabías?

Dice algo, pero yo no le escucho. Me pregunto por qué vengo aquí a perder el tiempo. Si ha habido alguna vez alguien con todos los motivos para ser feliz, ése soy yo. Rico, bastante apuesto, no demasiado viejo, y en cualquier caso, tengo el Certificado Médico Completo, por lo que durante los próximos cincuenta años puedo tener la edad que me plazca. Vivo en la ciudad de Nueva York y bajo la Gran Burbuja, donde no puede permitirse el lujo de vivir nadie que no esté bien forrado y sea, además, una especie de celebridad. Poseo un apartamento de verano con vistas al mar de Tappan y la presa de Palisades. Y las chicas se vuelven locas con mis tres brazaletes de Fuera. No se ve a muchos prospectores en la Tierra, ni siquiera en Nueva York. Todas están deseando que les cuente qué aspecto tiene la Nebulosa de Orión o la Nube Menor Magallánica. (Naturalmente, no he estado en ninguno de los dos sitios. Y no me gusta hablar del único lugar interesante donde sí he estado.)

—Entonces —dice Sigfrid, después de esperar el apropiado número de microsegundos una respuesta a lo último que ha dicho—, si de verdad eres feliz, ¿por qué vienes aquí en busca de ayuda?

Detesto que me haga las mismas preguntas que yo mismo me formulo. No le respondo. Me contorsiono hasta que vuelvo a sentirme cómodo sobre la alfombra de espuma de plástico, ya que presiento que esta sesión va a ser muy larga. Si yo supiera por qué necesito ayuda, ¿acaso la necesitaría?

—Rob, hoy no estás cooperando mucho —dice Sigfrid a través del pequeño altavoz que hay en el extremo superior de la alfombra. A veces utiliza un muñeco de aspecto muy real, que está sentado en un sillón, da golpecitos con un lápiz y me dedica una rápida sonrisa de vez en cuando. Pero yo le he dicho que esto me pone nervioso—. ¿Por qué no me dices lo que piensas?

—No pienso nada en particular.

—Deja vagar a tu mente. Di lo primero que se te ocurra, Bob.

—Estoy recordando... —digo, y me detengo.

—¿Recordando qué, Bob?

—¿El Pórtico?

—Esto parece más una pregunta que una afirmación.

—Quizá lo sea. No puedo evitarlo. Esto es lo que recuerdo: Pórtico.

Tengo muchos motivos para recordar Pórtico. Así fue como gané el dinero, los brazaletes y otras co-

```
481   IRRAY (O) = IRRAY (P)                      13,320
      ,C, Creo que estás preocupado.            13,325
482   XTERNALS ;66AA3 IF ;5B                    13,330
      GOTO ""723                                13,335
      XTERNALS C OlR IF C 7                     13,340
      GOTO ""724                                13,345
      "S, Mierda, Sigfrid, siempre dices lo
        mismo.                                  13,355
      XTERNALS 99997AAI IF 8                    13,360
      GOTO ""724 IF ? GOTO                      13,365
      ""7210                                    13,370
      "S, No estoy preocupado por nada.         13,380
483   IRRAY .MIERDA. .SIEMPRE.                  13,385
      .PREOCUPADO NO.                           13,390
484   .¿Por qué no me lo cuentas?               13,400
485   IRRAY (P) = IRRAY (Q) INICIAR             13,405
      ACTITUD CÓMODA                            13,410
      .C, No hay nada malo en explicar          13,415
        lo que se siente.                       13,425
487   IRRAY (Q) = IRRAY (R) GOTO                13,430
      ""1 GOTO ""2 GOTO                         13,435
      ""3                                       13,440
489   .S. Eres un latazo, Sigfrid, ¿lo sabías?  13,455
      XTERNALS 1 ! IF ! GOTO                    13,460
      ""7Z10 IF ""7Z10! GOTO                    13,465
      ""! GOTO ""2 GOTO ""3                     13,470
      IRRAY .LATAZO.                            13,475
```

sas. Recuerdo el día que abandoné Pórtico. Fue, veamos, el día 31 de la Órbita 22, lo cual significa que me
fui de allí hace dieciséis años y dos meses. Acababa de
salir del hospital y apenas podía esperar a recoger mi
paga, subir a bordo de mi nave y despegar.

Sigfrid me ruega cortésmente:

—Por favor, Robbie, di en voz alta lo que estás pensando.

—Estoy pensando en Shikitei Bakin —contesto.

—Sí, recuerdo que le has mencionado. ¿Qué hay respecto a él?

Guardo silencio. El viejo Shicky Bakin, que no tenía piernas, ocupaba la habitación contigua a la mía, pero no quiero hablar de ello con Sigfrid. Me remuevo sobre mi alfombra circular, pensando en Shicky y tratando de prorrumpir en llanto.

—Pareces trastornado, Bob.

Tampoco respondo a esto. Shicky fue casi la única persona de quien me despedí en Pórtico.

Es curioso; había una gran diferencia en nuestras ocupaciones. Yo era prospector y Shicky basurero. Le pagaban lo suficiente para que cubriera su impuesto de manutención porque hacía diversos trabajos, e incluso en Pórtico alguien tiene que recoger la basura. Pero tarde o temprano sería demasiado viejo y débil para servir de algo. Entonces, si tenía suerte, le empujarían al espacio y moriría. Si no tenía suerte, lo más probable era que le enviaran a un planeta. Allí tampoco tardaría en morir; pero antes tendría la experiencia de vivir unas semanas como un completo inválido.

Sea como fuere, era vecino mío. Todas las mañanas se levantaba y aspiraba minuciosamente hasta el último centímetro cuadrado de su celda. Estaba sucia, porque siempre flotaba mucha porquería sobre Pórtico, pese a los intentos de limpieza. Cuando la tenía completamente limpia, incluso junto a las raíces de los pequeños arbustos que plantaba y modelaba, recogía un puñado de piedras, tapones de botella, trozos de papel —la misma basura que acababa de aspirar tan meticulosamente— y la distribuía con esmero por el espacio recién aseado. ¡Extraño! Yo nunca veía la diferencia, pero Klara decía... Klara decía que ella sí.

—Bob, ¿qué pensabas ahora? —pregunta Sigfrid.

Me enrosco como una pelota fetal y mascullo algo.

—No he entendido lo que acabas de decirme, Robbie.

No digo nada. Me pregunto qué habrá sido de Shicky. Supongo que murió. De pronto siento una gran tristeza por la muerte de Shicky, a tan enorme distancia de Nagoya, y otra vez deseo poder llorar. Pero no puedo. Me revuelvo y retuerzo. Me agito contra la alfombra de espuma hasta que rechinan las correas de sujeción. No sirve de nada. El dolor y la vergüenza no desaparecen. Me siento algo satisfecho conmigo mismo por tratar con tanta energía de liberar los sentimientos, pero he de admitir que no lo consigo y la aburrida entrevista sigue adelante. Sigfrid dice:

—Bob, tardas mucho en contestar. ¿Crees que estás olvidando algo?

—¿Qué clase de pregunta es ésta? —replico virtuosamente—. Y, de ser así, ¿cómo podría saberlo? —Hago una pausa para examinar el interior de mi cerebro y busco en todos sus rincones cerraduras que poder abrir para Sigfrid. Pero no veo ninguna y digo con sensatez—: No creo que sea eso, exactamente. No *siento* que esté bloqueando nada, sino más bien como si quisiera decir tantas cosas que no sé por cuál decidirme.

—Elige cualquiera de ellas, Rob. Di la primera que se te ocurra.

Esto se me antoja una estupidez. ¿Cómo puedo saber cuál es la primera si están todas bullendo a la vez? ¿Mi padre? ¿Mi madre? ¿Sylvia? ¿Klara? ¿El pobre Shicky, intentando, sin piernas, guardar el equilibrio en el vuelo, agitándose como una golondrina en busca de insectos mientras horada las telarañas del aire de Pórtico?

Rebusco en mi mente los lugares donde sé que duele porque ya me han dolido antes. ¿Lo que sentía a los siete años cuando paseaba arriba y abajo de la avenida de Rock Park delante de los otros niños implorando que alguno se fijara en mí? ¿Lo que sentía cuando salíamos del espacio real y sabíamos que estábamos atrapados, mientras la estrella fantasma surgía de la nada debajo de nosotros como la sonrisa del gato de Cheshire? Oh, tengo cien recuerdos como éstos, y todos duelen. Es decir, pueden doler. Son dolor. Están claramente catalogados como DOLOROSOS en el archivo de mi memoria. Sé dónde encontrarlos y sé qué se siente cuando se les permite emerger a la superficie.

Pero no me duelen si no los dejo salir.

—Estoy esperando, Bob —dice Sigfrid.

—Y yo pensando —replico.

Mientras permanezco echado se me ocurre que llegaré tarde a mi clase de guitarra. Esto me recuerda algo y me contemplo los dedos de la mano izquierda para asegurarme de que las uñas no han crecido demasiado, y deseo que los callos fueran más duros y profundos. No he aprendido a tocar muy bien la guitarra, pero la mayoría de personas son menos críticas y ello me procura satisfacción. Es necesario seguir practicando y recordando. Veamos, pienso, ¿cómo se hace aquella transición del re mayor al do 7?

—Bob —dice Sigfrid—, esta sesión no ha sido muy productiva. Sólo nos quedan unos diez o quince minutos. ¿Por qué no dices lo primero que se te ocurra... *ahora mismo*?

Rechazo lo primero y digo lo segundo.

—Lo primero que se me ocurre es cómo lloraba mi madre cuando mi padre murió.

—No creo que haya sido esto lo primero que se te ha ocurrido, Bob. Deja que lo adivine. ¿Era algo sobre Klara?

Mi pecho se inflama y cosquillea. Mi respiración se detiene. De improviso veo a Klara delante de mí, igual que antes pese a los dieciséis años transcurridos... Digo:

—De hecho, Sigfrid, creo que es mi madre la persona de quien quiero hablar —y me permito una cortés risita de reconvención.

Sigfrid no exhala jamás un suspiro resignado, pero sabe guardar silencio de un modo que equivale casi a lo mismo.

—Verás —continúo, subrayando cuidadosamente todos los puntos importantes—, después de la muerte de mi padre quiso volver a casarse. No enseguida; no quiero decir que se alegrara de su muerte ni nada parecido. No, le amaba mucho. Pero, claro, ahora lo veo, era una mujer sana y joven... bueno, bastante joven. Veamos, supongo que tendría unos treinta y tres años. Y estoy seguro que, de no ser por mí, se habría vuelto a casar. Tengo remordimientos a propósito de esto. Impedí que lo hiciera. Me enfrenté a ella y le dije: «Mamá, no necesitas a otro hombre. Yo seré el hombre de la familia. Yo cuidaré de ti.» Y lo cierto es que no podía, claro. Sólo tenía cinco años.

—Creo que tenías nueve, Robbie.

—¿De verdad? Déjame pensar. Vaya, Sigfrid, creo que tienes razón... —Y entonces intento tragar una gran gota de saliva que se ha formado de pronto en mi garganta y siento náuseas y toso.

—¡Dilo, Bob! —exclama con insistencia Sigfrid—. ¿Qué quieres decir?

—¡Maldito seas, Sigfrid!

—Adelante, Bob, dilo.

—¿Que diga qué? ¡Por Dios, Sigfrid, me estás sacando de quicio! ¡Esta mierda no sirve de nada a ninguno de los dos!

—Bob, te lo ruego, dime qué te preocupa.

—¡Cierra tu maldita boca de hojalata!

Todo aquel dolor tan cuidadosamente cubierto se está abriendo paso hacia fuera y yo no puedo soportarlo, no puedo luchar contra él.

—Bob, te sugiero que intentes...

Me retuerzo bajo las correas, arrancando trozos del relleno de espuma, vociferando:

—¡Cállate! No quiero oír nada. No puedo luchar contra esto, ¿me comprendes? ¡No puedo! ¡No puedo!

Sigfrid espera con paciencia a que yo deje de llorar, lo cual ocurre de manera bastante súbita. Y entonces, antes de que me pueda decir algo, le hablo con hastío:

—Oh, al diablo, Sigfrid, todo esto no nos lleva a ninguna parte. Creo que deberíamos ponerle fin. Ha de haber otras personas más necesitadas que yo de tus servicios.

—En cuanto a eso, Bob —observa—, mi competencia me permite atender a todas las demandas.

Me estoy secando las lágrimas con las toallas de papel que ha dejado junto a la alfombra y no le contesto.

—De hecho, aún me sobra capacidad —prosigue—. Pero has de ser tú quien juzgue la conveniencia de continuar o no estas sesiones.

—¿Tienes algo de beber en la sala de recuperación? —le pregunto.

—No en el sentido al que te refieres. Me han dicho que hay un bar muy agradable en el último piso de este edificio.

—Está bien —replico—, me pregunto qué estoy haciendo aquí.

Y, quince minutos después, tras confirmar mi cita para la semana próxima, me encuentro bebiendo una taza de té en el cubículo de recuperación de Sigfrid. Escucho para saber si su siguiente paciente ya ha empezado a gritar, pero no oigo nada.

Me lavo la cara, arreglo mi pañuelo de cuello y me aliso el mechón de pelo que me cae sobre la frente. Subo al bar para tomar un trago. El jefe de camareros, que es humano, me conoce y me da asiento orientado al sur, hacia el borde de la Bahía Inferior de la burbuja. Echa una mirada a una chica alta, de piel cobriza y ojos verdes, que está sola, pero yo niego con la cabeza. Bebo con rapidez, admiro las piernas de la muchacha cobriza y, pensando en dónde cenaré, me encamino hacia la clase de guitarra.

2

Durante toda mi vida, desde que tuve uso de razón quise ser prospector. No podía tener más de seis años cuando mis padres me llevaron a una feria en Cheyenne. Bocadillos calientes y palomitas de soja, globos de colores, un circo con perros y caballos, ruedas de la fortuna, juegos, tiovivos. Y había una tienda a presión de lados opacos en cuyo interior, una vez pagado el dólar de entrada, alguien había dispuesto una exhibición de objetos importados de los túneles Heechee en Venus. Abanicos de oraciones y perlas de fuego, auténticos espejos de metal Heechee que podían comprarse por veinticinco dólares la pieza. Mi padre dijo que no eran auténticos, pero para mí lo eran. Sin embargo, no podíamos gastar veinticinco dólares en uno de ellos. Y pensándolo bien, ¿para qué quería yo un espejo? Cara pecosa, dientes salidos hacia fuera, cabellos que yo cepillaba hacia atrás y ataba. Acababan de encontrar Pórtico. Oí hablar de ello a mi padre aquella noche en el aerobús, cuando seguramente pensaba que yo dormía, y el tono ávido de su voz me mantuvo despierto.

De no ser por mi madre y por mí, es posible que mi padre hubiese encontrado la manera de ir. Pero nunca se le presentó la oportunidad. Murió al año siguiente. Todo lo que heredé de él, en cuanto fui lo bastante mayor para desempeñarlo, fue su trabajo.

Ignoro si ustedes han trabajado en las minas de alimentos, pero al menos habrán oído hablar de ellas. No es un lugar muy alegre. Empecé a los doce años, a media jornada y mitad de salario. Cuando cumplí los dieciséis alcancé el puesto de mi padre: taladrador; buena paga, trabajo duro.

Pero ¿qué se puede hacer con la paga? No es suficiente para el Certificado Médico Completo. Ni siquiera es suficiente para sacarte de las minas, sólo llega para hacer de ti una especie de éxito local. Trabajas dos turnos de seis y diez horas. Ocho horas de sueño y otra vez a empezar; la ropa te apesta siempre a pizarra. No puedes fumar excepto en cuartos herméticamente cerrados. La niebla del petróleo se posa por doquier. Las chicas están tan sucias, pringosas y agotadas como tú.

Así que todos hacíamos las mismas cosas, trabajábamos, perseguíamos a las mujeres de los demás y jugábamos a la lotería. Y bebíamos mucho, un mejunje fuerte y barato que destilaban a quince kilómetros de distancia. A veces la etiqueta decía Scotch y otras vodka o bourbon, pero todo procedía de las mismas columnas de fango. Yo no era diferente de los otros... hasta que una vez me tocó la lotería. Y eso me sacó de allí.

Antes de que ocurriera, yo me limitaba a vivir.

Mi madre también trabajaba en las minas. Después de que mi padre muriera en el incendio del pozo, me sacó adelante con ayuda del jardín de infancia de la compañía. Fuimos tirando hasta que yo tuve mi episodio psicopático. Tenía entonces veintiséis años. Me peleé con mi chica y luego, durante una tempora-

```
CABAÑA HEECHEE

¡Directamente de los Túneles Perdidos de Venus!

Raros objetos religiosos

Joyas de inestimable valor que adornaron
a la Raza Secreta

Asombrosos descubrimientos científicos

¡CADA OBJETO DE AUTENTICIDAD
GARANTIZADA!

Descuentos especiales a grupos científicos
y estudiantes

¡ESTOS FANTÁSTICOS OBJETOS SON MÁS
ANTIGUOS QUE LA HUMANIDAD!

Ahora por primera vez a precios populares

Adultos, $ 2,50                              Niños, $ 1,00

Delbert Guyne, doctor en Filosofía y Teología,
propietario
```

da, no podía levantarme de la cama por las mañanas. Así que me encerraron. Pasé un año fuera de circulación y cuando me dejaron salir del manicomio, mi madre había muerto.

Debo afrontarlo: yo tuve la culpa. No quiero decir que entrara en mis planes sino que ella habría vivido de no haber tenido que preocuparse por mí. No había el dinero suficiente para pagar el tratamiento médico de los dos. Yo necesitaba psicoterapia. Ella necesitaba un pulmón nuevo. No pudo obtenerlo y por eso murió.

Me disgustaba vivir en el mismo apartamento después de su muerte, pero la otra alternativa era el alojamiento de solteros. No me seducía la idea de vivir en tan estrecha comunidad con muchos hombres. Habría podido casarme, claro. No lo hice —Sylvia, la muchacha con quien me había peleado, ya no estaba desde hacía tiempo entre nosotros—, pero no fue porque tuviera algo contra el matrimonio. Tal vez ustedes crean que sí, teniendo en cuenta mi historial psiquiátrico y también el hecho de que había vivido con mi madre hasta que murió. Pero no es cierto. Me habría hecho muy feliz casarme y criar a un hijo.

Pero no en las minas.

Yo no quería dejar a un hijo mío donde mi padre me había dejado a mí.

Taladrar con cargas es un trabajo muy duro. Ahora usan antorchas de vapor con serpentín Heechee y la pizarra se desprende suavemente en láminas, como si se esculpieran cubos de cera. Pero entonces taladrábamos y abríamos con explosivos. Al empezar tu turno bajabas a la galería por la velocísima plancha. La pared, viscosa y maloliente, está a tres centímetros de tu hombro mientras bajas a sesenta kilómetros por hora; he visto mineros con una copa de más vacilar y estirar la mano para apoyarse y retirar un muñón. Entonces saltas del ascensor y andas un kilómetro resbalando y tropezando sobre las tablas hasta que llegas a la faz de laboreo. Taladras. Enciendes la mecha de tus cargas. Enseguida saltas hacia atrás y te guareces en un recodo mientras suenan las explosiones, esperando que hayas calculado bien y que la apestosa y resbaladiza masa no se derrumbe sobre ti. (Si quedas enterrado vivo, puedes aguantar toda una semana bajo la pizarra suelta. Hay gente que lo ha hecho. Cuando no les rescatan hasta después del tercer día lo más probable es que ya no sirvan para nada en toda su vida.) Entonces, si todo ha ido bien, te diriges a la próxima faz, esquivando los cargadores que llegan lentamente sobre los rieles.

Dicen que las máscaras eliminan casi todos los hidrocarburos y el polvo de la roca. No eliminan el hedor, y tampoco estoy seguro de que eliminen los hidrocarburos. Mi madre no fue la única entre los mineros que necesitó un nuevo pulmón; y tampoco fue la única que no pudo pagarlo.

Y luego, cuando tu turno ha terminado, ¿adónde puedes ir?

Vas a un bar. Vas a un dormitorio con una chica. Vas a una sala recreativa a jugar a cartas. Ves la televisión.

No sales mucho al aire libre. No hay razón para ello. Hay un par de pequeños parques, muy bien cuidados, plantados y vueltos a plantar; Rock Park tiene incluso setos y césped. Apuesto algo a que nunca han visto un césped que deba ser lavado, fregado (¡con detergente!) y secado por aire todas las semanas, pues de lo contrario, moriría. Así que casi siempre dejamos los parques a los niños.

Aparte de los parques, sólo hay la superficie de Wyoming, y todo cuanto alcanza la vista se parece a la superficie de la Luna. Nada verde en ninguna parte. Nada vivo. Ni pájaros, ni ardillas ni ninguna clase de animal doméstico. Unos pocos arroyos fangosos y escurridizos que por alguna razón siempre son de un brillante rojo-ocre bajo el petróleo. Nos dicen que en esto somos afortunados, ya que nuestra parte de

Wyoming fue minada en vertical. En Colorado minaron a franjas alternadas y fue mucho peor.

Yo siempre lo he encontrado difícil de creer, pero no he ido nunca a comprobarlo.

Y aparte de todo lo demás, hay el olor, la vista y el sonido del trabajo.

Las puestas de sol anaranjadas a través de la neblina. El hedor constante. Durante todo el día y toda la noche hay el estruendo de los hornos extractores, que calientan y muelen la marga para extraerle el kerógeno, y el rumor de la larga fila de transportadores que se llevan la pizarra usada para amontonarla en alguna parte.

Imagínense, hay que calentar la roca para extraer el petróleo. Cuando se calienta, se ensancha como las palomitas de maíz. Y entonces no hay sitio donde meterla. Es imposible comprimirlo y hacerlo caber donde estaba antes; hay demasiada cantidad. Si se excava una montaña de pizarra y se extrae el petróleo, la pizarra hinchada que queda es suficiente para hacer dos montañas.

De modo que se hace esto: se construyen nuevas montañas.

Y el excedente de calor de los extractores calienta los invernaderos, y el petróleo va goteando sobre los invernaderos y las espumaderas lo recogen, lo secan y lo prensan... y nosotros lo comemos para desayunar a la mañana siguiente.

Es gracioso.

¡Antiguamente, el petróleo salía burbujeando de la tierra!

Y a la gente no se le ocurría otra cosa que verterlo en sus automóviles y quemarlo.

Todos los programas de televisión tienen propaganda educativa que nos dice lo importante que es nuestro trabajo y que el mundo entero depende de nosotros para alimentarse. Y es bien cierto. No hay necesidad de que nos lo recuerden siempre. Si no hiciéramos lo que hacemos, se declararía el hambre en Texas y el raquitismo en todos los niños de Oregón. Todos lo sabemos. Contribuimos con cinco *billones* de calorías diarias a la dieta alimenticia del mundo, la mitad de la ración proteínica de la quinta parte de la población global. Todo sale de las levaduras y bacterias que cultivamos con el petróleo de pizarra de Wyoming, y algunas partes de Utah y Colorado. El mundo entero necesita este alimento. Pero hasta ahora nos ha costado la mayor parte de Wyoming, la mitad de los Apalaches, un buen bocado de la región de arenas de brea de Athabasca... ¿y qué haremos con toda esa gente cuando la última gota de hidrocarburo sea convertida en levadura?

No es ése mi problema, pero así y todo pienso en ello.

Dejó de ser mi problema cuando gané el premio de la lotería al día siguiente de Navidad, el año que cumplí los veintiséis.

El premio fue de doscientos cincuenta mil dólares. Lo suficiente para vivir como un rey durante un año. Lo suficiente para casarse y mantener a una familia, siempre que los dos trabajaran y no fuesen muy derrochadores.

O lo suficiente para un billete de ida a Pórtico.

Llevé el billete de lotería a la agencia de viajes y lo intercambié por un pasaje. Se alegraron de verme; no hacían grandes negocios, sobre todo en estos viajes. Me quedaban unos diez mil dólares cien más, cien menos, no los conté. Compré bebidas para todo mi turno hasta que se fue el último dólar. Entre las cincuenta personas de mi turno y todos los amigos y conocidos que se unieron a la fiesta, tuvimos alcohol para veinticuatro horas.

Entonces, en medio de una típica ventisca de Wyoming, me tambaleé hasta la agencia de viajes.

Cinco meses después me hallaba dando vueltas al asteroide, contemplando por los ojos de buey el crucero brasileño que nos desafiaba; por fin estaba en camino de ser prospector.

3

Sigfrid no abandona jamás un tema. Nunca dice: «Bueno, Bob, creo que ya hemos hablado bastante acerca de esto.» Pero a veces, cuando hace mucho rato que estoy acostado sobre la alfombra, reaccionando poco, bromeando o tarareando por la nariz, sugiere:

—Me parece que deberíamos volver a un área diferente, Bob. Hace algún tiempo dijiste algo que podríamos analizar. ¿Te acuerdas de aquella vez, de la última vez que...?

—La última vez que hablé con Klara, ¿no?

—Sí, Bob.

—Sigfrid, siempre adivino lo que vas a decir.

—No importa que lo adivines, Bob. Bueno, ¿qué hay de eso? ¿Quieres hablar de lo que sentiste entonces?

—¿Por qué no? —Limpio la uña del dedo medio de mi mano derecha rascándola contra mis dos incisivos inferiores. La inspecciono y digo—: Me doy cuenta de que fue un momento importante, quizás el peor de mi vida. Incluso peor que cuando Sylvia me engañó o cuando me enteré de que mi madre había muerto.

—¿Quieres decir que preferirías hablar de una de esas dos cosas, Bob?

—En absoluto. Has dicho que hablemos de Klara y vamos a hablar de Klara.

Y me arrellano en la alfombra de espuma y pienso durante un rato.

Me interesa mucho la meditación trascendental, y a veces, cuando me planteo un problema y empiezo a recitar mi mantra una y otra vez, acabo con el problema resuelto: Vender las existencias de la granja de pescado de Baja y comprar cañerías de acuerdo con el intercambio de productos. Ése fue uno y obtuvo un resultado magnífico. O llevar a Raquel a Mérida para practicar el esquí acuático en la bahía de Campeche.

Eso logró meterla en mi cama por primera vez, después de haberlo probado todo.

Y entonces Sigfrid dice:

—No estás respondiendo, Bob.

—Pienso en lo que has dicho.

—No pienses en ello, Bob. Sólo habla. Dime qué sientes por Klara en este momento.

Trato de meditarlo seriamente. Sigfrid no me permitirá que lo resuelva mediante la meditación trascendental, así que busco en mi mente los sentimientos reprimidos.

—Pues, no mucho —digo—. No mucho en la superficie.

—¿Recuerdas qué es lo que sentías exactamente entonces, Bob?

—Claro que sí.

—Intenta sentir lo mismo ahora, Bob.

—Muy bien.

Obediente, reconstruyo la situación. Ahí estoy hablando con Klara por radio. Dane está gritando algo en el tren de aterrizaje. Todos nos morimos de miedo.

La niebla azul se desvanece poco a poco debajo de nosotros y veo por primera vez la vaga y fantasmal estrella. La nave Tres... no, era la Cinco... En cualquier caso, apesta a vómitos y sudor. El cuerpo me duele.

Lo recuerdo con exactitud, aunque mentiría si dijera que me permito sentirlo.

Digo en tono ligero, casi riendo:

—Sigfrid, hay en eso una intensidad de dolor culpa y congoja que no puedo soportar.

A veces intento esto con él, diciendo alguna verdad dolorosa con el tono de quien pide otro ponche de ron al camarero de una fiesta. Lo hago cuando quiero esquivar su ataque. No creo que surta efecto. Sigfrid tiene muchos circuitos Heechee en su interior. Es mucho mejor que las máquinas del instituto al que me enviaron durante mi episodio. Observa continuamente todos mis parámetros físicos: conductividad cutánea, pulso, actitud de ondas beta, en fin, todo. Obtiene indicaciones de las correas que me sujetan sobre la alfombra, acerca de la violencia con que me retuerzo. Mide el volumen de mi voz y lee sus matices en el espectro. Y también conoce el significado de las palabras.

Sigfrid es extraordinariamente listo, si se tiene en cuenta lo estúpido que es.

A veces es muy difícil engañarle. Llego al final de la sesión completamente exhausto, con la sensación de que si me hubiera quedado con él un minuto más, me habría encontrado cayendo de lleno en el dolor y éste me habría destruido.

O curado. Tal vez sea lo mismo.

322	,S, No sé por qué sigo	17,095
	viniendo a verte,	17,100
	Sigfrid.	17,105
323	IRRAY .PORQUE.	17,110
324	,C, Te recuerdo. Robby,	17,115
	que ya has gastado	17,120
	tres estómagos y, veamos,	17,125
	casi cinco metros	17,130
	de intestino.	17,135
325	,C, Úlceras, cáncer.	17,140
326	,C, Algo parece	17,145
	estar consumiéndote,	17,150
	Bob.	17,155

4

Así que ahí estaba Pórtico, y su tamaño era cada vez mayor en las ventanillas de la nave procedente de la Tierra:

Un asteroide. O tal vez el núcleo de un cometa. De unos diez kilómetros de longitud máxima. En forma de pera. Por fuera parece un globo deforme y chamuscado con destellos azules. Dentro es el Pórtico del universo.

Sheri Loffat se apoyó contra mi hombro y el resto de presuntos prospectores se agolpó detrás de nosotros para contemplarlo.

—Dios mío, Bob. ¡Mira los cruceros!

—Si encuentran algo mal, nos echarán del espacio —dijo alguien a nuestras espaldas.

—No encontrarán nada mal —afirmó Sheri, pero terminó su frase con un signo de interrogación. Aquellos cruceros parecían malévolos, girando celosamente alrededor del asteroide, vigilando que ningún recién llegado robe los secretos cuyo valor nadie podría restituir.

Nos aproximamos mucho para fisgonearlos a gusto. Fue una insensatez. Podríamos habernos matado. En realidad no era muy probable que nuestra órbita paralela a Pórtico o el crucero brasileño pudiera alcanzar mucha Delta-V, pero una sola corrección de rumbo nos habría hecho pedazos. Y siempre cabía la otra posibilidad, que nuestra nave diera un cuarto de vuelta y nos encontráramos de repente dando la cara al áspero y cercano sol. Esto, a tanta proximidad, significaba quedarse ciego para siempre. Pero nosotros queríamos verlo bien.

El crucero brasileño no se molestó por ello. Vimos unos relampagueos y comprendimos que nos estaban examinando por láser. Esto era normal. Yo dije que los cruceros buscaban ladrones, pero en realidad lo que hacían era vigilarse entre sí más que preocuparse por los demás. Nosotros incluidos. Los rusos sospechaban de los chinos, los chinos sospechaban de los venusianos. Y todos sospechaban de los norteamericanos.

Seguramente los otros cuatro cruceros vigilaban más a los brasileños que a nosotros. Pero todos sabíamos que si nuestros pasavantes cifrados no hubiesen coincidido con los patrones registrados por sus cinco diferentes consulados en el puerto de salida de la Tierra, el siguiente paso no habría sido una discusión. Habría sido un torpedo.

Es gracioso. Yo podía imaginarme aquel torpedo. Podía imaginarme al guerrero de mirada glacial que apuntaría y lo lanzaría, y cómo nuestra nave explotaría en una llamarada de luz naranja y todos nos convertiríamos en átomos separados describiendo una órbita... Sólo que estoy bastante seguro de que por aquel entonces el torpedista de aquella nave era un ayudante de armador llamado Francy Hereira. Más adelante llegamos a ser muy buenos camaradas. No era lo que se llamaría un asesino de mirada glacial. Lloré en sus brazos todo el día, en mi habitación del hospital, cuando llegué del último viaje y se suponía que él me estaba buscando por contrabandista. Francy lloró conmigo.

El crucero se alejó y nosotros nos relajamos, pero enseguida volvimos a la ventana de los asideros, ya que nuestra nave se estaba acercando a Pórtico.

—Parece un caso de viruela —dijo alguien del grupo.

Y, en efecto, lo parecía; y algunas de las marcas estaban abiertas. Eran los anclajes de las naves que habían salido para una misión. Algunos de ellos estarían abiertos para siempre, porque las naves no regresarían. Pero la mayoría de marcas estaban cubiertas por bultos que semejaban hongos.

Esos hongos eran las propias naves, la razón de ser de Pórtico.

Las naves no eran fáciles de ver. Tampoco lo era Pórtico. Para empezar tenía un albedo bajo, que no era muy grande: como ya he dicho, unos diez kilómetros de longitud máxima y la mitad en su ecuador de rotación. Pero podría haber sido detectado.

Cuando aquella primera rata de túnel les condujo hasta él, los astrónomos empezaron a preguntarse por qué no habría sido descubierto un siglo antes. Ahora que saben dónde buscarlo, lo encuentran. A veces, desde la Tierra se ve brillante como de la decimoséptima magnitud. Es fácil. Cabría suponer que lo localizarían en el primer programa cartográfico rutinario.

Lo cierto es que no hubo muchos programas cartográficos rutinarios en aquella dirección, y al parecer Pórtico no estaba donde ellos buscaban, cuando buscaban.

La astronomía estelar solía apuntar lejos del Sol. La astronomía solar no solía moverse del plano de la eclíptica, y Pórtico tiene una órbita en ángulo recto. Así que caía en las hendiduras.

El piezófono hizo un chasquido y dijo: «Atracaremos dentro de cinco minutos. Vuelvan a sus literas. Sujétense las mallas.»

Casi habíamos llegado.

Sheri Loffat alargó la mano y agarró la mía a través de la malla. Yo le devolví el apretón. No nos habíamos acostado juntos y ni siquiera nos conocíamos hasta que ella apareció en la litera contigua a la mía, pero las vibraciones eran prácticamente sexuales. Como si estuviéramos a punto de hacerlo de la manera mejor y más estupenda posible; pero no era sexo, era Pórtico.

Cuando los hombres empezaron a fisgar por la superficie de Venus, encontraron las excavaciones Heechee.

No encontraron a ningún Heechee. Quienquiera que fuesen, cualquiera que fuese la época de su estancia en Venus, habían desaparecido. Ni siquiera dejaron un cuerpo en el foso mortuorio que pudiera ser desenterrado para practicarle la autopsia. Lo único que había eran los túneles, las cavernas, unos pocos artefactos insignificantes, maravillas tecnológicas que dejaron perplejos a los seres humanos, quienes intentaron su reconstrucción.

Entonces alguien encontró un mapa Heechee del sistema solar. Estaban Júpiter y la pareja Tierra-Luna. Y Venus, marcada en negro sobre la brillante superficie azul del mapa, hecho con metal Heechee. Y Mercurio, y otra cosa más, lo único marcado en negro además de Venus: un cuerpo orbital situado dentro del perihelio de Mercurio y fuera de la órbita

COPIA DE PREGUNTAS Y RESPUESTAS EN LA CONFERENCIA DEL PROFESOR HEGRAMET

Pregunta: ¿Qué aspecto tenía el Heechee?

Profesor Hegramet: Nadie lo sabe. Nunca hemos encontrado nada parecido a una fotografía o un dibujo, excepto dos o tres mapas. O un libro.

Pregunta: ¿No tenían algún sistema para conservar los conocimientos, como la escritura?

Profesor Hegramet: Pues, claro, debieron tenerlo. Pero ignoro cuál era. Sospecho una cosa... bueno, es sólo una conjetura.

Pregunta: ¿Qué?

Profesor Hegramet: Verá, piense en nuestros propios métodos de conservación y en cómo habrían sido recibidos en tiempos pretecnológicos. Si, por ejemplo, hubiésemos dado un libro a Euclides, tal vez se habría imaginado qué era, aunque no pudiera comprender lo que decía. Pero ¿y si le hubiésemos dado una grabadora? No habría sabido qué hacer con ella. Sospecho, mejor dicho, estoy convencido de que tenemos en nuestro poder algunos «libros» Heechee que no sabemos reconocer. Una barra de metal Heechee. Tal vez aquella espiral en Q de las naves, cuya función ignoramos por completo. Esto no es una idea nueva. Todas han sido sometidas a pruebas, en busca de claves magnéticas, microsurcos, pautas químicas... y no se ha descubierto nada. Pero quizás es que carecemos del instrumento necesario para detectar los mensajes.

Pregunta: Hay algo sobre los Heechees que no puedo comprender. ¿Por qué abandonaron todos aquellos túneles y lugares? ¿Adónde fueron?

Profesor Hegramet: Jovencita, esto no me deja ni hacer pis.

de Venus, inclinado noventa grados respecto al plano de la eclíptica, de modo que nunca se acercaba mucho a ninguno de los dos. Un cuerpo que jamás había sido identificado por los astrónomos terrestres. Conjetura: un asteroide o un cometa —la diferencia era sólo semántica— hacia el que los Heechees se habían sentido atraídos de modo especial por alguna razón.

Es probable que tarde o temprano una sonda telescópica hubiera seguido esta pista, pero no fue necesario. Porque el famoso Sylvester Macklen —que entonces no era famoso por nada, sólo otra rata de túnel en Venus— encontró una nave Heechee, se plantó en Pórtico y allí murió. Pero consiguió que la gente averiguase su paradero gracias a la inteligente idea de hacer explotar su nave. De este modo, una sonda de la NASA fue desviada de la cromosfera del Sol y Pórtico fue alcanzado y utilizado por el hombre.

Dentro estaban las estrellas.

Dentro, para ser menos poético y más literal, había casi un millar de naves espaciales más bien pequeñas, de forma parecida a gruesos hongos. Tenían diversos tamaños y formas. Los menores acababan en un botón, como las setas que se plantan en los túneles de Wyoming, cuando se ha sacado toda la pizarra y que se compran en los supermercados. Las mayores eran puntiagudas, como hierbas moras. Dentro de los sombreros de las setas había alojamientos y una fuente de energía que nadie podía comprender. No se tenía literalmente ningún control cuando se salía en una nave Heechee. Sus rumbos estaban incluidos en su sistema de conducción de un modo que nadie fue capaz de dilucidar; se podía elegir un rumbo, pero una vez elegido no había nada que hacer, y uno ignoraba adónde le llevaría cuando hacía la elección, de la misma manera que se ignora el contenido de una caja de sorpresa hasta que se ha abierto.

Pero funcionaban. Seguían funcionando después de medio millón de años, según se calcula.

El primer tipo que tuvo arrestos para subir a una de ellas y ponerla en marcha, lo consiguió. Se elevó fuera del cráter de la superficie del asteroide. Se difuminó e iluminó, y la perdieron de vista.

Volvió tres meses después, con un astronauta hambriento y aturdido en su interior, ofuscado por el triunfo. ¡Había estado en otra estrella! Había descrito una órbita en torno a un gran planeta gris, de nubes amarillas y arremolinadas; entonces logró invertir los controles, y fue devuelto a la misma marca de viruela por los controles de conducción incorporados.

Entonces enviaron otra nave, esta vez una de las grandes y puntiagudas con forma de hierba mora, tripulada por cuatro hombres y provista de muchas raciones e instrumentos. Estuvieron fuera sólo cincuenta días. En este intervalo no solamente habían llegado a otro sistema solar, sino que incluso utilizaron el módulo para pisar la superficie de un planeta. No había nada vivo en él..., pero sí signos de vida.

Encontraron los restos. No muchos. Unos cuantos montones de basura en un extremo de la cima de una montaña; salvados de la destrucción general que asoló el planeta. De entre el polvo radiactivo desenterraron un ladrillo, un cerrojo de cerámica y un objeto medio fundido que recordaba una flauta de cromo.

Y empezó la carrera hacia las estrellas..., con nosotros como parte integrante.

5

Sigfrid es una máquina bastante lista, pero a veces no entiendo qué le pasa. Siempre me está pidiendo que le cuente mis sueños y hay ocasiones en que vengo muy entusiasmado porque he tenido un sueño que estoy convencido de que le va a gustar, el sueño preferido de todos los psiquiatras, lleno de símbolos fálicos, fetichismo y obsesiones de culpabilidad. Y entonces él me decepciona. Se va por las ramas, en busca de alguna pista tonta, que no tiene nada que ver con todo esto. Se lo cuento todo, y él chirría, cruje y zumba durante un rato —en realidad no lo hace, pero yo me lo imagino mientras espero— y por fin dice:

—Volvamos a algo muy diferente, Bob. Me interesan algunas de las cosas que has dicho acerca de esa mujer, Gelle-Klara Moynlin.

—Sigfrid —replicó—, otra vez sigues una pista falsa.

—Yo no lo creo así, Bob.

—Pero ¿y el sueño? ¡Dios mío! ¿No ves lo importante que es? ¿Qué te parece el personaje de la madre?

—¿Quieres dejarme hacer mi trabajo, Bob?

—Como si tuviera otra alternativa... —contesto, malhumorado.

—Siempre tienes una alternativa, Bob, pero me gustaría mucho citarte algo que dijiste hace poco. —Y se detiene, y yo oigo mi propia voz saliendo de su magnetófono. Estoy diciendo—: «Sigfrid, hay en eso una intensidad de dolor, culpa y congoja que no puedo soportar.»

Espera a que yo diga algo. Al cabo de un momento digo:

—Es una buena grabación —reconozco—, pero preferiría hablar de la aparición obsesiva de mi madre en mis sueños.

—Creo que sería más productivo explorar esa otra cuestión. Es posible que estén relacionadas.

—¿De verdad? —Me encantaría discutir esta posibilidad teórica de un modo imparcial y filosófico, pero él me obliga a concretar—: La última conversación que tuviste con Klara, Bob. Te ruego que me expliques lo que sientes al respecto.

—Ya te lo he explicado. —Esto no me divierte nada. Es una pérdida de tiempo y me aseguro de que se entere de ello por el tono de mi voz y la tensión de mi cuerpo contra las correas de sujeción—: Fue aún peor que con mi madre.

—Ya sé que preferirías hablar de tu madre, Bob, pero no la menciones ahora. Cuéntame cosas sobre aquella ocasión con Klara. ¿Qué sientes acerca de ello en este momento?

Trato de reflexionar. Después de todo, es lo menos que puedo hacer. No tengo por qué decirlo, pero todo lo que se me ocurre es:

—Casi nada.

Al cabo de un rato de espera, dice:

—¿Eso es todo, «casi nada»?

—Así es. Casi nada.

Al menos, casi nada en la superficie. Claro que recuerdo lo que sentí entonces. Destapo este recuerdo, cautelosamente, para ver cómo fue. Descendíamos hacia la niebla azul. Vimos por primera vez la estrella difusa y espectral. Hablé por radio con Klara, mientras Dane murmuraba a mi oído... Lo tapo de nuevo.

—Todo esto duele mucho, Sigfrid —digo en tono confidencial. A veces intento engañarle diciendo cosas cargadas de emoción en el tono que usaría para pedir una taza de café, pero no creo que sirva. Sigfrid escucha el volumen y las inflexiones, pero también escucha la respiración y las pausas, además del sentido de las palabras. Es extremadamente listo, considerando lo estúpido que es.

6

Cinco suboficiales de la comisión permanente, uno de cada crucero, bajaron con nosotros, examinaron nuestros documentos de identidad y nos entregaron a un funcionario de la Corporación. Sheri emitió una risita cuando la rusa le tocó un área sensible y murmuró:

—¿Qué clase de contrabando buscan, Rob?

La hice callar. La mujer de la Corporación había recibido nuestras tarjetas de aterrizaje de manos del Especial/3 chino que estaba al mando del destacamento, y ahora decía en voz alta nuestros nombres. Éramos ocho en total.

—Bienvenidos a bordo —saludó—. A cada uno de vosotros, novatos, le será asignado un mentor, quien le ayudará a instalarse en su alojamiento, contestará sus preguntas y le dirá dónde debe presentarse para el examen médico y las clases. Además le dará una copia del contrato para que la firme. A cada uno de vosotros se os ha deducido la cantidad de mil ciento cincuenta dólares del dinero que tenéis en depósito en la nave que os ha traído; es vuestro impuesto de mantenimiento para los diez primeros días. Del resto podéis disponer cuando queráis firmando un cheque-P. Vuestro mentor os indicará cómo hacerlo. ¡Linscott!

El negro de mediana edad de Baja California levantó la mano.

—Tu mentor es Shota Tarasvili. ¡Broadhead!

—Aquí estoy.

—Dane Metchnikov —dijo la mujer de la Corporación.

Empecé a mirar a mi alrededor, pero la persona que debía ser Dane Metchnikov ya venía hacia mí. Me agarró del brazo con firmeza, empezó a andar conmigo y entonces dijo:

—Hola.

Le obligué a detenerse.

—Me gustaría despedirme de una amiga...

—Estáis todos en la misma área —gruñó—. Vámonos.

A las dos horas de mi llegada a Pórtico ya tenía una habitación, un mentor y un contrato. Firmé las cláusulas inmediatamente, sin leerlas. Metchnikov pareció sorprendido.

—¿No quieres saber qué dicen?

—No en este preciso momento.

Quiero decir que no hacía ninguna falta. Si no me hubiera gustado lo que decían, podría haber cambiado de opinión, y, ¿qué otras opciones tengo, en realidad? Ser prospector es bastante arriesgado. *Detesto* la idea de que me maten. Detesto la idea de tener que morir alguna vez; dejar de vivir, ver que todo se detiene y saber que todos los demás siguen viviendo, haciendo el amor y gozando sin que yo esté allí para compartirlo. Pero detestaba todavía más la idea de volver a las minas de alimentos.

Metchnikov se colgó por el cuello de la chaqueta de un garfio que había en la pared de mi habitación, a fin de no molestarme mientras guardaba mis cosas. Era un hombre regordete y pálido, no muy hablador. No parecía simpático en exceso, pero al menos no se burlaba de mí por ser un torpe novato. Pórtico está lo más cerca que se puede estar de G cero. Yo no conocía la falta de gravedad; en Wyoming hay la suficiente, así que siempre calculaba mal mis movimientos. Cuando dije algo, Metchnikov observó:

—Ya te acostumbrarás. ¿Tienes un trago?

—Me temo que no.

Suspiró; su aspecto era el de un buda colgado de la pared, con las piernas encogidas. Miró su esfera del tiempo y dijo:

—Más tarde te llevaré a tomar unas copas. Es la costumbre. Pero nada se pone interesante hasta las dos mil doscientas. A esa hora la Sala Azul estará llena de gente y podré presentarte a todos. A ver qué encuentras. Qué eres, ¿normal, homosexual o qué?

—Soy bastante normal.

—Da lo mismo. Eso sólo depende de ti, aunque te presentaré a todos mis conocidos; pero te dejaré solo y es mejor que te acostumbres a ello enseguida. ¿Tienes el mapa?

—¿Qué mapa?

—¡Vamos, hombre! Está en el paquete que te han dado.

Abrí los armarios al azar hasta que encontré el sobre. Dentro estaba mi copia de las cláusulas del contrato, un folleto titulado *Bienvenido a Pórtico*, mi asignación de cuarto, el cuestionario de Sanidad, que debería rellenar antes de la mañana siguiente... y una hoja doblada que, una vez abierta, parecía un esquema de conexiones con nombres.

—Es esto. ¿Puedes localizar el punto donde estás ahora? Recuerda tu número de habitación: Nivel

MEMORÁNDUM DE CONFORMIDAD

1. Yo..., estando en pleno uso de mis facultades mentales, transfiero todos los derechos de cualquier descubrimiento, artefacto, objeto y cosas de valor de cualquier descripción que pueda encontrar como resultado de una exploración en la que haya empleado una nave o información facilitada a mi persona por las Autoridades de Pórtico, irrevocablemente a las mencionadas Autoridades de Pórtico.

2. Las Autoridades de Pórtico pueden decidir por sí solas la venta, alquiler u otro destino de cualquier artefacto, objeto u otra cosa de valor descubierta durante mis actividades bajo este contrato. Si así lo hacen, se comprometen a pagarme el 50 % (cincuenta por ciento) de todos los ingresos obtenidos en tal venta o alquiler, incluyendo los costes de la propia exploración (y también mis propios gastos al venir a Pórtico y los gastos subsiguientes durante mi estancia aquí), y el 10 % (diez por ciento) de todos los ingresos subsiguientes cuando los susodichos gastos hayan sido reembolsados. Acepto este pago como remuneración total por todas las obligaciones de cualquier clase que pudieran imponerme las Autoridades de Pórtico, y me comprometo específicamente a no pretender nunca por ninguna razón un pago adicional.

3. Concedo irrevocablemente a las Autoridades de Pórtico todo el poder y la autoridad para tomar decisiones de todas clases respecto a la explotación, venta o alquiler de los derechos de semejantes descubrimientos, incluido el derecho, a la única discreción de las Autoridades de Pórtico, de agrupar mis descubrimientos u otras cosas de valor surgidas bajo este contrato con los de otras personas para fines de explotación, alquiler o venta, en cuyo caso mi parte será la proporción de las ganancias que las Autoridades de Pórtico estimen apropiada; y concedo además a las Autoridades de Pórtico el derecho a no explotar en modo alguno los mencionados descubrimientos o cosas de valor.

4. Eximo a las Autoridades de Pórtico de toda obligación para conmigo en el caso de cualquier daño, accidente o pérdida de cualquier clase que yo pueda sufrir en relación con mis actividades bajo este contrato.

5. En caso de cualquier desavenencia en torno a este Memorándum de Conformidad, estoy de acuerdo en que los términos sean interpretados según las leyes y precedentes del propio Pórtico, y que no sean considerados relevantes en ninguna medida las leyes y precedentes de cualquier otra jurisdicción.

Babe, Cuadrante Este, Túnel Ocho, Habitación Cincuenta y una. Anótalo.

—Ya está anotado aquí, Dane, en mi asignación de cuarto.

—Bueno, pues no lo pierdas. —Dane se llevó la mano a la nuca, se descolgó y resbaló suavemente hasta el suelo—. Vete a dar una vuelta por ahí. Luego nos encontraremos aquí mismo. ¿Hay algo que necesites saber antes de quedarte solo?

Lo pensé, mientras él se impacientaba.

—Verás..., ¿te importa que te haga una pregunta personal, Dane? ¿Has salido afuera alguna vez?

—Seis viajes. Muy bien, nos veremos a las dos mil doscientas.

Empujó la puerta flexible, salió al espeso verdor del pasillo y desapareció.

Yo me desplomé —muy suave, muy lentamente— en mi única silla auténtica y traté de hacerme comprender que me hallaba en el Pórtico del universo.

Ignoro si sabré explicar cómo vi el universo desde Pórtico; era como ser joven con un Certificado Médico Completo. Como un menú del mejor restaurante del mundo, cuando otra persona va a pagar la cuenta. Como una chica a quien acabas de conocer y a la que has caído bien. Como un regalo sin abrir.

Las cosas que primero te impresionan en Pórtico son la pequeñez de los túneles, que aún parecen más pequeños de lo que son porque están bordeados de una especie de macetas con plantas; el vértigo de la escasa gravedad y el hedor. Pórtico se va conociendo poco a poco. No hay manera de abarcarlo todo con una mirada; no es más que un laberinto de túneles en la roca. Ni siquiera estoy seguro de que los hayan explorado todos. Lo cierto es que hay muchos kilómetros por donde nunca pasa nadie, o con muy poca frecuencia.

Así es como eran los Heechees. Se quedaron con el asteroide, lo recubrieron todo con metal de tabique, excavaron túneles, los llenaron con sus posesiones; la mayoría estaban vacíos cuando llegamos, vacíos como todo cuanto perteneció a los Heechees a lo largo y ancho del universo. Y entonces lo abandonaron, por la razón que fuese.

Lo que más se parece a un punto central en Pórtico es la ciudad de Heechee. Se trata de una cueva en forma de huso situada cerca del centro geométrico del asteroide. Dicen que cuando los Heechees construyeron Pórtico vivían allí. Nosotros, los nuevos visitantes de la Tierra, también vivimos allí al principio. (Y otros. Una nave de Venus llegó justo antes que la nuestra.) Es donde se encuentran los alojamientos de la compañía. Más adelante, si nos enriquecíamos debido a un viaje de prospección, podíamos trasladarnos un poco más cerca de la superficie, donde había algo más de gravedad y menos ruido. Y, ante todo, menos fetidez. Unas dos mil personas habían respirado el aire que yo estaba respirando, vaciado el agua que bebía y repartido su sudor por la atmósfera. La mayoría de personas no tardaban en irse, pero los olores continuaban allí.

A mí no me importaba el mal olor. No me importaba nada. Pórtico era mi estupendo billete de lotería para conseguir el Certificado Médico Completo, una casa de nueve habitaciones, un par de niños y un montón de felicidad. Ya había ganado una lotería, y esto me hacía confiar en mis posibilidades de ganar otra.

Todo era emocionante, aunque también bastante

sórdido al mismo tiempo. No había mucho lujo a mi alrededor. Por $ 238.575, todo lo que consigues es el transporte hasta Pórtico, diez días de comida, alojamiento y aire, un somero curso de navegación y una invitación a largarte en la primera nave que salga. O en cualquier otra nave. No te *obligan* a subir a bordo de ninguna.

La Corporación no saca ningún beneficio de todo ello. Los precios son los de coste. Esto no significa que fuesen baratos y desde luego no significa que fuese bueno lo que te daban por ellos. La comida se parecía bastante a todo cuanto había estado excavando y comiendo toda mi vida. El alojamiento tenía el tamaño de un gran baúl de camarote, con una silla, unos armarios, una mesa plegable y una hamaca que podías extender de un extremo a otro cuando querías dormir.

Mis vecinos eran una familia de Venus. Eché una ojeada a través de la puerta entornada. ¡Qué horror! ¡Cuatro durmiendo en uno de esos cubículos! Al parecer se acomodaban dos en cada una de las hamacas, que se cruzaban en el centro de la habitación. Al otro lado estaba el cuarto de Sheri. Arañé su puerta, pero ella no contestó. La puerta no estaba cerrada; nadie cierra sus puertas en Pórtico, entre otras razones porque no hay gran cosa que robar. Sheri no se encontraba en el cuarto. La ropa que había usado yacía desparramada por doquier.

Adiviné que se había ido a explorar y lamenté no haber sido más rápido. Me habría gustado explorar en compañía de alguien. Me apoyé contra la hiedra que crecía en una pared del túnel y saqué el mapa.

Desde luego me dio una idea de lo que debía buscar. Había puntos marcados Central Park y Lago Superior. ¿Qué serían? Dudé entre el museo de Pórtico, que parecía interesante, y el hospital Terminal, que sonaba bastante triste. Más tarde me enteré de que «terminal» significaba el fin del viaje de regreso de uno u otro destino. La Corporación debía saber que sonaba también a otra cosa, pero la Corporación nunca se preocupaba mucho por los sentimientos de los prospectores.

¡Lo que yo quería en realidad era ver una nave!

En cuanto se me ocurrió esta idea, me di cuenta de que me interesaba *mucho*. Me pregunté cómo podría llegar a la capa exterior, donde, naturalmente, se encontraban los hangares. Agarrado a la barandilla con una mano, intentaba con la otra mantener abierto el mapa. No tardé mucho en localizarme a mí mismo. Estaba en una encrucijada de cinco túneles que parecía ser la marcada en el mapa como Estrella Este Babe G. Uno de los cinco túneles conducía a un pozo, pero ignoraba cuál.

Elegí uno al azar, fui a parar a una pared sin salida y al retroceder llamé a una puerta para informarme. Se abrió.

—Perdón... —dije... y me inmovilicé.

El hombre que abrió la puerta parecía tan alto como yo, pero no lo era. Sus ojos estaban al mismo nivel de los míos, pero su cuerpo terminaba en la cintura. No tenía piernas.

Dijo algo que no entendí; no era inglés. Pero no importaba; mi atención estaba concentrada en él. Se cubría con un género brillante y diáfano de las muñecas a la cintura y movía suavemente las alas para mantenerse en el aire. Esto no era difícil con la escasa gravedad de Pórtico, pero verlo resultaba sorprendente. Añadí:

—Lo siento. Sólo deseaba saber cómo encontrar el Nivel Tanya. —Intentaba no mirarle con fijeza, pero sin lograrlo.

¡BIENVENIDOS A PÓRTICO!

¡Felicidades!

Usted es una de las pocas personas que todos los años se convierten en socios limitados de Empresas Pórtico, Inc. Su primera obligación es firmar el adjunto Memorándum de Conformidad. No es preciso que lo haga enseguida. Le animamos a que estudie el documento y busque asesoramiento legal, si lo encuentra.

Sin embargo, hasta que firme no tendrá opción a ocupar un alojamiento de la Corporación, comer en la cantina de la Corporación o participar en los cursos de instrucción de la Corporación.

Hay alojamientos disponibles en el Hotel y Restaurante Pórtico para quienes están aquí como visitantes o de momento no desean firmar el Memorándum de Conformidad.

MANTENIMIENTO DE PÓRTICO

A fin de sufragar los gastos de mantenimiento de Pórtico, todas las personas deberán pagar una cantidad diaria per cápita por el aire, control de temperatura, administración y demás servicios.

Si es usted un invitado, estos gastos serán incluidos en su cuenta del hotel.

Las tarifas para las demás personas se envían por correo. Si se desea, el impuesto puede hacerse efectivo con un año de anticipación. La falta de pago del diario impuesto per cápita tendrá como resultado la inmediata expulsión de Pórtico.

Nota. No se puede garantizar la disponibilidad de una nave para las personas expulsadas.

Sonrió, enseñando dientes blancos en un rostro viejo y sin arrugas. Tenía unos ojos negros como el azabache bajo una cresta de cabellos blancos y cortos. Me precedió hasta el pasillo y explicó en un inglés excelente:

—Se lo diré. Siga el primer desvío a la derecha. Vaya hasta la próxima estrella y tome el segundo desvío a la izquierda. Habrá una indicación.

Me señaló con el mentón la dirección de la estrella. Le di las gracias y le dejé flotando a mis espaldas. Quería volverme, pero no me pareció cortés. Era extraño. No se me había ocurrido que pudiera haber lisiados en Pórtico.

Así era yo de ingenuo por aquel entonces.

Después de verle, conocí Pórtico de un modo diferente de las estadísticas. Las estadísticas son muy claras y todos nosotros las estudiamos antes de venir como prospectores; también las estudian todos aquellos que desearían venir y no pueden. Alrededor del ochenta por ciento de los vuelos que parten de Pórtico vuelven vacíos. Un quince por ciento no vuelve. Así pues, como término medio, un hombre de cada veinte vuelve de un viaje de prospección con algo que puede reportar beneficios a Pórtico y, en general, a la humanidad. Pero incluso la mayoría de estos pocos tiene suerte si puede recoger lo suficiente para pagar los gastos de su viaje hasta aquí.

Y si resultas herido mientras estás fuera... mala suerte. El hospital Terminal está tan bien equipado como cualquier otro en cualquier otro lugar. Pero hay que llegar para que pueda serte de utilidad. El viaje suele durar meses. Si te lastimas al principio —que es cuando ocurre más a menudo—, no hay mucho que se pueda hacer por ti hasta que regresas a Pórtico. Y entonces es posible que sea demasiado tarde para recomponerte y probablemente demasiado tarde para salvarte la vida.

A propósito, el viaje de vuelta a tu lugar de origen es gratis. Los cohetes siempre van más llenos a la ida que a la vuelta. Lo llaman pérdida.

El viaje de regreso es gratis... pero ¿adónde?

Bajé con el cable al Nivel Tanya, salí a un túnel y me topé con un hombre que llevaba gorra y un brazal. Policía de la Corporación. No hablaba inglés, pero me hizo una seña y su tamaño me convenció. Agarré el cable de subida, ascendí un nivel busqué otro cable y lo intenté de nuevo.

La única diferencia fue que esta vez el guarda hablaba inglés.

—No puede pasar de aquí —anunció.

—Sólo quiero ver las naves.

—Claro, pero no puede. Ha de llevar un distintivo azul —añadió, tocando el suyo—. Significa especialista de la Corporación, tripulante o VIP.

—Soy tripulante.

—Es un novato del transporte terrestre —sonrió—, ¿verdad que sí? Amigo, será tripulante cuando se apunte a un vuelo, no antes. Vuelva arriba.

Expliqué con acento razonable:

—Comprende lo que siento, ¿verdad? Sólo quiero echar una mirada.

—No puede hasta que termine el cursillo, y entonces le traerán aquí para que participe. No tardará en ver más de lo que querría.

Discutí un poco más, pero él tenía demasiados argumentos a su favor. Sin embargo, cuando llegué al cable de subida, el túnel pareció tambalearse y a mis oídos llegó el ruido de una explosión. Por un momento pensé que el asteroide iba a estallar en mil pedazos. Miré al guarda, que se encogió de hombros de un modo casi amistoso:

—Sólo he dicho que no podía verlas —observó—, no que no podía oírlas.

Me tragué el «¡Vaya!» y el «¡Dios mío!» que realmente quería exclamar y pregunté:

—¿Adónde supone que se dirige ésa?

—Regresará dentro de seis meses. Tal vez lo sepamos entonces.

Bueno, no había por qué sentir entusiasmo y, sin embargo, yo lo sentí. Después de todos aquellos años en las minas de alimentos, aquí estaba yo, no solamente en Pórtico, sino en el mismo punto de donde partían aquellos intrépidos prospectores en un viaje que les daría fama y una increíble fortuna. Al diablo con los riesgos. Esto era realmente vivir a fondo.

No me fijaba mucho en mis movimientos y el resultado fue que volví a perderme. Llegué al Nivel Babe con diez minutos de retraso.

Dane Metchnikov ya se alejaba por el túnel. No pareció reconocerme, creo que me habría pasado de largo si yo no hubiera alargado el brazo.

—Hola —gruñó—. Llegas tarde.

—He bajado al Nivel Tanya para ver si podía echar un vistazo a las naves.

—Ya. No puedes bajar ahí a menos que tengas un brazal azul o un distintivo.

Eso ya me lo habían dicho, de modo que le seguí sin gastar energías intentando entablar conversación.

Metchnikov era un hombre insignificante, a excepción de la barba magníficamente rizada que seguía la línea de su mandíbula. Daba la impresión de estar encerada, cada rizo parecía dotado de vida propia. «Encerada» no era la palabra. El cabello llevaba algo, pero fuera lo que fuese, no era rígido. Se movía al ritmo de sus movimientos, y cuando hablaba o sonreía, los músculos de la mandíbula le prestaban una suave ondulación. Al final sonrió cuando llegamos al Infierno Azul. Me invitó al primer trago, explicando que era la costumbre, pero que sólo se invitaba a uno. Pagué la segunda ronda; la sonrisa apareció cuando, sin tocarme, pagué también la tercera.

El ruido del infierno no facilitaba la conversación, pero le dije que había oído un lanzamiento.

—Sí —repuso, levantando la copa—. Espero que tengan buen viaje.

Llevaba seis brazaletes de metal Heechee, de un azul luminoso, apenas más gruesos que un alambre. Tintinearon suavemente cuando bebió media copa.

—¿Son lo que me imagino? —pregunté—. ¿Uno por cada expedición?

Apuró su copa.

—Eso es. Ahora me voy a bailar.

Le seguí con la mirada mientras se apresuraba hacia una mujer vestida con un luminoso sari de color rosa. No era muy hablador, desde luego.

Por otro lado, con aquel ruido no se podía hablar mucho. Tampoco se podía bailar. El Infierno Azul estaba en el centro de Pórtico y era parte de la caverna en forma de huso. La G rotacional era tan baja que no pesábamos más de dos kilos; si alguien hubiese intentado bailar un vals o una polka habría salido volando por los aires, así que bailaban sin tocarse, al estilo de los muchachos de catorce años en las fiestas escolares, que de este modo no tienen que mirar a su pareja de catorce años desde un ángulo demasiado próximo. Casi no mueven los pies, y se limitan a contonear la cabeza, los brazos, los hombros y las caderas. A mí, en cambio, me gusta tocar. Pero no se puede tener todo. De todos modos, me gusta bailar.

QUÉ ES PÓRTICO

Pórtico es un artefacto creado por los llamados Heechees. Al parecer fue formado alrededor de un asteroide o el núcleo de un cometa atípico. La época de este suceso es desconocida, pero seguramente precedió a la civilización humana.

En el interior de Pórtico, el ambiente se parece a la Tierra, con la diferencia de que hay relativamente poca gravedad. (En realidad no existe, pero la fuerza centrífuga derivada de la rotación de Pórtico produce un efecto similar.) Si usted ha llegado de la Tierra, durante los primeros días tendrá cierta dificultad al respirar a causa de la baja presión atmosférica. No obstante, la presión parcial del oxígeno es idéntica a la de una altitud de 2.000 metros en la Tierra y resulta perfectamente adecuada para cualquier persona que goce de buena salud.

Vi a Sheri al otro extremo de la sala con una mujer a quien tomé por su mentora. Bailé con ella.

—¿Cuál es tu impresión de momento? —le pregunté.

Gritó algo que no pude entender. Luego bailé con una negra inmensa que llevaba dos brazaletes azules, después nuevamente con Sheri y por fin con una muchacha que Dane Metchnikov me endosó, al parecer porque quería perderla de vista, y con una mujer alta, de facciones duras, que tenía las cejas más negras y espesas que yo viera en mi vida. (Llevaba dos trenzas que flotaban a sus espaldas cuando se movía.) También ella ostentaba un par de brazaletes. Entre baile y baile, me dedicaba a beber.

Había mesas para grupos de ocho o diez, pero no estaban ocupadas. La gente se sentaba donde quería y se tomaban mutuamente los asientos sin preocuparse de si su anterior ocupante volvería o no. Durante un rato se sentaron a mi mesa unos seis marineros de la armada brasileña, vestidos de blanco, que hablaban entre sí en portugués. Un hombre que lucía un pendiente de oro estuvo a mi lado unos momentos, pero tampoco entendí lo que decía (aunque sí, y muy bien, lo que quería decir).

Siempre tuve este problema mientras viví en Pórtico. Es permanente. Pórtico suena como una conferencia internacional cuando se ha estropeado el sistema de traducción. Hay una especie de lengua franca que se oye por doquier, consistente en palabras de una docena de idiomas, como: «*Ecoutez, gospodin, tu es verrückt.*» («Escucha, señor, estás loco.») Bailé dos veces con una de las brasileñas, una chica morena y flaca de nariz aguileña, pero bonitos ojos pardos, y traté de decir algunas palabras sencillas. Tal vez me entendió. Sin embargo, uno de los hombres de su grupo hablaba muy bien el inglés; se presentó a sí mismo y me presentó a los demás. No retuve ningún nombre, solamente el suyo: Francisco Hereira. Me invitó a una copa y yo les invité a todos y entonces me di cuenta de que le había visto antes: era un miembro de las tripulaciones que nos habían inspeccionado antes de llegar.

Mientras comentábamos esta circunstancia, Dane se inclinó sobre mí y gruñó en mi oído:

—Me voy a jugar, a menos que desees acompañarme.

No era la invitación más efusiva que había recibido, pero el estruendo del Infierno Azul empezaba a hartarme. Le seguí y descubrí un casino de tamaño natural junto al Infierno Azul, con mesas de black-jack y póker, una lenta ruleta con una bola grande y densa, juegos de dados (éstos tardaban mucho en pararse) e incluso un ángulo reservado para el baccará. Metchnikov se dirigió hacia las mesas de blackjack y se quedó golpeando con los dedos el respaldo de la silla de un jugador, a la espera de poder intervenir. Entonces se dio cuenta de mi presencia.

—Oh —dijo, mirando a su alrededor—. ¿A qué te gusta jugar?

—He jugado a todo esto —respondí con voz algo espesa y también petulante—. Tal vez al baccará.

Me miró, primero con respeto y luego con sorna.

—Cincuenta es la apuesta mínima.

En la cuenta me quedaban unos cinco o seis mil dólares. Me encogí de hombros.

—Quiero decir cincuenta mil —aclaró.

Me atraganté.

Él dijo con indiferencia, acercándose a un jugador cuyas fichas se estaban terminando:

—Puedes apostar diez dólares a la ruleta; en la mayoría cien es lo mínimo. Creo que por ahí hay una máquina de monedas de diez dólares.

Se apresuró a ocupar la silla vacía y ya no volví a verle.

Me quedé mirando un rato y vi en la misma mesa a la chica de las cejas pobladas, que estudiaba sus cartas. No levantó la vista.

Comprendí que no podría jugar mucho aquí, y enseguida me di cuenta además de que tampoco podría pagar tantas copas, y casi al mismo tiempo mi sistema sensorial interno empezó a decirme cuántas copas había ingerido.

Lo último que pensé fue que debía volver a mi habitación a toda prisa.

SYLVESTER MACKLEN: PADRE
DE PÓRTICO

Pórtico fue descubierto por Sylvester Macklen, explorador de túneles en Venus, que halló una nave espacial Heechee en una excavación. Consiguió subirla a la superficie y llevarla a Pórtico, donde ahora descansa en el Hangar 5-33. Por desgracia, Macklen no pudo regresar y, aunque logró señalar su presencia haciendo explotar el depósito de combustible del módulo de su nave, ya había muerto cuando los investigadores llegaron a Pórtico.

Macklen era un hombre valiente y hábil, y la placa del Hangar 5-33 conmemora su gran servicio a la humanidad. Se celebran servicios religiosos en determinadas fechas, oficiados por representantes de los diversos credos.

7

Estoy sobre la alfombra, y no muy cómodo. Físicamente, quiero decir. Me han operado no hace mucho y es probable que los puntos aún no estén absorbidos. Sigfrid dice:

—Estábamos hablando de tu trabajo, Bob.

Esto es bastante aburrido, pero seguro.

Contesto:

—Odiaba mi trabajo. ¿Quién no odiaría las minas de comida?

—Pero perseverabas en él, Bob. Ni siquiera intentaste buscar otra cosa en otro lugar. Podrías haberte dedicado a la agricultura marina, por ejemplo. Y dejaste la escuela.

—¿Quieres decir que me quedé en un agujero?

—No quiero decir nada, Bob. Te pregunto qué sientes.

—Bueno, supongo que en cierto sentido es eso lo que hice. Pensaba en un cambio, lo pensaba a menudo —digo, recordando aquellos alegres días con Sylvia. Recuerdo una noche de enero en que, sentados en la cabina de un planeador, pues no teníamos otro sitio adonde ir, hablamos del futuro. De lo que haríamos. De cómo lucharíamos contra la adversidad. No hay nada en eso para Sigfrid, que yo sepa. Se lo he contado todo sobre Sylvia, que al final se casó con un accionista. Pero ya hacía mucho tiempo que habíamos roto nuestras relaciones—. Supongo —digo, volviendo a la realidad y decidido a sacar provecho de esta sesión— que en cierto modo deseaba la muerte.

—Prefiero que no utilices términos psiquiátricos, Bob.

—Bueno, ya sabes qué quiero decir. Sabía que iba pasando el tiempo. Cuanto más me quedara en las minas, tanto más difícil me resultaría salir. Pero nada me parecía mejor. Y había compensaciones. Mi novia Sylvia. Mi madre, mientras vivió. Amigos. Incluso algunas cosas muy graciosas. Planear. Es magnífico sobre las colinas, y cuando se está a la altura suficiente, Wyoming no tiene tan mal aspecto y apenas se huele el petróleo.

—Has mencionado a tu novia, Sylvia. ¿Os llevabais bien?

Vacilo, rascándome la barriga. Aquí dentro tengo casi medio metro de intestino nuevo. Estas cosas cuestan un montón de dinero y a veces se tiene la sensación de que su anterior dueño quiere que se las devuelvas. Te preguntas quién era él. O ella. Cómo murió. ¿O no murió? ¿Es posible que aún esté vivo, tan pobre que ha de vender partes de sí mismo, como he oído decir que hacen las chicas guapas con una oreja o un pecho bien modelado?

—¿Te resulta fácil hacer amistad con chicas, Bob?

—Ahora sí, desde luego.

—Ahora no, Bob. Creo que me dijiste que de niño no hacías amistades con facilidad.

—¿Acaso las hace alguien?

—Si he comprendido bien tu pregunta, Robbie,

quieres saber si alguien recuerda su infancia como una experiencia fácil y dichosa, y, por supuesto, la respuesta es que no. Pero hay gente que sufre menos que otra los efectos en su vida.

—Sí, pensándolo bien, creo que el grupo de los mayores me daba un poco de miedo. ¡Lo siento, Sigfrid! Me refiero a los otros chicos. Todos parecían conocerse entre sí. Siempre se decían cosas. Secretos. Experiencias e intereses compartidos. Yo era un niño solitario.

—¿Eras hijo único, Robbie?

—Ya sabes que sí. Claro, quizá fue eso. Mis padres trabajaban. Y no les gustaba que yo jugase cerca de las minas. Era peligroso. Es cierto, era peligroso para los niños; se pueden hacer daño con esas máquinas, o resbalar entre los desechos o respirar gases. Estaba mucho en casa, mirando telespectáculos y tocando cintas. Y comiendo. Era un niño gordo, Sigfrid, me encantan las cosas dulces, llenas de almidón y calorías. Me mimaban demasiado, dándome más comida de la necesaria.

507	IRRAY .MADUREZ. GOTO	26,830
	"M88	26,835
508	,C, Quizá la madurez consista en querer	26,840
	lo que tú quieres	26,845
	y no lo que otra persona	26,850
	te dice que has	26,855
	de querer.	26,860
511	XTERNALS C SI C GOTO &&	26,865
512	,S, Es posible, Sigfrid, querido	26,870
	dios de hojalata, pero da la sensación	26,875
	de que lo maduro está muerto.	26,880

Todavía me gusta que me mimen. Ahora observo un régimen mucho más selecto, que no engorda tanto y es mil veces más caro. He comido caviar auténtico. Con frecuencia. Procede del acuario de Galveston. Bebo champaña auténtico y como mantequilla...

—Recuerdo una noche que yo estaba acostado —digo—. Debía de ser muy pequeño, quizá tenía tres años. Tenía un oso de felpa sonoro. Me lo llevé a la cama y me fue recitando cuentos mientras yo le clavaba lápices y trataba de arrancarle las orejas. Le quería mucho, Sigfrid.

Me interrumpo y Sigfrid mete baza inmediatamente.

—¿Por qué lloras, Robbie?

—¡No lo sé! —vocifero mientras las lágrimas ruedan por mis mejillas; miro mi reloj de pulsera y los dígitos verdes tiemblan a través de las lágrimas—. Oh —digo con naturalidad y me siento; las lágrimas siguen cayendo pero la fuente ya está cerrada—. Ahora sí que debo irme, Sigfrid. Tengo una cita. Se llama Tania. Una chica muy hermosa. La Sinfonía de Houston. Adora a Mendelssohn y las rosas, y voy a ver si encuentro aquellas híbridas de color azul oscuro que hacen juego con sus ojos.

—Rob, nos quedan casi diez minutos.

—Los recuperaremos otro día. —Sé que no puede hacerlo, de modo que me apresuro a añadir—: ¿Puedo usar tu cuarto de baño? Lo necesito.

—¿Vas a evacuar tus sentimientos, Rob?

—Oh, no te hagas el listo. Sé lo que piensas: que esto parece el típico mecanismo de evasión...

—Rob.

—... Está bien, quiero decir que da la impresión de que quiero despistar. Sin embargo, la verdad es que tengo que irme. Quiero decir, al cuarto de baño. Y también a la floristería. Tania es muy especial y una persona excelente. No hablo de la parte sexual, aunque también en eso es estupenda. Sabe... sabe...

—Rob, ¿qué intentas decirme?

Inspiro con fuerza y consigo decir:

—Es magnífica en el sexo oral, Sigfrid.

—¿Rob?

Reconozco el tono. El repertorio de inflexiones vocales de Sigfrid es muy extenso, pero ya he aprendido a identificar algunas de ellas. Cree que ha encontrado una pista.

—¿Qué?

—Bob, ¿con qué palabra defines el sexo oral?

—Oh, por favor, Sigfrid, ¿qué juego es éste?

—¿Cómo lo llamas?

—¡Vamos! Lo sabes tan bien como yo.

—Te ruego que me lo digas, Bob.

—Se dice algo parecido a: «Me está comiendo.»

—¿Qué otra expresión, Bob?

—¡Hay muchas! «Echar el cabo» es otra. Creo que existen mil maneras de decirlo.

—Dime otra, Bob.

El dolor y la rabia se han ido acumulando y de improviso tengo que desahogarme.

—¡No me vengas con esos malditos juegos, Sigfrid! —Me duelen las tripas y tengo miedo de ensuciar mis pantalones; es como volver a ser un niño pequeño—. ¡Dios mío, Sigfrid! Cuando era pequeño hablaba con mi oso de felpa. ¡Ahora tengo cuarenta y cinco años y sigo hablando con una máquina estúpida como si estuviera viva!

—Pero hay otra expresión, ¿verdad, Bob?

—¡Hay miles de ellas! ¿Cuál quieres que diga?

—La expresión que ibas a usar y no te atreviste, Bob. Intenta decirla, por favor. Ese término significa algo especial para ti, de lo contrario podrías pronunciar las palabras sin esfuerzo.

Me contraigo sobre la alfombra, y ahora estoy llorando de verdad.

—Por favor, Bob, dilo. ¿Qué término es?

—¡Maldito seas Sigfrid! ¡Tragarla! ¡Eso es! ¡Tragarla, tragarla, tragarla!

8

—Buenos días —dijo alguien, interrumpiendo un sueño en el que me hundía en una especie de arenas movedizas en el centro de la nebulosa de Orión—. Le traigo el té.

Abrí un ojo. Miré por encima del borde de la hamaca y vi un cercano par de ojos muy negros en una cara macilenta. Yo me había colgado completamente vestido; algo olía bastante mal y comprendí que era yo.

—Me llamo Shikitei Bakin —dijo la persona que traía el té—. Beba; le ayudará a hidratar los tejidos.

Le miré con más atención y vi que terminaba en la cintura; era el hombre sin piernas y provisto de alas que viera la víspera en el túnel.

—Oh —murmuré y logré añadir—: Buenos días.

La nebulosa de Orión se iba desvaneciendo con el sueño, así como la sensación de tener que abrirme paso a través de nubes gaseosas que se solidificaban con rapidez. En cambio, el mal olor persistía. La habitación apestaba, incluso para Pórtico, y entonces me di cuenta de que había vomitado en el suelo. Me sentía a punto de volver a hacerlo. Bakin, rozando lentamente el aire con sus alas, dejó caer con habilidad sobre mi hamaca un frasco tapado. Seguidamente se izó hasta la parte superior de la cómoda, se sentó y me dijo:

—Creo que esta mañana tiene un examen médico a las ochocientas.

—¿Ah, sí? —Logré destapar el frasco del té y bebí un sorbo. Era caliente, amargo y casi insípido, pero pareció estabilizar mi estómago, que desistió de vomitar una vez más.

A QUIÉN PERTENECE PÓRTICO

Pórtico es único en la historia de la humanidad y enseguida se comprendió que era un recurso demasiado valioso para que perteneciera a un solo grupo de personas o un solo gobierno. Por ello se formó la sociedad Empresas Pórtico, Inc.

Empresas Pórtico (habitualmente llamadas la Corporación) es una corporación multinacional cuyos socios generales son los gobiernos de Estados Unidos de América, la Unión Soviética, los Estados Unidos de Brasil, la Confederación Venusiana y el Nuevo Pueblo de Asia, y cuyos socios limitados son todas aquellas personas que, como usted, han firmado el adjunto Memorándum de Conformidad.

—Sí, creo que sí. Es lo habitual. Y además su teléfono P ha llamado varias veces.

—¿Ah, sí? —proferí de nuevo.

—Supongo que era su mentor para recordárselo. Ya son las siete y cuarto, señor...

—Broadhead —dije con voz espesa, y repetí con más cuidado—: Me llamo Bob Broadhead.

—Sí. Me he tomado la libertad de despertarle. Disfrute de su té, señor Broadhead. Disfrute de su estancia en Pórtico.

Asintió con la cabeza, se dejó caer de la cómoda flotó hasta la puerta, la franqueó y desapareció de mi vista. Con martillazos en la cabeza a cada cambio de postura, salté de la hamaca, sorteé las zonas más sucias del suelo y conseguí adecentarme bastante. Pensé en afeitarme, pero ya tenía una barba de doce días y decidí dejarla crecer un poco más; ya no parecía desaseada y, además, me faltaban las fuerzas.

Cuando entré tambaleándome en el consultorio médico, sólo llevaba unos cinco minutos de retraso. Los restantes miembros de mi grupo ya habían llegado, por lo que tuve que esperar a que todos terminaran. Me extrajeron tres muestras de sangre: de la yema del dedo, de la parte interior del codo y del lóbulo de la oreja. Estaba seguro de que todas serían aceptadas, pero esto carecía de importancia. La revisión médica era una formalidad. Si uno podía sobrevivir a un viaje en nave espacial hasta Pórtico, también podía sobrevivir a un viaje en una nave Heechee. A menos que se produjera un percance. En tal caso era improbable que uno pudiera sobrevivir, por muy sano que estuviese.

Tuve tiempo de tomar una rápida taza de café ante un puesto que alguien atendía junto a un pozo (¿empresa privada en Pórtico? Ignoraba que existiera), y enseguida me dirigí a la primera clase, a la que llegué con puntualidad. Nos reunimos en una gran sala situada en el Nivel Perro, larga, estrecha y de techo bajo. Los asientos estaban dispuestos a ambos lados y de dos en dos, y en medio había un pasillo; algo así como un aula en un autobús. Sheri llegó tarde, con aspecto alegre y descansado, y se sentó junto a mí; estaba presente todo nuestro grupo, o sea los siete recién llegados de la Tierra, la familia de cuatro personas de Venus y unos cuantos novatos más.

—No tienes muy mal aspecto —murmuró Sheri mientras el instructor examinaba unos papeles que había sobre su mesa.

—¿Se me nota la resaca?

—En realidad, no, pero la imagino. Te oí llegar anoche. Bueno —añadió, pensativa—, todo el túnel te oyó.

Me estremecí. Aún apestaba, pero al parecer la mayor parte estaba dentro de mí. Nadie me rehuía, ni siquiera Sheri.

El instructor se levantó y nos estudió un rato con atención.

—Veamos —dijo, y miró de nuevo sus papeles. Meneó la cabeza—. No pasaré lista. Yo enseño el manejo de las naves Heechee. —Advertí que llevaba un montón de brazaletes; no podía contarlos, pero al menos había media docena. Me pregunté por qué estas personas que habían salido afuera tantas veces aún no eran ricas—. Es sólo una de las tres asignaturas que se les enseñarán. Después de esto les entrenarán para sobrevivir en ambientes extraños y para reconocer lo que tiene algún valor. Pero ahora se trata del manejo de las naves, y el modo de aprenderlo es hacer prácticas. Vengan todos conmigo.

Nos levantamos y salimos de la habitación tras él; bajamos por un túnel, descendimos por el cable de bajada de un pozo y pasamos por delante de los guardas, quizá los mismos que me habían echado la noche anterior. Esta vez se limitaron a saludar al instructor y mirarnos pasar. Llegamos a un pasaje largo, ancho y de techo bajo de cuyo pavimento sobresalían unos cilindros de metal. Parecían árboles cortados, pero enseguida comprendí qué eran.

Tragué saliva.

—Son *naves* —susurré a Sheri en voz más alta de lo que me proponía. Dos personas me miraron con curiosidad. Advertí que una de ellas era la chica con quien había bailado la víspera, la de las cejas negras y pobladas. Me hizo una seña y me sonrió; vi los brazaletes que llevaba en el brazo y me pregunté qué estaría haciendo aquí... y cómo le habría ido en las mesas de juego.

El instructor nos congregó y explicó:

—Como alguien acaba de decir, esto son naves Heechee. El módulo. Con estos módulos se aterriza en los planetas, si es que se tiene la suerte de encontrar un planeta. No parecen muy grandes, pero pueden alojar hasta cinco personas. No con comodidad, claro, pero caben. En general, como siempre se deja a una persona en la nave principal, en el módulo suelen viajar cuatro.

Nos guió hasta el más próximo y todos obedecimos el impulso de tocar, rascar o acariciar. Entonces empezó a instruirnos:

—Había novecientas veinticuatro de estas naves cuando Pórtico fue explorado por primera vez. Hasta ahora se ha comprobado que doscientas no funcionan. Ignoramos la razón; simplemente, no se ponen en marcha. Trescientas cuatro ya han salido fuera, al menos una vez, y de ellas se encuentran aquí treinta y tres, disponibles para viajes de prospección. Las restantes aún no se han probado. —Se encaramó al romo cilindro y continuó—: Una de las cosas que han de decidir ustedes es si toman una de las treinta y tres naves ya probadas o una de las que no han volado nunca. Con seres humanos, quiero decir. Se trata de un juego de azar en ambos casos. Una elevada proporción de las que no han regresado eran primeros vuelos, por lo que es evidente que entrañan algún riesgo. Resulta bastante obvio, ¿no creen? Después de todo, sólo Dios sabe cuánto tiempo hace que los Heechee las pusieron aquí, y desde entonces nadie se ha ocupado de su mantenimiento.

»Por otro lado, también hay riesgo en las que han salido y regresado sanas y salvas. El movimiento perpetuo no existe. Creemos que algunos no pudieron volver por falta de combustible, y lo malo es que no sabemos de qué combustible se trata, ni cuánto hay, ni cuándo una nave está a punto de quedarse sin él. —Dio unos golpecitos al tronco—. Ésta y las otras que ven aquí fueron diseñadas para llevar una tripulación de cinco Heechees. Que nosotros sepamos. Pero nunca las enviamos con más de tres personas. Al parecer los Heechees toleraban mejor que nosotros la compañía de sus congéneres en un espacio reducido. Hay naves de mayor y menor tamaño, pero la proporción de las que no vuelven ha sido muy mala en el último par de órbitas. Probablemente no es más que una racha de mala suerte, pero... De todos modos, yo personalmente elegiría una Tres. Ustedes pueden hacer lo que quieran.

»Así es como llegan a su segunda elección, que es la compañía. Mantengan los ojos bien abiertos. Busquen a sus camaradas... ¿Diga?

Sheri había estado agitando la mano hasta que logró atraer su atención.

—Ha dicho «muy mala» —observó—. ¿Qué significa esto, concretamente?

El instructor repuso con paciencia:

—Durante la última órbita fiscal regresaron tres Cincos de las diez que salieron. Estas naves son las de mayor tamaño. Y las tripulaciones de las tres habían muerto cuando logramos entrar.

—Es cierto —dijo Sheri—, la proporción es muy mala.

—No, no es nada mala si la comparamos con la de las naves de una plaza. Hace dos órbitas que durante toda una órbita sólo volvieron dos. Ésta sí que es mala proporción.

—¿Cuál es la razón? —inquirió el padre de la familia de ratas de túnel. Su nombre era Forehand. El instructor le miró unos momentos.

—Si alguna vez lo averigua —dijo—, no olvide decírselo a alguien. Continuemos. Cuando se trate de elegir a la tripulación, lo mejor es conseguir a alguien que ya haya estado fuera. Quizá lo consigan, quizá no. Los prospectores que logran enriquecerse se marchan casi siempre; los que aún pasan hambre suelen preferir a su propio equipo. Por lo tanto, muchos de vosotros, novatos, tendréis que salir con otros bisoños. Hum. —Miró a su alrededor, pensativo—. Bueno, pongamos manos a la obra. Formen grupos de tres... no se preocupen por los que están en su grupo; ahora no se trata de elegir compañeros... y entren en uno de esos módulos abiertos. No toquen nada. Se supone que están desactivados, pero he de decirles que no siempre lo están. Limítense a entrar, bajar a la cabina de control y esperar a que llegue el instructor.

Yo no sabía que había otros instructores. Miré a mi alrededor, tratando de adivinar quiénes eran instructores y quiénes novatos, mientras él añadía:

—¿Alguna pregunta?

Otra vez Sheri.

—Sí. ¿Cómo se llama usted?

—¿He vuelto a olvidarlo? Soy Jimmy Chou. Encantado de conoceros a todos. Ya podemos empezar.

Ahora sé mucho más que aquel instructor, incluido lo que le ocurrió media órbita después; pobre Jimmy Chou, salió antes que yo y volvió, bien muerto, cuando yo me encontraba en mi segundo viaje. Dicen que las quemaduras de las bengalas le reventaron los ojos. Pero en aquella época era él quien lo sabía todo, y todo era extraño y maravilloso para mí.

De modo que nos arrastramos por la graciosa escotilla elíptica que te conducía hasta el espacio entre los cohetes y al interior del módulo, y de allí al vehículo principal por una escalerilla perforada.

Miramos a nuestro alrededor, tres Alí Babás contemplando la cueva del tesoro. Oímos un ruido y se asomó una cabeza. Tenía cejas hirsutas y bonitos ojos y pertenecía a la chica con quien yo bailara la noche anterior.

—¿Os divertís? —preguntó. Nosotros estábamos muy juntos, lo más lejos posible de todo cuanto pareciera movible, y dudo de que diésemos la impresión de divertirnos—. Bueno, limitaos a mirarlo todo. Familiarizaos con las cosas. Las veréis a menudo. Esa línea vertical de ruedas provista de pequeños radios sobresalientes en el selector de objetivos, y lo primero que no debéis tocar de momento... o nunca, tal vez. ¿Qué es esa espiral dorada que está cerca de la chica rubia? ¿Alguien quiere adivinar para qué sirve?

La chica rubia, que era una de las hijas Forehand, se apartó de la espiral y meneó la cabeza. Yo meneé la mía, pero Sheri aventuró:

—¿Podría ser una percha de sombreros?

La profesora miró la espiral de reojo, pensativamente.

—No lo creo, pero no pierdo la esperanza de que un día alguno de vosotros conozca la respuesta. Nadie de los que estamos aquí la conoce. Durante el vuelo su temperatura aumenta; nadie sabe por qué. El lavabo está allí. Os divertiréis mucho en él. Pero lo cierto es que funciona, una vez se ha aprendido a usarlo. Se puede colgar la hamaca y dormir ahí, o en cualquier parte, en realidad. Ese rincón y ese nicho son más o menos espacio muerto. Si los tripulantes necesitan soledad, pueden esconderse, al menos un poco.

—¿Es que a ninguno de vosotros le gusta mencionar su nombre? —inquirió Sheri.

La profesora sonrió.

—Soy Gelle-Klara Moynlin. ¿Queréis saber el resto acerca de mí? He estado fuera dos veces sin encontrar nada y ahora mato el tiempo hasta que se presente un buen viaje. Por eso trabajo como instructora adjunta.

—¿Cómo sabes cuándo es un buen viaje? —preguntó la chica Forehand.

—Eres lista, ¿sabes? Es una buena pregunta, una de las que me gustan oíros hacer, porque demuestra que pensáis. Pero si existe la respuesta, yo no la sé. Veamos. Ya sabéis que esta nave es una Tres. Ha hecho tres viajes de ida y vuelta, pero es razonable pensar que aún tiene combustible para dos más. Yo la preferiría a una de una sola plaza, que es para jugadores temerarios.

—El señor Chou también ha dicho esto —intervino la chica Forehand—, pero mi padre, que ha examinado todos los archivos desde la Primera Órbita, opina que las de una plaza no son tan malas.

¿QUÉ HACE LA CORPORACIÓN?

El propósito de la Corporación es explotar las naves espaciales abandonadas por los Heechees, y comerciar, desarrollar o utilizar como convenga los artefactos, mercancías, materias primas u otras cosas de valor descubiertas por medio de estas naves.

La Corporación favorece el desarrollo comercial de la tecnología Heechee, y para este fin concede arriendos sobre una base de royalties.

Los beneficios se emplean para pagar las acciones correspondientes a socios limitados, como usted mismo, que hayan contribuido a descubrir nuevas cosas de valor; para pagar los gastos del mantenimiento de Pórtico, no cubiertos por el impuesto per cápita; para pagar a cada uno de los socios generales una suma anual suficiente para cubrir el coste de mantener la vigilancia por medio de los cruceros espaciales que usted habrá observado en órbita a nuestro alrededor; para crear y mantener una adecuada reserva para contingencias, y para emplear el resto de los ingresos en la investigación y el desarrollo de los propios objetos de valor.

En el año fiscal que terminó el 30 de febrero pasado, los beneficios totales de la Corporación excedieron los $3,7 \times 10^{12}$ dólares USA.

—Tu padre puede quedarse con ellas —replicó Gelle-Klara Moynlin—. No se trata sólo de estadísticas. Las de una plaza son solitarias. Y en cualquier caso, una sola persona no puede ocuparse de todo cuando se tiene suerte; necesita tripulantes, uno de ellos en órbita; la mayoría de nosotros deja a un hombre en la nave, parece que uno se siente más seguro así; por lo menos alguien *podría* ayudar si las cosas fueran mal. Los otros dos aterrizan en el módulo para echar una ojeada. Claro que, si hay suerte, hay que repartirlo entre tres. Pero si el hallazgo es importante, hay mucho para repartir. Y si no se encuentra nada, la tercera parte es igual que todo.

—Entonces, ¿no sería todavía mejor una Cinco? —pregunté yo.

Klara me miró y casi guiñó un ojo; me sorprendió que recordase que habíamos bailado juntos la noche anterior.

—Tal vez sí, tal vez no. Lo que pasa con las Cinco es que tienen una aceptación de destino casi ilimitada.

—Habla claro, por favor —rogó Sheri.

—Los Cinco aceptan muchos más destinos que los de una y tres plazas. Yo creo que es porque algunos de esos destinos son peligrosos. La peor nave que he visto volver fue una Cinco; agrietada, calcinada, retorcida; nadie sabe cómo pudo regresar. Tampoco se sabe dónde estuvo, pero he oído decir a alguien que pudo llegar hasta la fotosfera de una estrella. La tripulación no pudo decírnoslo; todos habían muerto.

»Claro que una Tres acorazada —prosiguió, pensativa— acepta casi tantos destinos como una Cinco, pero el riesgo es más o menos igual. Bueno, ¿qué os parece si empezamos? Tú... —señaló a Sheri—, siéntate allí.

La chica Forehand y yo nos arrastramos por entre la mezcla de mobiliario humano y Heechee para hacerle sitio. No había mucho. Si sacabas todo lo que contenía una Tres, te encontrabas en un espacio de cuatro metros por tres; pero, claro, si lo sacabas todo no podía funcionar.

Sheri se sentó frente a la columna de ruedas, removiendo el trasero para acomodarse.

—¿Qué clase de culos tenían los Heechees? —se quejó.

La profesora repuso:

—Otra buena pregunta que tampoco tiene contestación. Cuando lo averigües, dínoslo. La Corporación pone esa malla en los asientos; no es equipamiento original. Está bien. Veamos. Eso que estás mirando es el seleccionador de destino. Pon la mano en *una* de las ruedas. En cualquiera, pero no toques ninguna más. Ahora muévela.

Observó ansiosamente mientras Sheri tocaba la rueda de abajo, hacía fuerza con los dedos, luego colocaba sobre ella la palma de la mano, se enderezaba contra los brazos en forma de V del asiento y apretaba.

—¡Vaya! —exclamó Sheri—. ¡Tenían que ser muy fuertes!

Nos turnamos frente a la rueda —Klara no nos dejó tocar otra aquel día—, y cuando llegó mi turno me sorprendió tener que emplear toda la fuerza de mis músculos para moverla. No es que diese la impresión de estar atascada; más bien de que su dureza obedecía a algún propósito. Y, pensando en lo mal que lo puedes pasar si por accidente cambias de rumbo a medio vuelo, lo más probable es que fuera esto último.

Como es natural, ahora también sé más de esto que mi profesora de entonces. No es que sea muy listo, pero un montón de gente ha tardado muchísimo tiempo en comprender qué ocurre en el momento en que se elige un rumbo.

El seleccionador de destino es una hilera vertical de generadores. Las luces que se encienden revelan números, lo cual no es fácil de ver porque no *parecen* números. No son de posición ni decimales. (Por lo visto, los Heechees expresaban los números como sumas de primos y exponentes, pero todo esto es demasiado complicado para mí.) En realidad, los únicos que han de saber leer los números son los pilotos de control y los programadores de rumbo que trabajan para la Corporación, y no lo hacen directamente sino con un traductor computador. Los cinco primeros dígitos aparecen para expresar la posición del destino en el espacio y se leen de abajo arriba. (Dane Metchnikov dice que el verdadero orden no es de abajo arriba sino de delante atrás, lo cual revela algo acerca de los Heechees. Se orientaban en tres-D, como el hombre primitivo, y no en dos-D, como nosotros.) Uno diría que tres números son suficientes para describir cualquier punto del universo, ¿verdad? Quiero decir que si se hace una representación tridimensional de la Galaxia, se puede expresar cualquier punto de ella por medio de un número para cada una de las tres dimensiones. Pero los Heechees necesitaban cinco. ¿Significa esto que los Heechees podían percibir cinco dimensiones? Metchnikov dice que no...

Bueno, dejemos esto. Cuando han aparecido los cinco primeros números, los otros siete pueden colocarse en posiciones muy arbitrarias, pero así y todo uno despega cuando presiona la teta de acción.

LAS NAVES DE PÓRTICO

Las naves que se encuentran en Pórtico son capaces de vuelos interestelares a mayor velocidad que la de la luz. El medio de propulsión es desconocido (ver manual del piloto). Hay asimismo una propulsión por cohete bastante convencional, que emplea hidrógeno líquido y oxígeno líquido para el control de altitud y para la propulsión del módulo, del que está provista cada nave interestelar.

Hay tres clasificaciones principales designadas como Clase 1, Clase 3 y Clase 5, de acuerdo con el número de personas que pueden llevar. Algunas de las naves son de una construcción particularmente pesada, por lo que se llaman «acorazadas». La mayor parte de las naves acorazadas son de la Clase 5.

Cada nave está programada para navegar automáticamente a una serie de destinos. El regreso es automático y muy seguro en la práctica. Su curso sobre el funcionamiento lo preparará adecuadamente para todas las tareas necesarias en el pilotaje de su nave; no obstante, lea el manual del piloto, que contiene las reglas de seguridad.

Lo que se suele hacer (o, mejor dicho, lo que suelen hacer los programadores que figuran en la nómina de la Corporación para resolver este tipo de cosas) es elegir cuatro números al azar. Entonces se van probando los otros números hasta obtener una especie de resplandor rosado. A veces es débil y a veces muy brillante. Si te quedas con él y aprietas la parte lisa y ovalada que hay bajo la teta, los otros números empiezan a danzar alrededor, sólo a un par de milímetros de su posición original, y el resplandor rosado se intensifica. Cuando se detienen, el rosa es muy subido y de una excepcional brillantez. Metchnikov dice que se trata de un dispositivo automático de precisión. La máquina tiene en cuenta un posible error humano (perdón, quiero decir, Heechee) y cuando has dado con un blanco real y válido, realiza los últimos ajustes automáticamente. Tal vez Metchnikov esté en lo cierto.

(Como es natural, aprender todas estas cosas costaba mucho tiempo y dinero, y también algunas vidas. Ser prospector es peligroso. Pero para los primeros que salieron fue más bien un suicidio.)

A veces se busca el quinto número inútilmente, sin conseguir nada. Entonces te pones a lanzar maldiciones, y después cambias uno de los cuatro números y empiezas otra vez. Este proceso sólo requiere unos segundos, pero hay pilotos de prueba que han estado cien horas seleccionando combinaciones sin lograr el color adecuado.

Por supuesto que cuando yo hice mi primera salida los pilotos de prueba y programadores de rumbo habían encontrado más de cien combinaciones posibles, que daban buen color y aún no se habían usado, aparte de las conocidas, que o bien no valían la pena o no devolvían a las tripulaciones.

Pero yo ignoraba todo esto por aquel entonces, y cuando me acomodé en aquel asiento Heechee modificado, todo era nuevo, completamente nuevo.

Y dudo de que sepa explicar cuáles eran mis sentimientos.

Me refiero a que allí estaba yo, en un asiento que habían ocupado los Heechees hacía medio millón de años. Lo que tenía delante era un seleccionador de blanco. La nave podía ir a *cualquier parte*. ¡A cualquier parte! Si elegía el blanco correcto, ¡yo podía encontrarme en los alrededores de Sirio, Proción e incluso la Nebulosa de Magallanes!

La profesora se cansó de tener la cabeza colgando; se introdujo por la abertura y vino hasta mí.

—Ahora te toca a ti, Broadhead —dijo, posando una mano en mi hombro y apoyando contra mi espalda lo que tomé por sus pechos.

Yo me sentía reacio a tomar nada. Pregunté:

—¿No hay manera de tener una idea de adónde irás a parar?

—Es probable que sí —me contestó—, si eres un Heechee y has estudiado para piloto.

—¿Ni siquiera algo así como que un color te lleva más lejos de aquí que otro?

—Nadie lo ha comprobado, aunque, como es natural, no dejan de intentarlo. Hay todo un equipo dedicado a programar los informes de las misiones que han vuelto con las combinaciones que les hicieron despegar. Hasta ahora, estas naves han regresado vacías. Bueno, manos a la obra, Broadhead. Apoya toda tu mano sobre la primera rueda, la que han usado los demás. Aprieta con fuerza. Requiere más fuerza de la que crees.

Era cierto. De hecho, casi temía apretar demasiado y poner la nave en marcha. Ella se inclinó y puso la mano sobre la mía, y entonces me di cuenta de que aquel agradable olor a almizcle que cosquilleaba hacía un rato mi nariz provenía de ella. Pero no era solamente almizcle; sus ferómonos se estaban introduciendo placenteramente en mis quimiorreceptores. Era un cambio delicioso después del hedor de Pórtico.

Pero la cuestión es que no supe lograr un color bonito, a pesar de que lo intenté durante cinco minutos antes de que ella me dijera por señas que me levantara y Sheri ocupara mi lugar.

Cuando volví a mi habitación, alguien la había limpiado. Me pregunté quién habría sido, rebosante de agradecimiento, pero me sentía demasiado cansado para hacer elucubraciones. Hasta que uno se acostumbra, la falta de gravedad puede ser agotadora; se ejercitan demasiado los músculos porque es preciso aprender toda una serie de economías en los movimientos.

Tendí la hamaca y ya estaba dormitando cuando oí que alguien rascaba la persiana de mi puerta y después la voz de Sheri:

—¡Bob!

—¿Qué hay?

—¿Estás dormido?

Era evidente que no lo estaba, pero interpreté la pregunta tal como ella quería.

—No, sólo pensaba.

—Yo también... Oye, Bob.

—Dime.

—¿Te gustaría que viniera a tu hamaca?

Hice un esfuerzo a fin de despertarme lo suficiente para considerar los méritos de la pregunta.

—Yo lo deseo de verdad —añadió ella.

—Sí, claro. Quiero decir, me gustará que vengas.

Entró en mi habitación y yo le hice sitio en la hamaca, que osciló ligeramente cuando ella se tendió junto a mí. Llevaba una camiseta de punto y bragas, y su contacto era suave y cálido mientras nos columpiábamos en el hueco de la hamaca.

—No es necesario que haya sexo —dijo—; estaré bien de cualquier modo.

—Ya veremos. ¿Estás asustada?

Su aliento era lo más perfumado de su persona; yo lo sentía en la mejilla.

—Mucho más de lo que me imaginaba.

—¿Por qué?

—Bob... —Se movió hasta ponerse cómoda y entonces volvió la cabeza para mirarme por encima del hombro—. ¿Sabes que a veces dices cosas muy estúpidas?

—Lo siento.

—Lo digo en serio. Piensa un poco. Estamos a punto de subir a bordo de una nave cuyo destino desconocemos y de la que incluso ignoramos si puede llegar a su destino. Iremos a mayor velocidad que la luz, pero no sabemos cómo. Ignoramos cuánto tiempo estaremos fuera. Podríamos estar viajando durante el resto de nuestras vidas y morir antes de llegar a nuestro destino, si es que antes no surge algo que nos mate en dos segundos. Es cierto, ¿verdad? Entonces, ¿por qué me preguntas si estoy asustada?

—Era sólo por hablar —repuse, adaptándome a su espalda y cubriendo un pecho con la mano, no con agresividad, sino porque era agradable al tacto.

—Y no sólo eso. No sabemos nada de la gente que construyó las naves. ¿Acaso no puede tratarse de un chiste de mal gusto por su parte? ¿Una manera de atraer carne fresca hasta el cielo Heechee?

—No, no lo sabemos. Da la vuelta.

—Y la nave que nos han enseñado esta mañana no es en absoluto como yo pensaba que serían —continuó, obedeciéndome y poniendo una mano en mi nuca.

Se oyó un estridente silbido, de procedencia poco clara.

—¿Qué ha sido eso?

—No lo sé. —Volvió a sonar; parecía proceder del túnel, pero también del interior de mi habitación—. Oh, es el teléfono.

Lo que estaba oyendo era mi propio piezófono y los que había a ambos lados de la hamaca; los tres sonaban a la vez. El silbido paró y se oyó una voz:

«Soy Jimmy Chou. Todos los novatos que queráis ver el aspecto que tiene una nave cuando regresa de un mal viaje, venid al Muelle número 4. Ahora la están entrando.»

Oí unos murmullos en la habitación de los Forehand y sentí los latidos del corazón de Sheri.

—Será mejor que vayamos —dije.

—Lo sé. Pero no tengo ganas... no muchas.

La nave había logrado volver a Pórtico, pero no del todo. Uno de los cruceros en órbita la había detectado y seguido. Ahora un remolcador la llevaba a los muelles de la Corporación, donde habitualmente sólo atracaban los cohetes procedentes de los planetas. Había un hangar de tamaño suficiente para albergar incluso una Cinco. Ésta era una Tres... o lo que quedaba de ella.

—Oh, Dios mío —murmuró Sheri—. Bob, ¿qué crees que les habrá sucedido?

—¿A la tripulación? Murió.

No cabía una duda razonable; la nave era una ruina. Había desaparecido el modulo, sólo estaba el vehículo interestelar; la cabeza de hongo seguía allí, pero distorsionada, rota, fundida por el calor. ¡Rota! ¡El metal Heechee no se ablandaba siquiera bajo un arco voltaico!

Pero aún no habíamos visto lo peor.

No lo vimos nunca, sólo lo conocimos de oídas. Un hombre estaba todavía en el interior de la nave. Por todo el interior de la nave. Había sido literalmente salpicado por la cabina de control y sus restos estaban incrustados en las paredes. ¿Por qué? Por el calor y la aceleración, sin duda. Tal vez se encontraba en el borde de la parte superior de un sol o en órbita cercana alrededor de una estrella de neutrones. El diferencial en la gravedad pudo ser la causa del desastre en la nave y la dotación. Pero jamás lo supimos.

Los otros dos miembros de la tripulación no regresaron. No es que fuera fácil determinarlo; pero el censo de los órganos reveló una sola mandíbula, una pelvis, una espina dorsal..., aunque en muchos trozos minúsculos. Quizá los otros dos estaban en el módulo.

—¡Muévete, novato!

Sheri me agarró del brazo y me sacó de allí. Entraron cinco miembros uniformados de la tripulación de los cruceros: la americana y el brasileño de azul, el ruso de beige, la venusina de blanco y el chino de caqui. Todos los rostros eran diferentes, pero las expresiones se reducían a la misma mezcla de disciplina y hastío.

—Vámonos.

Sheri me empujó. No quería ver a los tripulantes hurgando entre los restos, y yo tampoco. Toda la cla-

REGLAS DE SEGURIDAD PARA
LAS NAVES DE PÓRTICO

Se sabe que el mecanismo para viajes interestelares está contenido en la caja que tiene forma de diamante situada bajo la quilla central de las naves de cinco y tres plazas, y en los lavabos de las naves de una sola plaza.

Nadie ha logrado abrir con éxito una de estas cajas. Todas las tentativas han resultado en una explosión de aproximadamente 1 kilotón de fuerza. Un importante proyecto de investigación está estudiando el modo de penetrar en esta caja sin destruirla. Y si usted, como miembro limitado, tiene cualquier información o sugerencia que transmitir a este respecto, debe ponerse en contacto inmediato con un funcionario de la Corporación.

¡Pero no intente, en ninguna circunstancia, abrir usted mismo la caja! Está rigurosamente prohibido manipularla de la forma que sea y atracar una nave cuya caja haya sido manipulada. El castigo es la pérdida de todos los derechos y la inmediata expulsión de Pórtico.

El mecanismo de selección de rumbo plantea asimismo un peligro potencial. En ninguna circunstancia está permitido cambiar el rumbo cuando el vuelo ya ha sido iniciado. No ha regresado jamás una nave en la que se ha intentado semejante cambio.

se, Jimmy Chou, Klara y los otros profesores empezaron a retirarse a sus respectivas habitaciones. Pero no con la suficiente rapidez. Habíamos mirado hacia la cabina por la portilla; cuando la patrulla de los cruceros la abrió, pudimos oler el aire que venía del interior. No sé cómo describirlo. Tal vez como basura podrida puesta a hervir para dar de comer a los cerdos. Incluso en el fétido aire de Pórtico resultaba difícil de soportar.

La profesora bajó en su propio nivel, muy abajo, en el elegante distrito que rodeaba el Nivel Fácil. Cuando me miró al oírme decir buenas noches, observé por primera vez que estaba llorando.

Sheri y yo dimos las buenas noches a los Forehand ante su puerta y entonces me volví hacia ella, pero ya se había adelantado.

—Creo que voy a dormir para olvidar —dijo—. Lo siento, Bob, pero ya no me apetece.

9

No sé por qué continúo visitando a Sigfrid von Shrink. Mi cita con él es siempre el miércoles por la tarde, y no le gusta que antes de ir beba o me drogue, así que me fastidia todo el santo día. Pago mucho dinero, no saben cuánto, por vivir como vivo. Por mi apartamento sobre Washington Square pago dieciocho mil dólares al mes. Los impuestos de residencia por vivir bajo la Gran Burbuja ascienden a tres mil más. (¡No cuesta tanto residir en Pórtico!) Tengo cuentas abiertas muy respetables para pieles, vino, ropa interior, joyería, flores... Sigfrid dice que trato de comprar el amor. ¿Y qué, si es cierto? ¿Qué hay de malo en ello? Puedo permitirme ese lujo. Y esto sin mencionar lo que me cuesta el Certificado Médico Completo.

En cambio Sigfrid me sale gratis. El Certificado Médico me cubre la terapia psiquiátrica de la variedad que yo prefiera; podría asistir a la terapia de grupo o el masaje interno por el mismo precio, es decir, gratis. A veces bromeo con él a este respecto.

—Incluso considerando que no eres más que un montón de viejos tornillos —le digo—, resultas bastante inútil. Pero tu precio es justo.

—¿Decir que yo no valgo nada te hace sentir más valioso? —pregunta.

—No en especial.

—Entonces, ¿por qué insistes en recordarte a ti mismo que soy una máquina? ¿O que no te cuesto nada? ¿O que no puedo trascender mi programación?

—Supongo que es porque estoy harto de ti, Sigfrid. —Sé que esto no le satisfará, así que me explico—: Me has estropeado la mañana. Esta amiga S. Ya. Lavorovna, se quedó a dormir anoche. Es *estupenda*.

Procedo a contar a Sigfrid algunas cosas sobre S. Ya., incluyendo su aspecto cuando se aleja de mí con sus pantalones de fibra elástica y su cabellera rubia colgando hasta la cintura.

—Parece encantadora —comenta Sigfrid.

—Por tus tornillos que lo es. Su único defecto es que le cuesta desperezarse por la mañana, y justo cuando empezaba a animarse de nuevo he tenido que abandonar mi residencia veraniega de Tappan Sea para venir a verte.

—¿La amas, Bob?

La respuesta es no, y como quiero hacerle creer que es sí, contesto:

—No.

—Una contestación sincera, Bob —dice con aprobación, decepcionándome—. ¿Por eso estás enfadado conmigo?

—Oh, no lo sé. Estoy de mal humor, eso es todo.

—¿Se te ocurre una razón?

Espera a que responda, así que al final digo:

—Bueno, anoche perdí a la ruleta.

—¿Más de lo que puedes permitirte?

—Dios mío, no.

Pero es molesto, de todos modos. Hay otras cosas, además. Nos estamos acercando al tiempo fresco y mi residencia de Tappan Sea no está bajo la Burbuja, así que sentarme a almorzar con S. Ya. en el porche no fue buena idea. No quiero mencionar esto a Sigfrid porque diría algo muy racional como: ¿por qué no me hacía servir el almuerzo dentro de la casa? Y yo tendría que repetir una vez más que cuando era niño mi máximo deseo era poseer una casa en Tappan Sea y almorzar en el porche para contemplar la vista. Cuando yo tenía unos doce años acababan de construir una presa en el Hudson. Soñaba continuamente con hacerme rico y vivir a lo grande como los millonarios. Pero él ya me ha oído contar todo esto.

Sigfrid carraspea.

—Gracias, Bob —dice para insinuarme que la hora ha terminado—. ¿Te veré la próxima semana?

—¿No me ves siempre? —replico, sonriendo—. Cómo vuela el tiempo. En realidad, hoy quería marcharme un poco antes.

—¿Ah, sí, Bob?

—Tengo otra cita con S. Ya. —explico—. He de recogerla para volver a mi casa de verano. Con franqueza, lo que ella me hará es una terapia mucho mejor que la tuya.

—¿Es eso todo lo que deseas de una relación, Robbie?

—¿Quieres decir, sólo sexo? —La respuesta, en este caso, es no, pero no quiero que sepa lo que deseo de mis relaciones con S. Ya. Lavorovna. Respondo—: Es un poco diferente de la mayoría de mis amigas, Sigfrid. Para empezar, tiene casi tanta pasta como yo, y un magnífico empleo. La admiro.

Bueno, no demasiado o, mejor dicho, no me importa saber si la admiro o no. S. Ya. tiene algo que me impresiona todavía más que el trasero más sensacional colocado por Dios en una hembra humana. Su magnífico empleo está en la sección de información. Fue a la Universidad Akademogorsk, estudió en el Instituto Max Planck para Inteligencia de las Máquinas y da clases a estudiantes graduados en el departamento AI de NYU. Sabe más cosas de Sigfrid que éste de sí mismo, lo cual me sugiere posibilidades muy interesantes.

10

Al quinto día, más o menos, de mi estancia en Pórtico, me levanté temprano y decidí permitirme el lujo de desayunar en el Heecheetown Arms, rodeado de turistas, jugadores del casino y tripulantes de los cruceros. Era lujoso y el precio también, pero valía la pena por los turistas, que no dejaban de mirarme. Yo sabía que hablaban de mí, en particular un viejo africano de facciones bondadosas creo que de Dahomey o Ghana, y su joven esposa, muy rechoncha y muy enjoyada. A sus ojos yo era un temerario héroe de Pórtico; no llevaba ningún brazalete, pero había algunos veteranos que tampoco los llevaban.

Muy complacido, pensé en pedir huevos fritos y tocino ahumado, pero ni siquiera mi momentánea euforia me lo permitió, y en su lugar pedí zumo de naranja (que, ante mi sorpresa, resultó auténtico), un brioche y varias tazas de café negro danés. Lo único que me faltaba era una chica bonita en el brazo de mi sillón. Había dos guapas mujeres que parecían tripulantes del crucero chino; ambas se mostraban dispuestas a intercambiar mensajes radiados con la mirada, pero decidí reservarlas para un próximo futuro y, después de pagar la cuenta (muy dolorosa), me fui para asistir a clase.

Mientras bajaba, me encontré con los Forehand. El hombre, cuyo nombre parecía ser Sess, bajó con el cable y esperó para desearme cortésmente buenos días.

—No le hemos visto durante el desayuno —mencionó su esposa, por lo que les conté dónde había desayunado.

La hija menor, Lois, me miró con algo de envidia. Su madre sorprendió la expresión y le dio unas palmadas.

—No te preocupes, cariño. Comeremos allí antes de volver a Venus. —Y añadió, dirigiéndose a mí—: Ahora tenemos que gastar con cuidado. Pero cuando descubramos algo, gastaremos los beneficios en unos planes estupendos.

ANUNCIOS

Banquetes de gourmet por encargo. Szechuan, California. Comida cantonesa. Especialidad en almuerzos para fiestas. Los Wong, tel. 83-242.

¡Carreras como conferenciantes o profesores esperan a los retirados de muchos brazaletes! Inscríbase ahora en el curso de orador público, preparación con holovisor, dirección PR. Inspeccione cartas auténticas; los graduados ganan como mínimo $ 3.000 semanales. 86-521.

¡Bien venido a Pórtico! Establezca rápidos contactos. Nuestro servicio es único. 200 nombres, preferencias archivadas. Presentaciones $ 50. 88-963.

—Todos los hemos hecho —repliqué, pero de pronto se me ocurrió algo—: ¿De verdad van a volver a Venus?

—Claro que sí —contestaron todos, al parecer sorprendidos por la pregunta.

Y esto me sorprendió a mí. No creía que las ratas de túnel pudieran considerar aquella fétida caldera como su hogar. Sess Forehand debió de leer mi expresión. Eran una familia reservada, pero se daba cuenta de todo. Sonrió y me dijo:

—Después de todo, es nuestro hogar. También lo es Pórtico, en cierto modo.

Esto sí que era asombroso.

—Es que somos parientes del primer hombre que descubrió Pórtico, Sylvester Macklen. ¿Ha oído hablar de él?

—¿Cómo evitarlo?

—Era primo en tercer grado. Supongo que conoce toda la historia, ¿no? —Empecé a decir que sí, pero resultaba evidente que estaba orgulloso de su primo, de lo cual yo no podía culparle, así que le dejé contarme una versión algo diferente de la conocida leyenda—: Se encontraba en uno de los túneles del polo Sur y descubrió una nave. Sólo Dios sabe cómo pudo izarla hasta la superficie, pero lo consiguió y entró en ella, y es obvio que pulsó la teta correcta, pues la nave viajó hasta dónde estaba programada para volar: aquí.

—¿Y les paga la Corporación unos derechos? —pregunté—. Quiero decir, si pagan por los descubrimientos, este descubrimiento se lo merecía más que ninguno, ¿no?

—A nosotros nada, desde luego —repuso Louise Forehand en tono sombrío; el dinero era un tema candente entre los Forehand—. Claro que Sylvester no salió a descubrir Pórtico. Como usted ya sabe por haberlo oído en clase, las naves tienen un regreso automático. Vayas adonde vayas, sólo tienes que pulsar la teta de lanzamiento y vuelves directamente aquí. Pero esto no pudo ayudar a Sylvester, ya que él *estaba* aquí. Era el regreso de un viaje de ida y vuelta con una escala de un número astronómico de años.

—Era listo y fuerte —intervino Sess—. Es preciso serlo para explorar. Por eso no cedió ante el pánico. Pero cuando alguien llegó hasta aquí para investigar, él ya no vivía. Podría haber durado un poco más si hubiera usado el oxígeno líquido y el hidrógeno-dos que había en los tanques de aire y agua del módulo. Antes solía preguntarme por qué no lo hizo.

—Porque se habría muerto igualmente de hambre —replicó Louise, defendiendo a su pariente.

—Claro. Sea como fuere, encontraron su cuerpo, con las notas en la mano. Se había degollado.

Eran buenas personas, pero yo ya había oído hablar de todo esto y por su culpa llegaría tarde a clase.

Claro que las clases no eran demasiado amenas en aquel preciso momento. Habíamos llegado a Tender la Hamaca (Básico) y Tirar de la Cadena (Avanzado). Tal vez ustedes se pregunten por qué no dedicaban más tiempo a enseñarnos a manejar las naves. Es sencillo. Los aparatos navegaban solos, como ya me habían dicho los Forehand y todos los demás. Ni siquiera los módulos eran difíciles de manejar, aunque ellos sí que necesitaban una mano en los controles. Una vez dentro del módulo, lo único que tenías que hacer era comparar con un tres-De, una especie de representación holográfica del área inmediata del espacio con el lugar adonde querías ir, y maniobrar con un punto de luz hasta el sitio elegido. El módulo iba allí. Calculaba sus propias trayectorias y corregía sus propias desviaciones. Se necesitaba un poco de coordinación muscular para mover aquel punto de luz hacia donde querías que fuera, pero era un sistema infalible.

Entre las sesiones de tirar de la cadena y tender la hamaca charlábamos sobre lo que haríamos cuando nos graduásemos. Las fechas de lanzamiento se anunciaban en el momento oportuno y aparecían en el monitor de PV de nuestra clase siempre que alguien pulsaba el botón. Algunos iban acompañados de nombres y hubo dos o tres que pude reconocer. Tikki Tumbull era una chica con la que había bailado y junto a la cual había comido varias veces en la cantina. Era piloto regular y, como necesitaba tripulantes, se me ocurrió presentarme, pero los sabelotodos me dijeron que las misiones regulares eran una pérdida de tiempo.

Debería decirles qué es un piloto regular. Es el tipo que transporta tripulaciones nuevas a Pórtico Dos. Hay como una docena de Cincos dedicados a esto. Se llevan a cuatro personas (las que Tikki necesitaba) y luego el piloto vuelve solo, o con prospectores que regresan, si hay alguno, y lo que han encontrado. En general suele haber alguien.

El equipo que encontró Pórtico Dos representaba todos nuestros sueños. Lo habían *conseguido*. ¡Vaya, y de qué manera! Pórtico Dos era otro Pórtico, ni más ni menos, sólo que su órbita era alrededor de otra estrella. En cuanto a tesoros, en Pórtico Dos había lo mismo que en nuestro Pórtico; los Heechees se lo habían llevado todo menos las naves. Y éstas abundaban menos, sólo eran ciento cincuenta, mientras que en nuestro Pórtico solar había casi mil. Pero ciento cincuenta naves son un hallazgo importante, sobre todo teniendo en cuenta el hecho de que aceptan algunos destinos que las naves de nuestro Pórtico no parecen aceptar.

LANZAMIENTOS DISPONIBLES

30-107   *Cinco*. Tres puestos vacantes. De habla inglesa. Terry Yakamora (tel. 83-675) o Jay Parduk (83-004).

30-108   *Tres*. Acorazada. Una vacante. Inglés o francés. *Viaje bonificado*. Dorlean Sugrue (tel. 88-108).

30-109   *Uno*. Viaje de reconocimiento. Buen récord de seguridad. Informa capitán de Lanzamiento.

30-110   *Uno. Viaje bonificado*. Acorazada. Informa capitán de Lanzamiento.

30-111   *Tres*. Alistamiento abierto. Informa capitán de Lanzamiento.

30-112   *Tres*. Probable viaje corto. Alistamiento abierto. Garantía mínima. Informa capitán de Lanzamiento.

30-113   *Uno*. Cuatro vacantes vía Pórtico Dos. Transporte en seguros Cincos. Tikki Trumbull (tel. 87-869).

El viaje a Pórtico Dos es de unos cuatrocientos años-luz y dura ciento nueve días de ida y ciento nueve de vuelta. La estrella principal de Pórtico Dos es de un azul brillante, tipo B. Creen que es Alción, de las Pléyades, pero existe cierta duda. Bueno, en realidad no es la *verdadera* estrella de Pórtico Dos, ya que su órbita no gira alrededor de la grande, sino de una minúscula roja. Dicen que la minúscula es probablemente un binario distante de la azul B, pero también dicen que esto es imposible, debido a la diferencia de edad de las dos estrellas. Si siguen discutiendo unos años más, acabarán por saberlo. Uno se pregunta por qué los Heechees tenían que situar la confluencia de sus líneas espaciales en torno a una estrella tan insignificante, pero uno se pregunta muchas cosas acerca de los Heechees.

Sin embargo, todo esto no afecta la cartera del equipo que descubrió el lugar. ¡Reciben un royalty por todo cuanto encuentran los prospectores posteriores! Ignoro cuánto han ganado hasta ahora, pero debe de ser varias decenas de millones cada uno. Tal vez incluso centenares de millones. Y ésta es la razón de que no compense ir con un piloto regular; las probabilidades de encontrar algo no son mucho mayores y hay que compartir lo que se gana.

Así pues, repasamos la lista de lanzamientos inminentes y los discutimos partiendo de nuestra experiencia de cinco días. Como no era mucha, pedimos consejo a Gelle-Klara Moynlin. Después de todo, ella ya había salido dos veces. Estudió la lista de vuelos y los nombres, frunciendo los labios.

—Terry Yakamora es un tipo decente —dijo—. No conozco a Parduk, pero su viaje podría valer la pena. Hay que eliminar el vuelo de Dorlean; dan una bonificación de un millón de dólares, pero no te dicen que han puesto un tablero de mandos adicional. Los expertos de la Corporación han instalado una computadora que, según ellos, vencerá al selector de blanco Heechee, pero yo no confiaría demasiado. Y, naturalmente, no recomendaría una Uno bajo ninguna circunstancia.

Lois Forehand preguntó:

—¿A quién escogerías tú, Klara?

Ésta reflexionó un momento, frotándose la ceja izquierda con las yemas de los dedos.

—Tal vez a Terry. Bueno, a cualquiera de ellos. Sin embargo, no pienso emprender un nuevo viaje hasta dentro de un tiempo. —Me hubiera gustado preguntarle por qué, pero ella se apartó de la pantalla y dijo—: Está bien, muchachos, regresemos al punto de partida. Recordad, arriba para hacer pis; abajo, cerrad, esperad a diez y después arriba para hacer lo otro.

Decidí celebrar el fin de la semana de clases sobre el manejo de las naves invitando a Dane Metchnikov a tomar una copa. Ésta no fue mi primera intención. Mi primera intención fue invitar a Sheri a tomar una copa y tomarla en la cama, pero ella había salido a no sé dónde. Así que cogí el piezófono y llamé a Metchnikov.

Pareció sorprendido al oír mi ofrecimiento.

—Gracias —dijo, y después reflexionó—. Te diré lo que vamos a hacer. Ayúdame a trasladar unas cosas y yo te invitaré a un trago.

De modo que bajé a su alojamiento, enclavado en un nivel inferior al Babe; su habitación no era mucho mejor que la mía, y estaba vacía, a no ser por un par de maletas llenas. Me miró de forma casi amistosa.

—Bueno, ahora ya eres prospector —gruñó.

—Todavía no. Aún me quedan otros dos cursos.

—De todos modos, hoy será el último día que nos veamos. Mañana embarco con Terry Yakamora.

No pude reprimir mi sorpresa.

—¿No acabas de regresar hace unos diez días?

—Es imposible hacerte rico si te quedas aquí. Lo único que estaba esperando era la tripulación adecuada. ¿Quieres venir a mi fiesta de despedida? En la habitación de Terry. A las doscientas.

—Me parece estupendo —repuse—. ¿Puedo llevar a Sheri?

—Oh, claro; de todos modos, creo que ya estaba

invitada. Si no te importa, tomaremos allí la copa prometida. Échame una mano y sacaremos todo esto de aquí.

Había acumulado una sorprendente cantidad de cosas. Me pregunté cómo habría logrado almacenarlas todas en una habitación tan pequeña como la mía: tres maletas de lona verdaderamente repletas, holodiscos y un visor, libros en cintas magnetofónicas y unos cuantos libros propiamente dichos. Yo cogí las maletas. En la Tierra seguramente habrían pesado demasiado para mis fuerzas, unos cincuenta o sesenta kilos, pero en Pórtico eso no era problema, lo más difícil consistió en arrastrarlas por los pasillos y bajarlas por los pozos. Yo tenía el volumen, pero Metchnikov tenía los problemas, pues él era quien llevaba las cosas sueltas y más frágiles. Finalmente llegamos a una parte del asteroide que yo no había visto nunca, donde una anciana mujer paquistaní contó los bultos, dio un recibo a Metchnikov y empezó a arrastrarlos por un pasillo totalmente cubierto de enredaderas.

—¡Vaya! —gruñó él—. Bueno, gracias.

—De nada. —Volvimos sobre nuestros pasos en dirección a un pozo de bajada y, a fin de darme conversación, supongo que porque creyó que me debía un favor social y que estaba obligado a ello, dijo:

—Bueno, ¿qué tal ha estado el curso?

—¿Aparte de que acabe de terminarlo y aún siga sin tener ni idea de cómo se tripulan esas malditas naves?

—Bueno, claro que no tienes ni idea —contestó con irritación—. El curso no lo enseña; sólo te da unas orientaciones generales. Es suficiente. Lo peor es el aterrizaje, naturalmente. De todos modos, te han dado las grabaciones, ¿verdad?

—Oh, sí. —Había seis casetes. Nos dieron un juego a cada uno en cuanto terminamos la primera semana de clases. Contenían todo lo que se había dicho en ellas, aparte de muchas otras informaciones sobre los distintos mandos que la Corporación podía, o no podía, incorporar a un tablero Heechee y cosas por el estilo.

—Escúchalas —aconsejó—. Si tienes algo de sentido común te las llevarás cuando salgas de viaje. Entonces hay tiempo de sobras para escucharlas. Casi todas las naves funcionan automáticamente.

—Es una suerte —repuse con cierta incredulidad—. Hasta luego. —Agitó una mano en señal de despedida y se descolgó por un cable de bajada sin mirar hacia atrás. Aparentemente yo había aceptado tomar la copa que me debía durante la fiesta. Allí no le costaría ni un céntimo.

Pensé ir a buscar otra vez a Sheri, pero decidí no hacerlo. Me encontraba en una parte de Pórtico que no conocía, y naturalmente había dejado el mapa en mi habitación.

Eché a andar sin rumbo fijo, más o menos al azar, dejando atrás algunas encrucijadas donde varios túneles olían a humedad y polvo y estaban muy poco concurridos, hasta llegar a una sección habitada que parecía pertenecer a los europeos orientales. No reconocí ningún idioma, pero había pequeñas notas y letreros murales colgando de la abundante hiedra que parecían escritos en alfabeto cirílico o algo por el estilo.

Llegué a un pozo, reflexioné un momento, y después agarré el cable de subida. Lo mejor que puedes hacer para no perderte en Pórtico es subir hasta que llegas al huso, donde termina la «ascensión».

Pero esta vez pasé frente a Central Park e, impulsivamente, solté el cable de subida con la intención de sentarme un rato bajo un árbol.

Central Park no es realmente un parque. Es un gran túnel, no lejos del centro de rotación del asteroide, que ha sido consagrado a la vegetación. Vi algunos naranjos (lo cual me explicó el jugo de naranja) y vides; helechos y musgo, pero nada de hierba. No sé exactamente por qué. Lo más probable es que tenga algo que ver con la necesidad de plantar variedades que sean sensibles a la luz existente, compuesta principalmente por el fulgor azulado que despide el metal Heechee que nos rodea, y quizá no encontrasen el tipo de hierba capaz de utilizarla para su fotoquímica.

Originariamente, la razón principal por la que se creó Central Park fue absorber CO_2 y renovar el oxígeno; eso fue antes de que pusieran vegetación en los túneles. Pero también eliminaba los malos olores, o eso se suponía, y proporcionaba cierta cantidad de alimentos. El parque debía de medir unos ochenta metros de longitud y tenía el doble de altura que yo. Era lo bastante ancho como para dar cabida a algunos senderos. El suelo estaba cubierto por algo muy parecido a la tierra. En realidad se trataba de un mantillo hecho con las aguas fecales de las dos mil personas que habían utilizado los retretes de Pórtico, pero esto no se veía a simple vista y el olor tampoco revelaba nada.

El primer árbol lo bastante grande para sentarse bajo sus ramas no servía para este propósito; era una morera, y estaba rodeado por una fina red destinada a recoger los frutos que cayeran. Seguí adelante y, al fondo, vi a una mujer y una niña.

¡Una niña! Yo no sabía que hubiera niños en Pórtico. Era muy pequeña, no tendría más de un año y

medio, y jugaba con una pelota tan grande y tan eté-
rea en la escasa gravedad que parecía un globo.

—Hola, Bob.

Ésta fue la otra sorpresa; la mujer que me saluda-
ba era Gelle-Klara Moynlin. Sin pensarlo, dije:

—No sabía que tuvieras una hija.

—No la tengo. Ésta es Kathy Francis, y su madre
accede a prestármela de vez en cuando. Kathy, éste es
Bob Broadhead.

—Hola, Bob —exclamó la criaturita, observán-
dome desde unos tres metros de distancia—. ¿Eres
amigo de Klara?

—Así lo espero. Es mi profesora. ¿Quieres jugar
a la pelota conmigo?

Kathy terminó de observarme y dijo claramente,
cada palabra separada de la anterior y con tanta precisión como un adulto:

—No sé cómo se juega a la pelota, pero iré a co-
gerte seis moras. Es lo máximo que puedes coger.

—Gracias. —Me dejé caer junto a Klara, que estaba abrazada a sus rodillas y contemplaba a la niña—. Es un encanto.

—Sí, por supuesto que sí. Es difícil juzgar cuando
no hay otros niños para comparar.

—No será prospectora, ¿verdad?

Yo no estaba bromeando, pero Klara se echó a
reír alegremente.

—Sus padres forman parte del destacamento permanente; bueno, casi permanente. Ahora mismo su
madre está en viaje de exploración; muchos de ellos lo
hacen constantemente. Es imposible pasar demasiado tiempo tratando de deducir lo que hacían los Heechees sin que quieras aplicar tus propias soluciones a
los rompecabezas.

—Suena peligroso.

Me hizo callar. Kathy volvía, con tres de mis moras en la palma de cada mano abierta, a fin de no aplastarlas. Tenía una curiosa forma de andar, que no parecía utilizar demasiado los músculos de la pantorrilla y el muslo; era como si se elevara sobre las puntas de los pies y flotara hasta el siguiente paso. En cuanto me hube dado cuenta traté de imitarla, y resultó ser una manera de andar bastante eficiente en una gravedad cercana a cero, pero mis reflejos lo echaron todo a perder. Supongo que tienes que haber nacido en Pórtico para hacerlo de un modo natural.

La Klara del parque era una persona mucho más relajada y femenina que la Klara profesora. Las cejas, que parecían masculinas y airadas, se convertían en algo atractivo y afable. Seguía oliendo muy bien.

Era muy agradable charlar con ella, mientras Kathy andaba delicadamente a nuestro alrededor y jugaba con la pelota. Comparamos los lugares que habíamos visitado y no hallamos ninguno en común. Lo único que descubrimos tener en común fue que yo había nacido casi el mismo día que su hermano, dos años menor que ella.

—¿Te llevabas bien con tu hermano? —pregunté con segunda intención.

—Sí, claro. Él era el pequeño. Pero también era un Aries, nacido bajo Mercurio y la Luna. Naturalmente, esto le hacía inestable y taciturno. Creo que habría tenido una vida complicada.

Me interesaba menos preguntarle qué había sido de él que averiguar si realmente creía en toda aquella basura, pero no me pareció delicado y, de todos modos, ella siguió hablando.

—Yo soy Sagitario. Y tú..., oh, claro. Tú debes de ser igual que Davie.

—Supongo que sí —repuse cortésmente—. Yo, verás, no me gusta demasiado la astrología.

—No es astrología, sino genetlíaca. Lo primero es superstición, lo segundo es una ciencia.

—Hum.

Se echó a reír.

—Ya veo que no te lo tomas en serio. No importa. Si crees, perfecto; si no crees..., bueno, no tienes que creer en la ley de la gravedad para estrellarte contra el suelo al caer de un edificio de doscientos pisos.

Kathy, que se había sentado junto a nosotros, preguntó dulcemente:

—¿Estáis discutiendo?

—No exactamente, cariño. —Klara le acarició la cabeza.

—Me alegro, Klara, porque tengo que ir al baño y creo que aquí no se puede.

—De todos modos, ya es hora de que nos vayamos. He tenido mucho gusto en verte, Bob. No te dejes arrastrar por la melancolía, ¿eh? —Y se alejaron cogidas de la mano, Klara intentando imitar el extraño paso de la niña. Realmente muy atractiva.

Aquella noche llevé a Sheri a la fiesta de despedida de Dane Metchnikov. Klara estaba allí, vestida con un conjunto de pantalones que dejaba al descubierto parte de su estómago y la hacía parecer aún más atractiva.

—No sabía que conocieras a Dane Metchnikov —le dije.

—¿Cuál es? Quiero decir que Terry es el que me ha invitado. ¿Entramos?

Los asistentes a la fiesta ya llenaban parte del túnel. Metí la cabeza por la puerta y me sorprendí al ver la cantidad de espacio que había dentro; Terry Yakamora tenía dos habitaciones completas, ambas el doble de grandes que la mía. El cuarto de baño era privado y realmente contenía una bañera, o por lo menos una ducha. «Bonito lugar», comenté admirativamente, y por las palabras de otro invitado, descubrí que Klara vivía al otro lado del túnel. Esto cambió mi opinión sobre Klara: si podía permitirse el lujo de pagar un alquiler tan alto como el de aquella zona, ¿por qué seguía en Pórtico? ¿Por qué no había vuelto a casa para gastarse el dinero y divertirse? O de lo contrario, si todavía seguía en Pórtico, ¿por qué se conformaba con su trabajo de instructor adjunto, que apenas le reportaba lo suficiente para pagar los impuestos, y no emprendía ningún otro viaje? Pero no tuve la oportunidad de preguntárselo. Se pasó casi toda la noche bailando con Terry Yakamora y los demás componentes de la tripulación que iban a marcharse.

Perdí de vista a Sheri hasta que vino a mi encuentro, después de un lentísimo fox trot, en compañía de su pareja. Éste era muy joven, un muchacho, en realidad; aparentaba unos diecinueve años. Su rostro me pareció familiar: piel morena, cabello casi blanco, una barbita que le cubría toda la mandíbula de una patilla a otra pasando por la barbilla. No había venido desde la Tierra conmigo. No estaba en nuestra clase. Sin embargo, yo lo había visto en alguna parte.

Sheri nos presentó.

—Bob, ¿conocías a Francesco Hereira?

—Creo que no.

—Es del crucero brasileño.

Entonces me acordé. Era uno de los inspectores que habían entrado unos días antes en la nave siniestrada para retirar los calcinados trozos de carne. Era torpedista, a juzgar por los galones de su bocamanga. Es frecuente que den trabajo temporal como guardias de Pórtico a la tripulación de los cruceros, y a veces también les dan la libertad. Él había llegado en la rotación constante casi al mismo tiempo que nosotros. En aquel momento pusieron una cinta de una hora de duración, y cuando hubimos acabado de bailar, casi sin aliento, Hereira y yo nos encontramos apoyados contra la pared uno junto al otro en un intento por mantenernos alejados del bullicio reinante. Le dije que recordaba haberle visto en la nave siniestrada.

—Ah, sí, señor Broadhead. Ya me acuerdo.

—Un trabajo duro —comenté, para decir algo—. ¿No es así?

Me imagino que había bebido lo bastante como para contestarme.

—Bueno, señor Broadhead —dijo analíticamente—, la descripción técnica de ese aspecto de mi trabajo es «búsqueda y registro». No siempre es tan duro.

Por ejemplo, no hay duda de que usted iniciará sus viajes de prospección dentro de poco tiempo, y cuando regrese, yo, u otra persona que haga mi trabajo, le revisaré de arriba abajo, señor Broadhead. Le vaciaré los bolsillos, y pesaré, mediré y fotografiaré todo lo que haya en su nave. Se trata de comprobar que no saque de contrabando ningún objeto de valor, ni de su nave ni de Pórtico, sin pagar su cuota a la Corporación. Después registro lo que he encontrado; si no es nada, escribo «nada» en el formulario, y otro tripulante de otro crucero elegido al azar hace exactamente lo mismo. Así pues, tendrá que soportar que dos de nosotros le revisemos a fondo.

No me pareció muy divertido para mí, pero tampoco tan malo como había creído al principio. Así se lo dije.

Enseñó sus dientes, pequeños y muy blancos, en una fugaz sonrisa.

—Cuando el prospector que debemos registrar es Sheri o Gelle-Klara, no, no es nada desagradable. Incluso puede resultar fascinante. Pero no me gusta demasiado registrar a los hombres, señor Broadhead; y mucho menos si están muertos. ¿Ha estado alguna vez en presencia de cuatro cadáveres humanos que llevan muertos más de tres meses y no han sido embalsamados? Así ocurrió en la primera nave que inspeccioné. No creo que vuelva a sucederme algo tan horrible en toda mi vida.

Entonces apareció Sheri y le pidió otro baile y la fiesta prosiguió.

Se celebraban muchas fiestas. Descubrí que siempre había sido así, pero nosotros, los novatos, no estábamos demasiado integrados. Sin embargo, a medida que nos acercábamos al día de nuestra graduación íbamos conociendo a más gente. Había fiestas de despedida. Había fiestas de bienvenida, aunque no tantas. Incluso cuando las tripulaciones lograban regresar, no siempre había algo que celebrar. A veces volvían después de tanto tiempo que ya habían perdido contacto con todos sus amigos. A veces, cuando habían tenido suerte, no deseaban nada más que abandonar Pórtico y regresar a su casa. Y a veces, naturalmente, no podían tener una fiesta porque no se permiten fiestas en las salas de cuidados intensivos del Hospital Terminal.

No todo eran fiestas; teníamos que estudiar. Se suponía que, al final del curso, debíamos ser grandes expertos en el manejo de naves, técnicas de supervivencia y valoración de mercancías comerciales. La verdad es que yo no lo era. Sheri todavía menos que yo. Se defendía bastante bien en el manejo de las naves, tenía un sexto sentido para observar los detalles que la ayudaría mucho a valorar los objetos que encontrase en un viaje de prospección. Pero parecía incapaz de asimilar el curso de supervivencia.

Estudiar con ella para los exámenes finales fue una calamidad.

—Veamos —le decía yo—, ésta es una estrella de tipo F con un planeta con una G de superficie, punto ocho, una presión parcial de oxígeno de 130 milibares, y una temperatura media de cuarenta grados Celsius en el ecuador. Así pues, ¿qué te pondrías para ir a la fiesta?

Ella contestó acusadoramente:

—Me lo pones muy fácil. Es prácticamente igual que en la Tierra.

—Y ¿cuál es la respuesta, Sheri?

Se rascó pensativamente debajo del pecho. Después meneó la cabeza con impaciencia.

—Nada. Quiero decir que llevaría el traje espa-

LISTA DE GUARDIAS Y PERMISOS
USS MAYAGUEZ

1. Los siguientes tripulantes y 0 de guardia temporal en Pórtico han sido designados para la inspección de contrabando y patrulla de vigilancia:

LINKY, Tina	W/o
MASKO, Casimir J	BsnM 1
MIRARCHI, Iory S	S2

2. Los siguientes tripulantes y 0 disfrutarán de un permiso de 24 horas en Pórtico para R&R:

GRYSON, Katie W	LtJG
HARVEY, Iwan	RadM
HLEB, Caryle T	S1
HOLL, William F Jr	S1

3. Todos los tripulantes y 0 son advertidos nuevamente sobre la conveniencia de evitar cualquier disputa con tripulantes y 0 de otras naves patrulleras, sean cuales fueren su nacionalidad y circunstancias, y de no divulgar información secreta absolutamente a nadie. Las infracciones serán castigadas con la expulsión de Pórtico, aparte de las medidas correctivas que dicte el tribunal.

4. La guardia temporal en Pórtico es un privilegio, no un derecho. Si quieren disfrutar de él, tienen que ganarlo.

Por orden del capitán del USS Mayaguez

cial para descender, pero, una vez en la superficie, podría pasearme en biquini.

—¡Cabeza de chorlito! Estarías muerta en menos de doce horas. El hecho de que las condiciones sean parecidas a las de la Tierra significa que hay grandes posibilidades de que exista una biología parecida a la de la Tierra. Y eso significa que los agentes patógenos podrían devorarte.

—Está bien —se encogió de hombros—, no me quitaría el traje hasta que, hum, hasta que hubiese comprobado que no había agentes patógenos.

—Y ¿cómo lo harías?

—¡Utilizaría el dichoso maletín de instrumentos, idiota! —Antes de que yo pudiera decir nada, se apresuró a añadir—: Quiero decir que saco los, veamos, discos de Metabolismo Básico del congelador y los activo. Continúo en órbita durante veinticuatro horas hasta que estén maduros, y cuando estoy en la superficie los pongo al descubierto y los mido con mi, hum, con mi C-44.

—C-33. No existe nada que se llame C-44.

—De acuerdo, de acuerdo. Oh, también llevo una inyección de antígenos, de modo que si hay un problema marginal con algún tipo de microorganismos puedo ponerme la inyección de antígenos y quedar temporalmente inmunizada.

—Bueno, no están tan mal, por ahora —dije dubitativamente. Como es natural, en la práctica no tendría que recordar todo esto. Leería las instrucciones de los paquetes, o escucharía las cintas, aun mejor, iría con alguien que ya habría salido con anterioridad y que tendría experiencia. Sin embargo, también existía la posibilidad de que ocurriera algo imprevisto y se viera abandonada a sus propios recursos, para no mencionar el hecho de que debía aprobar el examen final—. ¿Qué más, Sheri?

—¡Lo de siempre, Bob! ¿Es que quieres oírme recitar toda la lista? Está bien. Repetidor; alimentador de repuesto; el maletín de geología; ración alimenticia para diez días... y no, no como nada de lo que encuentre en el planeta, aunque haya un McDonald de hamburguesas al lado de la nave. Y un lápiz de labios de repuesto y algunas compresas higiénicas.

Aguardé. Ella sonrió con satisfacción y guardó silencio.

—¿Qué hay de las armas?

—¿Armas?

—¡Sí, maldita sea! Si las condiciones son parecidas a las de la Tierra, ¿qué posibilidades de vida pueden existir?

—Ah, sí. Vamos a ver. Bueno, naturalmente, si las necesito me las llevo. Pero espera un momento, primero averiguo si hay metano en la atmósfera por medio del espectrómetro. Si hay señales de metano es que no hay vida, así que ya no he de preocuparme.

—No hay vida *mamífera*, y sí tienes que preocuparte. ¿Qué me dices de los insectos? ¿Y los reptiles? ¿Y los duglaches?

—¿Los duglaches?

—Es una palabra que acabo de inventarme para describir un tipo de vida que no conocemos y que no genera metano en su interior, pero que devora a las personas.

—Ah, claro. Está bien, me llevo un arma portátil y veinte cartuchos con munición de punta suave. Pregúntame otra cosa.

Y seguimos adelante. Cuando empezamos a tomarnos la lección, al llegar a un punto como éste, solíamos decir: «Bueno, no tengo que preocuparme porque, de todos modos, tú estarás conmigo», o «Bésame, tonto». Sin embargo, al cabo de cierto tiempo, dejamos de decirlo.

A pesar de todo, nos graduamos. Sin excepción. Organizamos una fiesta de graduación, Sheri y yo, y los cuatro Forehand, así como los demás que habían venido de la Tierra con nosotros y los seis o siete que acudieron desde uno u otro lugar. No invitamos a ningún extraño, pero nuestros profesores no eran extraños. Todos ellos se presentaron para desearnos lo mejor. Klara llegó tarde, tomó una copa a toda prisa, nos dio un beso a cada uno, hombres y mujeres incluso el muchacho finlandés con el problema del idioma, que había recibido toda su instrucción por medio de cintas grabadas. Él sí que tenía un buen problema. Poseen cintas de instrucción en todos los idiomas existentes, y si da la casualidad de que no tienen ninguna en tu dialecto exacto, hacen que la computadora te las traduzca a partir del dialecto más parecido al tuyo. Esto es suficiente para que apruebes el curso, pero el problema empieza luego. No puedes esperar ser aceptado por una tripulación que no puede hablar contigo. Su deficiencia le impidió aprender otro idioma, y en Pórtico no había un alma viviente que hablara finlandés.

Ocupamos el túnel hasta tres puertas más allá de las nuestras, la de Sheri, la de los Forehand y la mía, en ambas direcciones. Bailamos y cantamos hasta que algunos de nosotros empezaron a desfilar, y entonces consultamos la lista de lanzamientos en la pantalla de PV. Saturados de cerveza y tabaco, jugamos a cartas y yo gané.

Algo sucedió en el interior de mi cabeza. No es que me serenase de pronto. No fue eso. Aún me sentía muy alegre y comunicativo, abierto a todas las influencias exteriores. Sin embargo, una parte de mi mente se abrió y un par de clarividentes ojos escudriñaron el futuro e hicieron un juicio.

—Bueno —le dije—, creo que lo mejor es pasar. Sess, tú eres el número dos; coge carta.

—Treinta y uno con nueve —repuso apresuradamente; todos los Forehand se habían decidido en una reunión familiar, ya hacía rato—. Gracias, Bob.

Hice un gesto de despreocupación. En realidad no me debía nada. Aquélla era una Uno, y yo no hubiera tomado una Uno a ningún precio. La verdad es que en el tablero no había nada que me gustase. Sonreí a Klara y le guiñé un ojo; ella continuó muy seria, respondió a mi guiño pero siguió estando seria. Comprendí que sabía lo que yo acababa de deducir: todos esos lanzamientos habían sido rechazados. Los mejores fueron rápidamente solicitados por los veteranos y los miembros del personal fijo en cuanto se anunciaron.

Sheri era la quinta y, cuando le llegó el turno, me miró fijamente.

—Voy a quedarme con esa Tres si puedo llenarla. ¿Qué te parece, Bob? ¿Vienes o no?

Me eché a reír.

—Sheri —dije, muy razonable—, no hay un solo veterano que la quiera. Es un acorazado. No sabes *adónde* demonios irá. Además, no me gusta que haya tanto verde en el tablero de mandos. (Naturalmente, nadie sabía con exactitud lo que significaban los colores, pero en la escuela había la superstición de que mucho verde significaba una misión superpeligrosa.)

—Es la única Tres disponible, y hay una bonificación.

—No me convences, encanto. Pregunta a Klara; hace mucho tiempo que está aquí y me fío de su buen juicio.

—Te lo pregunto a ti, Bob.

—No. Esperaré algo mejor.

—No pienso esperar, Bob. Ya he hablado con Willa Forehand y la encuentro muy agradable. En el peor de los casos la llenaremos... con nadie en absoluto —contestó, mirando al joven finlandés, que sonreía estúpidamente para sí mientras observaba el tablero de lanzamientos—. Pero... tú y yo pensábamos salir juntos.

Meneé la cabeza.

—¡Pues quédate aquí y púdrete! —exclamó con ira—. ¡Tu novia está tan asustada como tú!

Mis clarividentes ojos miraron a Klara, y la impasible expresión de su rostro; y, extrañado, comprendí que Sheri estaba en lo cierto. Klara era como yo. Los dos teníamos miedo de partir.

11

Digo a Sigfrid:

—Me temo que esta sesión no será muy productiva. Estoy realmente agotado. Sexualmente, si es que puedes comprender lo que eso significa.

—Claro que sé a lo que te refieres, Bob.

—No tengo gran cosa que explicar.

—¿Recuerdas algún sueño?

Me remuevo inquieto. La verdad es que me acuerdo de uno o dos. Contesto: «No.» Sigfrid siempre quiere que le cuente mis sueños, y a mí no me gusta hacerlo.

La primera vez que lo sugirió, le dije que no soñaba muy a menudo. Él contestó pacientemente:

—Creo que ya sabes, Bob, que todo el mundo sueña. Es posible que no recuerdes tus sueños cuando estás despierto. Sin embargo, puedes lograrlo, si lo intentas.

—No, no puedo. Tú sí, eres una máquina.

—Ya sé que soy una máquina, Bob, pero estamos hablando de ti. ¿Quieres hacer un experimento?

—Quizá.

—No es difícil. Deja un lápiz y un papel al lado de tu cama. En cuanto te despiertes, escribe lo que recuerdes.

—Jamás recuerdo absolutamente nada de mis sueños.

—Creo que vale la pena intentarlo, Bob.

Pues bien, así lo hice. Y, ¿saben una cosa?, empecé a recordar mis sueños. Minúsculos fragmentos, al principio. Los escribía y a veces se los contaba a Sigfrid, que era inmensamente feliz. Le encantaban los sueños.

La verdad es que yo no veía qué utilidad podía tener aquello... Bueno, por lo menos, al principio. Pero después sucedió algo que cambió radicalmente mis opiniones sobre la cuestión.

Una mañana desperté de un sueño tan desagradable y tan real que por unos momentos no supe si había ocurrido verdaderamente, y tan horrible que no me atreví a creer que sólo fuese un sueño. Me impresionó tanto que empecé a escribirlo con toda la rapidez de que fui capaz, sin olvidar ningún detalle. Después recibí una llamada por el teléfono P. Contesté; y, aunque parezca imposible, durante el minuto escaso que estuve al teléfono, ¡me olvidé de todo! No pude recordar absolutamente nada. Hasta que leí lo que había escrito; entonces volví a acordarme de todo.

Bueno, cuando vi a Sigfrid uno o dos días después, ¡había vuelto a olvidarme! Como si jamás hubiera sucedido. Pero había guardado la hoja de papel, y se la leí. Ésta fue una de las veces en que me pareció más satisfecho de sí mismo y también de mí. Me atormentó con ese sueño durante toda la hora. Encontró símbolos y significados en cada pequeño detalle. No recuerdo cuáles eran, pero recuerdo que no lo encontré nada divertido.

Sin embargo, ¿saben lo que sí encuentro muy divertido? Tiré el papel al salir de su consultorio. Y ahora no podría decirles en qué consistía el sueño, aunque mi vida dependiera de ello.

—Ya veo que no quieres hablar de sueños —dice Sigfrid—. ¿Hay algo de lo que quieras hablar?

—Nada en especial.

No me contesta por el momento, y comprendo que me está dando tiempo para reflexionar, para que diga algo, no sé qué, alguna tontería. Así pues, le digo:

—¿Puedo hacerte una pregunta, Sigfrid?

—¿Es que me he opuesto alguna vez, Bob? —A veces tengo la impresión de que realmente trata de sonreír. Hablo de una verdadera sonrisa. Su voz así lo indica.

—Bueno, lo que quiero saber es qué haces con todas las cosas que te digo.

—No estoy seguro de entender la pregunta, Robbie. Si lo que deseas saber es cuál es el programa de almacenamiento de información, la respuesta es muy técnica.

—No, no me refiero a esto —vacilo, tratando de saber realmente cuál es la pregunta, y preguntándome la razón de que quiera hacerla. Me imagino que todo arranca de Sylvia, que era una católica no practicante. La verdad es que yo le envidiaba su Iglesia, y le hice saber que la consideraba muy tonta por haberla dejado, porque yo le envidiaba la confesión. Tenía la cabeza llena de dudas y temores que no lograba ahuyentar. Me hubiera encantado descargarlos sobre el sacerdote de la parroquia. De este modo habría podido hacer una cadena jerárquica, iniciada por mí al verter todas las porquerías de mi cabeza en el confesonario, donde el párroco las traspasa al monseñor diocesano (a quien sea; no sé demasiado acerca de la Iglesia), y todo desemboca en el Papa, que es el depositario de todo el caudal de dolores, penas, y culpabilidad, hasta que los descarga en Dios. (Es decir, aceptando la existencia de un dios, o por lo menos aceptando que haya una dirección llamada «Dios» a la que puedas enviar todas las porquerías.)

Bueno la cuestión es que tuve una especie de visión del mismo sistema en psicoterapia: desagües locales que desembocaban en cloacas secundarias que desembocaban en las líneas principales que procedían de los psiquiatras de carne y hueso, si es que comprenden lo que quiero decir. Si Sigfrid fuese una persona de carne y hueso, no podría resistir todos los problemas que descargan en él. Para empezar, él ya tendría sus propios problemas. Tendría los míos, porque así es como yo me libraría de ellos, descargándolos en él. También tendría los de aquellos que, como yo, ocupan este diván; y él descargaría todo esto, porque tendría que hacerlo, en el hombre que estuviera por encima de él, en el que le psicoanalizara a *él*, y así sucesivamente hasta llegar a... ¿qué? ¿El fantasma de Sigmund Freud?

Pero Sigfrid no es real. Es una máquina. No puede sentir el dolor. Así pues, ¿adónde *van* todo ese dolor y ese cieno?

Trato de explicarle todo esto, y acabo diciendo:

—¿No lo entiendes, Sigfrid? Yo te traspaso mis problemas y tú los traspasas a alguien más, así que tienen que desembocar en algún sitio. No me parece real que desemboquen en forma de burbujas magnéticas en una pieza de cuarzo que nadie *sienta* jamás.

—No creo que resulte útil discutir la naturaleza de los problemas contigo, Bob.

—¿Te parece más útil discutir si eres real o no?

1316	,S, Es muy saludable que	115,215
	consideres tu ruptura	115,220
	con Drusilla como una	115,225
	experiencia educativa, Bob	115,230
1318	,C, Yo soy una persona muy salu-	115,235
	dable, Sigfrid, por eso	115,240
	estoy aquí	115,245
1319	IRRAY (DE) = IRRAY (DF)	115,250
1320	,C, De todos modos, esto es la	115,255
	vida, una experiencia educativa	115,260
	detrás de otra,	115,265
	y cuando terminas con	115,270
	todas las experiencias educativas	115,275
	te gradúas y	115,280
	el diploma que recibes	115,285
	es la muerte.	115,290

Casi lanza un suspiro.

—Bob —dice—, tampoco creo que sea útil discutir la naturaleza de la realidad contigo. Ya sé que soy una máquina. Tú sabes que soy una máquina ¿Cuál es la finalidad de que estemos aquí? ¿Acaso estamos aquí para que tú me ayudes?

—A veces me lo pregunto —contesto malhumorado.

—No creo que realmente te preguntes una cosa así. Creo que sabes que estamos aquí para ayudarte, y la forma de conseguirlo es lograr que ocurra algo en tu interior. Lo que yo haga con la información puede ser interesante para tu curiosidad, y también puede proporcionarte una excusa para malgastar tres sesiones en una conversación intelectual, en vez de terapia...

—Touché, Sigfrid —le interrumpo.

—Sí. Pero lo que hagas con ella es lo que condiciona tu estado anímico, y determina que te encuentres mejor o peor en situaciones que son importantes para ti. Haz el favor de concentrarte en lo que hay dentro de tu propia cabeza, Bob, no en la mía.

Respondo, admirado:

—No hay duda de que eres una máquina muy inteligente, Sigfrid.

Él contesta:

—Tengo la impresión de que lo que has querido decir es: «Te odio a muerte, Sigfrid.»

Nunca le había oído decir nada por el estilo antes de ahora, y me coge desprevenido, hasta que recuerdo que yo mismo le he dicho exactamente esto, no una sino muchas veces. Y es la verdad.

Le odio a muerte.

Él intenta ayudarme, y yo le odio con todas mis fuerzas por ello. Pienso en la dulce y excitante S. Ya. y en lo rápidamente que hace todo lo que yo le pido, o casi todo. Deseo con toda mi alma hacer *daño* a Sigfrid.

12

Una mañana regresé a mi habitación y encontré que el piezófano zumbaba débilmente, como un lejano y colérico mosquito. Conecté la clave de mensajes y averigüé que la ayudante del director de personal requería mi presencia en su despacho a las cien horas de aquella mañana. Bueno, ya era algo más tarde. Me había acostumbrado a pasar mucho tiempo, y casi todas las noches, con Klara. Su cama era bastante más cómoda que la mía. Así pues, no recibí el mensaje hasta cerca de las once y mi retraso en llegar a las oficinas de personal de la Corporación no mejoró en nada el humor de la ayudante del director.

Era una mujer muy gorda llamada Emma Fother. Interrumpió mis excusas y me acusó:

—Te graduaste hace diecisiete días. No has hecho absolutamente nada desde entonces.

—Estoy esperando una buena misión —dije.

—¿Cuánto tiempo piensas esperar? Tu per cápita vence dentro de tres días, y entonces, ¿qué?

—Bueno —repuse casi sinceramente—, de todos modos, pensaba venir hoy mismo a verte para hablar de eso. Me gustaría un empleo aquí en Pórtico.

—Psó. —Era la primera vez que oía decir esto a

alguien, pero así es como sonaba—. ¿Y para eso has venido a Pórtico? ¿Para limpiar cloacas?

Yo estaba seguro de que eso era un bluff, pues no había tantas cloacas; no hay suficiente gravedad para sostenerlas.

—La misión adecuada puede surgir cualquier día.

—Oh, desde luego, Bob. Verás, la gente como tú me preocupa. ¿Tienes idea de lo *importante* que es nuestro trabajo aquí?

—Bueno, creo que sí...

—¡Ahí fuera hay todo un universo que debemos conquistar y traer a casa! Pórtico es el único medio de

---

INFORME DE LA MISIÓN

Nave 3-31, Viaje 08D27. Tripulación: C. Pitrin, N. Ginza, J. Krabbe.

Tiempo de tránsito, 19 días 4 horas. Posición incierta, cercanías (= 2 l. y.) Zeta Tauro.

Sumario. «Surgido en órbita transpolar planeta Tierra .88 radio a .4 A. U. Planeta con 3 pequeños satélites detectados. Otros seis planetas supuestos por lógica computadora. Primario K7.

»Realizado aterrizaje. Es evidente que el planeta ha sufrido un período cálido. No hay hielo y la costa actual no parece muy antigua. Ningún signo de ocupación. No existe vida inteligente.

»Localizamos lo que parecía ser una estación de reunión Heechee en nuestra órbita. Nos acercamos. Estaba intacta. Explotó al forzar la entrada y N. Ginza murió. Nuestra nave sufrió desperfectos y regresamos. J. Krabbe murió en el camino. No se obtuvo ningún artefacto. Las muestras bióticas del planeta destruidas en el accidente ocurrido a la nave.»

---

alcanzarlo. Una persona como tú, que creció en las granjas de plancton...

—La verdad es que fue en las minas de alimentos de Wyoming.

—¡Lo que sea! Sabes lo desesperadamente que la raza humana necesita aquello que podamos darle. Nueva tecnología. Nuevas fuentes de energía. ¡Comida! Nuevos mundos donde vivir. —Meneó la cabeza y rebuscó en el clasificador que tenía sobre la mesa con expresión tan airada como preocupada. Supuse que la presionaban para conseguir que todos los vagos y parásitos aceptásemos una misión, lo cual era nuestro deber, y eso explicaba su hostilidad, aparte de que deseara quedarse en Pórtico y emplease todos los medios a su alcance para lograrlo. Dejó el clasificador y se levantó para abrir un fichero situado junto a la pared—. Aunque te encontrara un trabajo —prosiguió, volviendo la cabeza—, lo único que sabes hacer y que nos sería de utilidad es explorar, y no quieres emplear tus conocimientos.

—Aceptaré cualquier... casi cualquier cosa —dije.

Me miró irónicamente y después volvió a su mesa. Sus movimientos eran asombrosamente ágiles, si tenemos en cuenta que había de desplazar un cuerpo de cien kilos de peso. Quizá fuera su complejo de mujer gorda lo que la impulsase a querer conservar su empleo y permanecer en Pórtico.

—Ocuparás el último puesto en la escala de trabajos no especializados —me advirtió—. No pagamos demasiado por eso; ciento ochenta al día.

—¡Lo tomo!

—Tu per cápita tiene que salir de ahí. Réstale esto y unos veinte dólares diarios para gastos y, ¿qué te queda?

—Puedo aceptar trabajos sueltos si necesito más.

Suspiró.

—No haces más que retrasar el día, Bob. No sé. El señor Hsien, el director, vigila muy de cerca las demandas de trabajo. Me será difícil justificarme por haberte contratado. Y, ¿qué harás si te pones enfermo y no puedes trabajar? ¿Quién pagará tu impuesto?

—Supongo que tendré que regresar.

—¿Echando por la borda todo tu adiestramiento? —Meneó la cabeza—. Me das asco, Bob.

Sin embargo, me entregó un permiso de trabajo en el que se me indicaba que me presentase al jefe de equipo del Nivel Grand, Sector Norte, para emplearme en el mantenimiento de plantas.

No me gustó la entrevista con Emma Fother, pero ya me lo habían advertido. Aquella noche hablé de ello con Klara y ésta me dijo que había tenido mucha suerte.

—Puedes alegrarte de haber convencido a Emma. El viejo Hsien suele dar largas a quien solicita trabajo hasta que se agota todo su dinero para los impuestos.

—Y entonces, ¿qué? —Me levanté y tomé asiento en el borde de su cama, buscando mis calcetines.

—No hagas bromas, podría llegar a esto. Hsien es un tipo como el viejo Mao, muy duro con los vagos.

—¡Tienes una conversación deliciosa!

Sonrió, dio media vuelta y frotó la nariz contra mi espalda.

—La diferencia entre tú y yo, Bob —dijo—, es que yo tengo unos cuantos dólares ahorrados de mi primera misión. No demasiados, pero algo es algo. Además, he estado fuera, y necesitan a personas como yo para enseñar a las personas como tú.

Me apoyé en su cadera, me volví ligeramente y

puse una mano sobre ella, más evocadora que agresivamente. Había ciertos temas sobre los que nunca hablábamos pero...

—¿Klara?

—¿Uh?

—¿Qué tal es una misión?

Se frotó la barbilla sobre mi antebrazo durante unos momentos, con la vista fija en la holografía de Venus que había en la pared.

—... Pavorosa —repuso.

Aguardé, pero no dijo nada más, y esto ya lo sabía. Yo tenía miedo incluso en Pórtico. No tenía que embarcarme en el ómnibus del Misterio Heechee para saber lo que era el miedo; ya lo sentía.

—No hay elección posible, querido Bob —me dijo, casi dulcemente, para ser ella.

Sentí un repentino acceso de cólera.

—¡No, no la hay! Acabas de describir toda mi vida, Klara. Nunca he podido elegir... exceptuando una vez, cuando gané la lotería y decidí venir aquí. Y no estoy seguro de haber decidido bien.

Bostezó, y frotó la cara contra mi brazo durante unos momentos.

—Si ya hemos acabado con el sexo —resolvió—, quiero comer algo antes de dormir. Sube conmigo al Infierno Azul y te invitaré.

El Mantenimiento de Plantas era, literalmente, el mantenimiento de las plantas; específicamente, las enredaderas que contribuían a hacer de Pórtico un lugar habitable. Me presenté al trabajo y, sorpresa —de hecho, una agradable sorpresa—, mi jefe resultó ser mi vecino sin piernas, Shikitei Bakin.

Me saludó con visible complacencia.

—¡Qué amable has sido reuniéndote con nosotros, Robinette! —dijo—. Esperaba que te embarcarías enseguida.

—Lo haré, Shicky, muy pronto. En cuanto vea el anuncio del lanzamiento que me conviene, así lo haré.

—Claro que sí. —No añadió nada más, y me presentó a los otros mantenedores de plantas. No me explicó gran cosa de ellos, excepto que la muchacha había tenido cierta relación con el profesor Hegramet, el brillante Heecheeólogo de nuestro planeta, y que los dos hombres ya habían salido en un par de misiones. En realidad, no necesitaba que me explicara nada. Todos nos comprendíamos en lo esencial. Ninguno de nosotros estaba dispuesto a inscribir su nombre en la lista de lanzamientos.

Pero yo ni siquiera estaba dispuesto a averiguar por qué.

Sin embargo, el Mantenimiento de Plantas hubiera sido un buen lugar para reflexionar. Shicky me dio trabajo enseguida, haciéndome fijar unas repisas a las paredes de metal Heechee con un pegamento de grasa. Era una sustancia adhesiva muy especial Se adhería tanto al metal Heechee como a la chapa acanalada de las cajas de plantas, y no contenía ningún disolvente que se evaporase y contaminara el aire. Se decía que era muy caro. Si se te caía encima, no te quedaba más remedio que conformarte, por lo menos hasta que el pedazo de piel afectada moría y se desprendía. Si intentabas quitártelo de cualquier otra manera, te hacías sangre.

Cuando el cupo de repisas del día se completó todos nos dirigimos a la planta de aguas fecales donde recogimos unas cajas llenas de cieno y cubiertas con una película de celulosa. Las depositamos sobre las repisas, ajustamos las tuercas de cierre automático para afianzarlas en su lugar y las conectamos a los depósitos de riego. Las cajas probablemente hubieran pesado un centenar de kilos cada una en la Tierra, pero en Pórtico esto no significaba nada; incluso la chapa con la que estaban hechas era suficiente para sostenerlas rígidamente sobre las repisas. Después, cuando todos hubimos acabado, el propio Shicky colocó las plantas, mientras nosotros seguíamos fijando repisas. Era divertido observarle. Llevaba las bandejas con los brotes de hiedra colgadas del cuello, como una chica que vendiera cigarrillos. Se aguantaba al nivel de la bandeja con una mano y esparcía los brotes por el cieno con la otra.

Era un trabajo agradable, resultaba útil (me imagino), y ayudaba a pasar el tiempo. Shicky no nos hacía trabajar demasiado. Había establecido un cupo para el trabajo del día. Mientras instaláramos sesenta repisas y las llenáramos no le importaba que holgazaneásemos un poco, con la condición de que no se notara mucho. Klara iba a verme a alguna hora del día, a veces con la niña, y teníamos muchos otros visitantes. Y cuando no había demasiado trabajo o no se presentaba nadie interesante con quien hablar, podíamos irnos de uno en uno a pasear por ahí durante una hora. Exploré una gran parte de Pórtico que aún no conocía, y fui posponiendo la decisión día a día.

Todos hablábamos de irnos. Casi cada día oíamos el zumbido y la vibración de alguna nave que abandonaba Pórtico, elevándose hasta donde el piloto automático Heechee entraba en funcionamiento. Casi con la misma frecuencia notábamos la vibración, menor y más rápida, de las naves que regresaban. Por la noche íbamos a alguna fiesta. A estas alturas, todos los miembros de mi clase se habían embarcado. Sheri se fue en una Cinco; no la vi antes de irse y no tuve ocasión de preguntarle por qué había cambiado sus planes, aunque la verdad es que no estaba seguro de querer saberlo; la nave que escogió tenía una tripulación compuesta exclusivamente por hombres. Hablaban alemán, pero supongo que Sheri se imaginó que podría arreglárselas sin hablar demasiado. La última fue Willa Forehand. Klara y yo fuimos a su fiesta de despedida y a la mañana siguiente acudimos a los muelles para presenciar su lanzamiento. Yo habría tenido que estar trabajando, pero no creí que a Shicky le importara. Por desgracia, el señor Hsien también estaba allí y me di cuenta de que me había reconocido.

—Oh, mierda —dije a Klara.

Ella se rió nerviosamente y me cogió la mano, marchándonos a toda prisa del área de lanzamiento. Seguimos adelante hasta llegar a un pozo, donde subimos al siguiente nivel. Nos sentamos a la orilla del Lago Superior.

—Bob, viejo amigo —dijo—, dudo que te despida por faltar al trabajo una sola vez. Lo más probable es que se conforme con regañarte.

Me encogí de hombros y lancé una piedrecita a la superficie curvada del lago, alcanzando una distancia de más de doscientos metros. Me sentía inquieto, y llegué a preguntarme si ya habría llegado al punto en que mi repugnancia por arriesgarme a una muerte espantosa en el espacio se veía superada por mi repugnancia a permanecer en Pórtico como un cobarde. El miedo es algo extraño. Yo no lo sentía. Sabía que la única razón por la que me quedaba en Pórtico era que estaba asustado, pero no me sentía como si estuviera asustado, sino como si fuera razonablemente prudente.

—Me parece —dije, consciente de haber empezado la frase sin saber cómo la terminaría— que voy a hacerlo. ¿Qué tal si vienes conmigo?

Klara se incorporó y tuvo un estremecimiento. Dejó pasar unos minutos antes de responder:

—Tal vez. ¿Qué has pensado?

No había pensado nada. Yo sólo era un espectador, y me oía a mí mismo hablando de algo que tenía la virtud de ponerme los pelos de punta. Pero dije, tal como si llevara muchos días planeándolo:

—Creo que sería una buena idea escoger un reestreno.

—¡No hay trato! —Parecía realmente enfadada—. Si voy, voy adonde esté el dinero.

Naturalmente, eso era también donde estaba el peligro. De todos modos, incluso los reestrenos acaban mal con bastante frecuencia.

Lo bueno de los reestrenos es que sales con la

certeza de que alguien ha realizado este viaje con anterioridad y ha podido volver, y no sólo eso, sino que también ha hecho un hallazgo que vale la pena seguir.

Algunos son bastante ricos. Está el Mundo de Peggy, de donde proceden los serpentines de la calefacción y las pieles. Está Eta Carina Siete, donde probablemente encontraríamos muchas cosas útiles si pudiéramos llegar a él. Lo malo es que ha atravesado por un período glaciar desde que los Heechees estuvieron allí por última vez. Las tormentas son horribles. De cinco naves que aterrizaron allí, una regresó con la tripulación completa, indemne. Las demás no regresaron.

Por regla general, Pórtico no tiene un empeño especial en que efectúes un reestreno. Te hacen una oferta en efectivo en lugar de un porcentaje, que te reportaría ganancias bastante fáciles, como en el caso de Peggy. Lo que pagan no es tanto productos comerciales como mapas. Así pues, sales al espacio y empiezas a hacer viajes orbitales, a fin de descubrir las anomalías geológicas que indican la presencia de excavaciones Heechee. Es posible que ni siquiera aterrices.

La paga es buena, pero no tanto. Tendrías que hacer un mínimo de veinte viajes para reunir un capital suficiente, en el caso de aceptar el trato de un solo pago propuesto por la Corporación. Y si decides seguir por tu cuenta, y continúas explorando, tienes que pagar una parte de los beneficios a la tripulación que hizo el descubrimiento, y una parte de lo que te queda a la Corporación. Terminas con una fracción de lo que podrías ganar con un hallazgo virgen, aun sin tener una colonia establecida sobre el terreno contra la cual luchar.

De Shikitei Bakin a Aritsune, su distinguido nieto.

No puedo describirte mi gran alegría al enterarme del nacimiento de tu primer hijo. No te desesperes. El próximo será niño.

Te pido humildemente perdón por no escribirte antes, pero hay poco que contar. Hago mi trabajo e intento crear belleza donde puedo. Quizás algún día me decida a salir otra vez. No es fácil sin piernas.

Sin duda, Aritsune, podría comprar unas piernas nuevas. Había un par muy bien hecho hace pocos meses. Pero ¡el precio! Casi podría comprar un Certificado Médico Completo. Eres un buen nieto al aconsejarme que use mi capital para esto, pero yo soy quien debe decidir. Te envío la mitad de mi capital para ayudarte en los gastos de mi bisnieta. Si muero aquí recibirás el resto, para ti y todos aquellos que os nacerán, a ti y tu buena esposa, dentro de poco. Esto es lo que yo deseo. No te resistas a mi voluntad.

Todo mi inmenso cariño a los tres. Si puedes, envíame una holografía de los cerezos en flor; no tardarán en florecer, ¿verdad? ¡Aquí uno pierde el sentido del tiempo de Casa!

Muchos abrazos de

Tu abuelo

También puedes tratar de obtener una bonificación: cien millones de dólares si encuentras una civilización desconocida, cincuenta millones para la primera tripulación que localice una nave Heechee mayor que una Cinco, y un millón de dólares por descubrir un planeta habitable.

Quizá parezca raro que sólo paguen un millón por todo un planeta nuevo. Pero la cuestión, una vez lo has descubierto, es qué haces con él. No puedes exportar a demasiada población sobrante si sólo te es posible transportarlos de cuatro en cuatro. Eso, aparte del piloto, es todo lo que cabe en la mayor nave de Pórtico. (Y si no tienes piloto, no puedes hacer regresar la nave.) Así pues, la Corporación ha establecido algunas colonias pequeñas de las cuales hay una muy floreciente en Peggy y las demás están poco desarrolladas. Pero esto no resuelve el problema de veinticinco mil millones de seres humanos, en su mayoría mal alimentados.

Nunca obtienes esa clase de bonificación en un reestreno. Quizá no la obtengas en ningún caso; es posible que las cosas que premian ni siquiera existan.

Es extraño que nadie haya encontrado jamás algún rastro de otra criatura inteligente. Pero en dieciocho años, después de dos mil vuelos, nadie lo ha hecho. Hay unos doce planetas habitables, y otros cien donde la gente *podría* vivir si no hubiera más remedio, tal como hemos hecho en Marte y en, tendría que decir «dentro de», Venus. Existen algunos vestigios de pasadas civilizaciones, ni Heechee ni humanas. Y también existen restos de los propios Heechees. A este respecto hay más en las madrigueras de Venus que en cualquier otro lugar de la Galaxia. Incluso Pórtico sufrió una limpieza a fondo antes de que lo abandonaran.

Malditos Heechees, ¿por qué tenían que ser tan pulcros?

Así pues, descartamos los reestrenos porque no daban suficiente dinero, y nos quitamos de la cabeza las bonificaciones por hallazgos especiales porque era imposible planear nada de esto por adelantado.

Finalmente dejamos de hablar, nos miramos, y después incluso dejamos de mirarnos.

Pese a lo que dijéramos, no iríamos. No teníamos el temple necesario. Klara lo había perdido durante su último viaje, y supongo que yo no lo había tenido nunca.

—Bueno —dijo Klara, levantándose y desperezándose—, creo que iré a probar suerte en el casino. ¿Quieres venir a mirar?

Meneé la cabeza.

—Lo mejor será que vuelva al trabajo; si es que aún lo tengo.

Nos dimos un beso de despedida junto al pozo, y al llegar a mi nivel alcé una mano, le acaricié los tobillos y salté al suelo. No estaba de muy buen humor. Nos habíamos esforzado tanto en creer que no había ningún lanzamiento por cuya recompensa valiera la pena arriesgarse, que casi lo había conseguido.

Naturalmente, ni siquiera habíamos mencionado la otra clase de recompensa: las bonificaciones de peligro.

Tienes que estar muy desesperado para recurrir a ellas. Por ejemplo, había veces en que la Corporación ofrecía medio millón o más a la tripulación que emprendiera un viaje previamente realizado por otra tripulación... que no había vuelto. Su razonamiento es que quizás hubiera habido un fallo en la nave, que se quedara sin combustible o algo así, y que una segunda nave podría incluso rescatar a la tripulación de la primera. (¡Muy improbable!) Lo más probable, como es natural, era que lo que había matado a la primera tripulación se encontrara todavía allí dispuesto a matarte a ti.

Después llegaban a ofrecer un millón, que se convertía en cinco millones si tratabas de cambiar el rumbo tras el lanzamiento.

La razón por la que aumentaban las bonificaciones hasta cinco millones era que las tripulaciones dejaban de presentarse al ver que ninguna, absolutamente ninguna, lograba regresar. Después las anulaban, porque perdían demasiadas naves, y finalmente se olvidaban de la cuestión. De vez en cuando te instalan un control de mandos adicional, una computadora nueva diseñada para actuar simbióticamente con el tablero Heechee. Estas naves tampoco ofrecen demasiadas posibilidades de éxito. El cierre de seguridad del tablero Heechee tiene una razón de ser. No puedes cambiar el punto de destino mientras está conectado. Quizá no puedas cambiarlo de ningún modo, sin destruir la nave.

Una vez vi cómo cinco personas trataban de obtener una bonificación de peligro de diez millones de dólares. Algún genio de la Corporación perteneciente a la plantilla fija estaba preocupado sobre el modo de transportar a más de cincuenta personas o el equivalente en carga, de una sola vez. No sabíamos construir una nave Heechee, y jamás habíamos logrado encontrar una grande. Así que quiso superar ese obstáculo utilizando una Cinco como una especie de tractor.

Por lo tanto construyeron una especie de embarcación espacial con el metal Heechee. La cargaron con trozos de chatarra, y elevaron una Cinco con propulsión de aterrizaje, que funciona a base de hidrógeno y oxígeno, y resulta bastante fácil de controlar. Después ataron la Cinco a la embarcación con cables monofilamentales de metal Heechee.

Nosotros observábamos toda la operación desde Pórtico por PV. Vimos que los cables cedían cuando la Cinco los presionó con sus reactores. Es lo más impresionante que he visto jamás.

Todo lo que vimos por PV fue que la embarcación

sufría una brusca sacudida y que la Cinco desaparecía de la vista. No regresó. Las cintas mostraron la primera parte de lo que sucedió. El nudo del cable había partido aquella nave en segmentos como si fuera un huevo duro. Sus ocupantes nunca supieron lo que les había alcanzado. La Corporación sigue teniendo esos diez millones; nadie quiere volver a intentarlo.

Recibí una cortés amonestación de Shicky, y una llamada telefónica realmente horrible, pero breve, del señor Hsien, pero esto fue todo.

INFORME DE LA MISIÓN

Nave 5-2 Viaje 08D33. Tripulación L. Konieczny, E. Konieczny, F. Ito. F. Lounsbury, A. Akaga.

Tiempo de tránsito 27 días 16 horas. Primario no identificado, pero probablemente a la altura de la estrella Tucanae en grupo 47.

Sumario. «Emergimos en caída libre. Ningún planeta cercano. Primario A6, muy brillante y caliente, distancia aproximada 3.3 U. A.

»Ocultando la estrella primaria obtuvimos una vista magnífica de lo que parecían ser doscientas o trescientas estrellas muy brillantes y cercanas cuya magnitud aparente oscila entre 2 y –7. Sin embargo, no se detectaron artefactos, señales, ni planetas o asteroides donde pudiéramos aterrizar. Sólo podíamos permanecer tres horas en la estación por la intensa radiación de la estrella A6. Larry y Evelyn Konieczny cayeron gravemente enfermos durante el viaje de regreso, al parecer debido a la exposición radiactiva, pero se curaron. No se obtuvo ningún artefacto.»

Al cabo de uno o dos días Shicky empezó a dejarnos salir de nuevo.

Yo pasaba la mayor parte de ese tiempo libre con Klara. Muchas veces nos reuníamos en su habitación, y de vez en cuando en la mía, para pasar una hora en la cama. Dormíamos juntos casi todas las noches; podría pensarse que ya teníamos que estar hartos de aquello. No lo estábamos. Al cabo de un rato yo no sabía con exactitud por qué copulábamos, si por el mismo placer de hacerlo o la distracción que se derivaba de la contemplación de nuestras propias imágenes. Me quedaba allí tendido y miraba a Klara, que siempre daba media vuelta, se acostaba sobre mi estómago y cerraba los ojos después de hacer el amor, incluso cuando teníamos que levantarnos a los dos minutos. Pensaba en lo bien que conocía cada pliegue y la superficie de su cuerpo. Olía aquel aroma dulce y erótico que se desprendía de ella y deseaba... ¡Oh, no sé lo que deseaba! Deseaba cosas que sólo podía entrever: un apartamento bajo la Gran Burbuja en compañía de Klara, una celda en un túnel de Venus en compañía de Klara, incluso toda una vida en las minas de alimentos en compañía de Klara. Me imagino que eso era amor. Pero después seguía mirándola y la imagen que mis ojos veían se transformaba y lo que veía era el equivalente femenino de mí mismo: un cobarde a quien se le ofrece la mayor oportunidad que un humano puede tener, y que está demasiado asustado para aprovecharla.

Cuando no estábamos en la cama paseábamos juntos por Pórtico. No hacíamos nada extraordinario. Casi nunca íbamos al Infierno Azul, ni a las salas de holopelículas, ni siquiera a comer fuera. Klara lo hacía. Yo no podía permitirme ese lujo así que tomaba la mayor parte de las comidas en los refectorios de la Corporación, ya que estaban incluidas en el precio de mi per cápita. A Klara no le importaba pagar la cuenta de los dos, pero tampoco se puede decir que estuviera ansiosa por hacerlo; jugaba grandes cantidades de dinero y no ganaba demasiado. Había grupos con los que podías reunirte: partidas de cartas o simples fiestas; grupos de danzas folclóricas, grupos que escuchaban música, grupos que discutían. Eran gratis y a veces interesantes. O bien nos limitábamos a explorar.

La primera vez que fuimos allí era poco después de que yo hubiera abandonado el trabajo, el día que partió Willa Forehand. Normalmente el museo estaba lleno de visitantes, como tripulantes de los cruceros con permiso, tripulantes de naves comerciales o turistas. Esta vez, por alguna razón, sólo había un par de personas, y tuvimos la oportunidad de mirarlo todo. Molinetes de oraciones a cientos, aquellos pequeños objetos cristianos y opacos que eran el artefacto Heechee más común; nadie sabía para qué servían, excepto que eran bastante bonitos, pero los Heechees los habían dejado por todos lados. Estaba el punzón anisokinético, que ya había proporcionado más de veinte millones de dólares en regalías a un afortunado prospector. Un objeto que te cabía en el bolsillo. Pieles. Plantas en formalina. El piezófono original, que había hecho inmensamente ricos a los tres miembros de la tripulación que lo encontró.

Las cosas más fáciles de robar, como los molinetes de oraciones, los diamantes de sangre y las perlas de fuego, estaban guardadas tras unos resistentes cristales irrompibles. Creo que incluso estaban conectados a las alarmas contra ladrones. Esto era algo asombroso en Pórtico. Allí no hay ninguna ley, aparte de la impuesta por la Corporación. Existe el equivalente de los policías de la Corporación, y existen reglas —no se debe robar ni asesinar—, pero no hay tribunales. Si quebrantas una regla, todo lo que sucede es que la fuerza de seguridad de la Corporación te detiene y te mete en uno de los cruceros orbitales. El tuyo, si hay alguno de tu lugar de procedencia. Cualquiera, si no lo hay. Pero si no quieren aceptarte, o tú no quieres irte en la nave de tu propia nación y logras que otra nave te lleve, a Pórtico no le importa. En los cruceros, te someterán a un juicio. Puesto que tu culpabilidad queda establecida por adelantado, tienes tres posibilidades. Una es pagarte el viaje de regreso a casa. La segunda es enrolarte como miembro de la tripulación, en caso de que te acepten. La tercera es salir al exterior sin traje espacial. Por todo esto verán que, aunque no hay muchas leyes en Pórtico, tampoco hay muchos delitos.

Pero, naturalmente, la razón para encerrar los preciosos objetos del museo era evitar que los transeúntes cayesen en la tentación de llevarse uno o dos recuerdos.

Así pues, Klara y yo contemplamos los tesoros que otro había encontrado... sin hablar de que nosotros teníamos el deber de salir y encontrar algunos más.

No sólo eran los objetos exhibidos. Éstos resultaban fascinantes; eran cosas que habían sido hechas y tocadas por manos Heechee (¿tentáculos? ¿garras?), y procedían de sitios increíblemente lejanos. Pero los letreros informativos que se encendían y apagaban sin cesar me impresionaron aún más. Los sumarios de todas las misiones realizadas aparecían uno tras otro. Un total constante de misiones frente a regresos de derechos pagados a afortunados prospectores; la lista de los desafortunados, nombre tras nombre en una lenta sucesión a lo largo de toda una pared de la sala, encima de las cajas donde estaban expuestos los diversos objetos. Los totales reflejaban toda la historia: 2.355 lanzamientos (el número cambió a 2.356, y después a 2.357 mientras estábamos allí; sentimos la vibración de los dos lanzamientos), 842 regresos triunfales.

Mientras nos encontramos allí, Klara y yo no nos miramos, pero noté que me apretaba la mano con más fuerza.

La palabra «triunfales» estaba empleada con mucho optimismo. Significaba que la nave había regresado. No decía nada sobre el número de tripulantes que estaban vivos y bien.

Abandonamos el museo poco después, y no hablamos demasiado en el camino hacia el pozo.

Yo iba pensando en que lo que me dijera Emma Fother era verdad: la raza humana necesitaba lo que los prospectores pudiéramos darle. Lo necesitaba desesperadamente. Había mucha gente hambrienta y la tecnología Heechee podría hacer sus vidas más tolerables, si los prospectores salían al espacio y traían algunas muestras de regreso.

Aunque eso costara algunas vidas.

Aunque las vidas incluyeran la de Klara y la mía. Me pregunté a mí mismo si me gustaría que mi hijo —en el caso de que lo tuviera alguna vez— malgastara su infancia tal como yo había hecho.

Soltamos el cable de subida al llegar al Nivel Babe y oí voces. No les presté atención. Estaba adoptando una resolución.

—Klara —dije—, escucha. Vamos a...

Pero Klara miraba algo situado a mi espalda.

—¡Por el amor de Dios! —exclamó—. ¡Mira quién está ahí!

Me volví, y vi a Shicky hablando con una muchacha, y vi con asombro que la muchacha era Willa Forehand. Nos saludó, con aspecto tan confuso como divertido.

—¿Qué pasa? —inquirí—. ¿Es que no te habías ido... hace unas ocho horas?

—Diez —aclaró.

—¿Le ha ocurrido algo a la nave, para que tuvieras que volver? —trató de adivinar Klara.

Willa sonrió tristemente.

—Nada en absoluto. Me he ido y he vuelto. Es el viaje más corto registrado hasta el momento: he ido a la Luna.

—¿La luna de la *Tierra*?

—Eso es. —Daba la impresión de estar haciendo un esfuerzo para no echarse a reír. O a llorar.

Shicky dijo con acento consolador:

—Seguramente te darán una bonificación, Willa. Una vez hubo una nave que fue a Ganímedes, y la Corporación dividió medio millón de dólares entre los tripulantes.

Ella meneó la cabeza.

—Estoy más enterada de lo que crees, querido Shicky. Sí, nos recompensarán de algún modo, pero no será suficiente. Necesitamos mucho más. —Ésta era la característica, insólita y sorprendente, de los Forehand: siempre hablaban de «nosotros». Constituían una familia muy unida, aunque no les gustara hablar de ello con extraños.

La toqué, fue una caricia entre afectuosa y compasiva.

—¿Qué piensas hacer?

Me miró con sorpresa.

—Bueno, ya he firmado para otro lanzamiento que tendrá lugar pasado mañana.

—¡Bien! —exclamó Klara—. ¡Tenemos que celebrar dos fiestas en tu honor! Será mejor que empecemos a organizarlas...

Horas después, antes de acostarnos, me dijo:

—¿No querías decirme alguna cosa antes de que viéramos a Willa?

—Ya no me acuerdo —repuse con somnolencia.

Sí que me acordaba. Sabía lo que era. Pero ya no quería decírselo.

Había días en que me animaba casi hasta el punto de pedir a Klara que volviera a embarcarse conmigo. Y había días en que regresaba alguna vez con un par de supervivientes hambrientos y deshidratados, o en que a la hora de costumbre se publicaba una lista con los lanzamientos del último año y se les daba por desaparecidos. En estos días me mentalizaba hasta el punto de abandonar inmediatamente Pórtico.

La mayor parte de los días tratábamos de olvidar el tema. No era difícil. Era un modo muy agradable de vivir, explorando Pórtico y uno al otro. Klara tomó una camarera, una mujer corpulenta y relativamente joven que procedía de las minas de alimentos de Carmarthen y se llamaba Hywa. A excepción de que en las fábricas de proteínas galesas se usaba carbón en vez de pizarra oleosa como materia prima, su mundo había sido casi exactamente igual al mío. Su salida de él no fue un billete de lotería, sino dos años como tripulante en una nave espacial comercial. Ni siquiera podía regresar a su país de origen. Se había fugado de la nave en Pórtico, huyendo de la fianza que no podía pagar. Tampoco podía explorar, pues su único lanzamiento le había causado una arritmia cardíaca que a veces parecía mejorar y a veces la postraba en una cama del Hospital Terminal durante una semana seguida. El trabajo de Hywa consistía en cocinar y limpiar para Klara y para mí, y en cuidar a la niña, Kathy Francis, cuando su padre estaba de guardia y Klara quería estar tranquila. Klara había perdido mucho dinero en el casino, de modo que no podía permitirse el lujo de tener a Hywa, pero la verdad es que tampoco podía permitirse el lujo de tenerme a mí.

Lo que facilitaba nuestra mentalización era que pretendíamos convencernos mutuamente, y a veces a nosotros mismos, de que estábamos preparándonos a conciencia para el día que surgiera el viaje adecuado.

No era difícil de lograr. Muchos prospectores verdaderos hacían lo mismo, entre uno y otro viajes. Había un grupo que se denominaba a sí mismo los Buscadores Heechees, y se reunía los miércoles por la noche; fue creado por un prospector llamado Sam Kahane, siendo mantenido por otros mientras él estaba de viaje. Sam había regresado y se encontraba nuevamente allí, mientras esperaba que los otros dos miembros de la tripulación se recuperaran para el próximo. (Entre otras cosas, habían vuelto con escorbuto, causado por el mal funcionamiento del congelador.) Sam y sus amigos eran homosexuales y estaban unidos por una relación muy estrecha, pero esto no afectaba a sus intereses en la enseñanza Heechee. Sam poseía todas las cintas de las conferencias impartidas en la Reserva Oriental de Texas, donde el profesor Hegramet se había convertido en la mayor autoridad mundial sobre investigación Heechee. Aprendí muchas cosas que no sabía, aunque el hecho central, que había muchas más preguntas que respuestas acerca de los Heechees, era sabido por todo el mundo.

Nos sumamos a grupos de adiestramiento físico donde practicábamos ejercicios para tonificar los músculos que podrían hacerse sin mover los miembros más que unos centímetros, y masaje para diversión y conveniencia nuestra. Quizá fuera muy conveniente, pero resultaba incluso más divertido, en especial sexualmente. Klara y yo aprendimos a hacer cosas asombrosas con el cuerpo del otro. Tomamos un curso de cocina (pueden hacerse grandes cosas con las raciones estándar, si añades una selección de especias y hierbas). Adquirimos una selección de cintas de varios idiomas, por si acaso salíamos de viaje con alguien que no hablara el nuestro, y practicamos el italiano y el griego. Incluso nos unimos a un grupo de astronomía. Tenían acceso a los telescopios de Pórtico, y pasamos muchos ratos contemplando la Tierra y Venus desde fuera del plano de la eclíptica. Francy Hereira formaba parte de este grupo cuando sus ocupaciones en la nave se lo permitían. A Klara le gustaba, y a mí también, y adquirimos la costumbre de tomar una copa en nuestra habitación —bueno, en la habitación de Klara, pero yo pasaba mucho tiempo en ella— después de las reuniones del grupo. Francy estaba profundamente, casi sensualmente, interesado por saber cómo era Ahí Fuera. Sabía todo lo que hay que saber acerca de los quasars y agujeros negros y galaxias Seyfert, para no hablar de cosas como estrellas dobles y novas. Solíamos especular sobre cómo sería encontrarnos en la avanzada de la onda de una supernova. Podía ocurrir. Se sabía que los Heechees tenían un interés especial en observar de cerca los acontecimientos astrofísicos. Algunos de sus viajes fueron indudablemente programados para llevar tripulaciones a las cercanías del lugar donde se produjera un acontecimiento interesante, y una pre-supernova era realmente un acontecimiento interesante. Sólo que ya había pasado mucho tiempo, y la supernova no debía de ser tan «pre» como entonces.

—Me pregunto —dijo Klara, sonriendo para demostrar que sólo se trataba de un punto abstracto— si no habrá sido esto lo ocurrido a algunas misiones que no han regresado.

—Es una certidumbre estadística absoluta —dijo Francy, sonriendo a su vez para demostrar que aceptaba las reglas del juego. Había practicado mucho el inglés, que ya dominaba bastante en un principio, y ahora lo hablaba casi sin acento. También sabía alemán, ruso y otras lenguas romances aparte del portugués, ya que habíamos tenido ocasión de comprobarlo durante nuestras prácticas de conversación en otros idiomas recién aprendidos, que él entendía mejor que nosotros mismos—. A pesar de todo, la gente va.

Klara y yo guardamos silencio unos momentos al cabo de los cuales ella se echó a reír.

—Hay de todo —dijo.

Intervine rápidamente.

—Suena como si tú también quisieras ir, Francy.

—¿Acaso lo dudabas?

—Bueno, sí, la verdad es que sí. Quiero decir que tú estás en la Armada Brasileña y no debes de poder largarte tan fácilmente.

Me corrigió:

—Puedo largarme cuando quiera. Lo único que no podría hacer sería regresar a Brasil.

—¿Y te compensaría?

—Claro que sí, cualquier cosa me compensaría —me dijo.

—¿Incluso —presioné— si existe el riesgo de no volver, o de volver destrozado como los de hoy?

Me refería a una Cinco que había aterrizado en un planeta con una especie de vida vegetal parecida al zumaque venenoso. Habíamos oído decir que fue espantoso.

—Sí, naturalmente —respondió.

Klara empezó a mostrarse inquieta.

—Creo —declaró— que me voy a dormir.

Había cierto mensaje en el tono de su voz. La miré y contesté:

—Te acompañaré a tu habitación.

—No es necesario, Bob.

—Lo haré, de todos modos —dije, haciendo caso omiso del mensaje—. Buenas noches, Francy. Hasta la semana que viene.

Klara ya se encontraba a medio camino del pozo, y tuve que apresurarme para alcanzarla. Así el cable y le grité:

—Si realmente lo deseas, volveré a mi habitación.

Ella no alzó la vista, pero tampoco dijo que esto fuese lo que deseaba, de modo que salí en su nivel y la seguí hacia su habitación. Kathy estaba profundamente dormida en el cuarto exterior y Hywa dormitaba sobre un holodisco en nuestra habitación. Klara envió a la sirvienta a su casa y entró a ver a la niña. Yo me senté en el borde de la cama y la esperé.

—Creo que estoy a punto de tener la menstruación —se disculpó Klara cuando volvió—. Lo siento. Es que estoy nerviosa.

—Me iré, si es esto lo que quieres.

—¡Dios mío, Bob, deja de repetirlo! —Entonces se sentó a mi lado y se apoyó en mí para que pudiera rodearla con un brazo—. Kathy es un encanto —dijo al cabo de un momento, casi tristemente.

—Te gustaría tener un hijo, ¿verdad?

—*Tendré* un hijo. —Se echó hacia atrás, arrastrándome con ella—. Me gustaría saber cuándo, eso es todo. Necesito mucho más dinero del que tengo para ofrecer a un niño una vida decente. Lo malo es que no me hago precisamente más joven.

Permanecimos inmóviles unos momentos, y después le susurré al oído:

—Yo deseo lo mismo, Klara.

Suspiró.

—¿Crees que no lo sé? —Entonces se puso tensa y se incorporó—. ¿Quién es?

Alguien llamaba a la puerta con los nudillos. No estaba cerrada con llave, nunca lo hacíamos. Pero nadie entraba sin permiso, y esta vez alguien lo hizo.

—¡Sterling! —exclamó Klara, sorprendida. Recordó sus buenos modales—: Bob, éste es Sterling Francis, el padre de Kathy. Bob Broadhead.

—Hola —saludó. Era mucho más viejo de lo que yo pensaba que sería el padre de aquella niña, unos cincuenta años como mínimo, y parecía mucho más viejo y cansado de lo que era natural—. Klara —dijo—, me llevo a Kathy a casa en la próxima nave.

UNA NOTA SOBRE EL TRASERO DE LOS HEECHEES

Profesor Hegramet: No tenemos ni idea de cómo eran los Heechees, excepto por deducciones. Probablemente eran bípedos. Sus herramientas se adaptan bastante bien a las manos humanas, así que probablemente tenían manos. O algo por el estilo. Parece que veían casi el mismo espectro que nosotros. Debían de ser más bajos que nosotros, digamos, un metro y cincuenta centímetros, o menos. Y tenían un trasero muy curioso.

Pregunta: ¿A qué se refiere con eso de «un trasero muy curioso»?

Profesor Hegramet: Bueno, ¿han visto alguna vez el asiento del piloto de una nave Heechee? Se compone de dos plazas planas unidas en forma de V. Nosotros no resistiríamos más de diez minutos ahí sentados sin destrozarnos el trasero. Así pues, lo que hacemos es colocar un asiento de tela encima de las dos piezas. Pero esto es algo añadido por los hombres. Los Heechees no tenían nada parecido.

Por lo tanto, su cuerpo debía de ser similar al de una avispa, con un gran abdomen colgante, que debía de extenderse hasta por debajo de las caderas, entre las piernas.

Pregunta: ¿Quiere decir que quizá tuvieran aguijones como las avispas?

Profesor Hegramet: ¿Aguijones? No. No lo creo. Bueno, quizá sí. Quizá lo que tenían era unos extraños órganos sexuales.

Creo que me la llevaré esta noche, si no te importa. No quiero que lo sepa por boca de otra persona.

Klara me buscó la mano sin mirarme.

—Que sepa, ¿qué?

—Lo de su madre. —Francis se frotó los ojos, y después dijo—: Oh, ¿no lo sabías? Jan ha muerto. Su nave ha regresado hace unas horas. Los cuatro que bajaron se internaron en un campo de hongos; se hincharon y murieron. Vi su cuerpo. Está... —Se interrumpió—. Por la única que lo siento realmente —continuó— es por Annalee. Ella permaneció en órbita mientras los otros descendían, y fue quien trajo el cadáver de Jan. Estaba como loca. ¿Por qué molestarse? Era demasiado tarde para que a Jan le importara nada... Bueno, es igual. Sólo podía traer a dos, no había más sitio en el congelador, y evidentemente su ración de comida... —Volvió a interrumpirse, y esta vez no pareció capaz de seguir hablando.

Así que me senté en el borde de la cama mientras Klara le ayudaba a despertar a la niña y vestirla para llevársela a sus propias habitaciones. Mientras estaban fuera, conecté un par de anuncios en la PV, y los estudié con detenimiento. Cuando Klara volvió ya había desconectado la PV y estaba sentado en la cama con las piernas cruzadas, pensando intensamente.

—Dios mío —dijo con tristeza—, ¡vaya una noche! —Se sentó en el otro extremo de la cama—. Después de todo, no tengo sueño —añadió—. Quizá suba a jugar un rato a la ruleta.

—No lo hagas —le pedí. Había estado junto a ella la noche anterior cuando, en el transcurso de tres horas, ganó diez mil dólares y perdió veinte—. Tengo una idea mejor. Embarquémonos.

Dio la vuelta en redondo para mirarme, tan rápidamente que incluso se levantó unos centímetros de la cama.

—¿Qué?

—Embarquémonos.

Cerró los ojos un momento y, sin abrirlos, preguntó:

—¿Cuándo?

—En el lanzamiento 29-40. Es una Cinco y tiene una buena tripulación: Sam Kahane y sus compañeros. Ya están repuestos, y necesitan otros dos para llenar la nave.

Se frotó los párpados con las yemas de los dedos, después abrió los ojos y me miró.

—¡Vaya, Bob! —exclamó—, tus sugerencias son muy interesantes. —Habían instalado unas persianas sobre las paredes de metal Heechee a fin de amortiguar la luz a la hora de dormir, y yo las había bajado; pero incluso en la penumbra reinante vi su expresión. Asustada. Sin embargo, lo que dijo fue—: No son malas personas. ¿Cómo te llevas con los homosexuales?

—Los dejo en paz, y ellos hacen lo mismo. Especialmente si te tengo a ti.

—Hum —repuso, y después se acercó a mí, me rodeó el cuello con los brazos, me hizo acostar junto a ella y sepultó la cabeza en mi pecho—. ¿Por qué no? —dijo, en voz tan baja que al principio no estuve seguro de haberla oído.

Cuando estuve seguro, el temor se adueñó de mí. Había existido la posibilidad de que dijera que no. Eso me hubiera sacado del apuro. Sentí que me estremecía, pero logré decir:

—Así pues, ¿qué te parece si nos apuntamos mañana por la mañana?

Meneó la cabeza.

—No —contestó, con voz apagada. Yo la notaba temblar tanto como yo—. Coge el teléfono, Bob. Nos apuntaremos ahora mismo. Antes de que cambiemos de opinión.

Al día siguiente abandoné mi trabajo, metí mis pertenencias en las maletas donde las había traído, y se las di a guardar a Shicky, que parecía triste. Klara abandonó la escuela y despidió a su criada —que parecía seriamente preocupada—, pero no se molestó en hacer la maleta. Aún le quedaba mucho dinero, así que pagó el alquiler de sus habitaciones por adelantado y dejó las cosas tal como estaban.

Naturalmente, tuvimos una fiesta de despedida. Al final yo no recordaba a una sola de las personas que habían asistido.

Y después, repentinamente, nos encontramos subiendo a la nave, introduciéndonos en la cápsula mientras Sam Kahane comprobaba metódicamente los mandos. Nos encerramos en nuestros compartimentos. Accionamos el piloto automático.

Y entonces notamos una sacudida, y un desplazamiento, nos pareció como si flotásemos antes de que los reactores entraran en acción y emprendiéramos la marcha.

13

—Buenos días, Bob —dice Sigfrid, y yo me detengo junto a la puerta de la habitación, repentina e inconscientemente preocupado.

—¿Qué pasa?

—No pasa nada, Bob. Entra.

—Has cambiado las cosas de sitio —exclamo acusadoramente.

—Así es, Robbie. ¿Te gusta cómo ha quedado la habitación?

La contemplo con detenimiento. Los almohadones ya no están en el suelo. Las pinturas abstractas ya no están en las paredes. Ahora hay una serie de holopinturas de escenas espaciales, montañas y mares. Lo más extraño de todo es el propio Sigfrid: me habla desde el cuerpo de un maniquí que está sentado en una esquina de la habitación, con un lápiz en la mano, mirándome a través de unas gafas oscuras.

—Te has vuelto muy moderno —digo—. ¿Cuál es la razón de todo esto?

Su voz suena como si sonriera con benevolencia aunque no observo ningún cambio de expresión en el rostro del maniquí.

—He creído que te gustaría el cambio, Bob.

Doy unos cuantos pasos y vuelvo a detenerme.

—¡Has quitado la alfombra!

—No la necesitamos, Bob. Como ves, hay un diván nuevo. Es muy tradicional, ¿verdad?

—Hum.

Me dice pacientemente:

—¿Por qué no te acuestas en él? Prueba si estás cómodo.

—Hum. —Pero me acuesto prudentemente sobre él. Me siento raro; y no me gusta, quizá porque esta habitación determinada representa algo muy serio para mí y cambiarla de aspecto me pone nervioso—. La alfombra tenía correas —me quejo.

—El diván también, Bob. Puedes sacarlas por los lados. Búscalas... aquí. ¿No está mejor?

—No, no lo está.

—Creo —dice suavemente— que soy yo quien debe decidir si se impone un pequeño cambio por razones terapéuticas, Rob.

Me incorporo.

—¡Otra cosa, Sigfrid! Haz el favor de aprender cómo debes llamarme. Mi nombre no es Rob, ni Robbie, ni Bob. Es Robinette.

—Ya lo sé, Robbie...

—¡Has vuelto a decirlo!

Una pausa, después, dulcemente:

—Creo que deberías permitirme escoger el modo de llamarte que prefiera, Robbie.

—Hum. —Tengo un interminable repertorio de esas palabras que a nada comprometen. En realidad me gustaría seguir hasta el final de la sesión sin revelar nada más que eso. Lo que quiero es que *Sigfrid* me revele sus intenciones. Quiero saber por qué me llama por distintos nombres en distintos momentos. Quiero saber qué encuentra significativo de todo lo que digo. Quiero saber lo que realmente piensa de mí... en el caso de que un amasijo de hojalata y plástico pueda pensar, desde luego.

Naturalmente, lo que yo sé y Sigfrid ignora es que mi buena amiga S. Ya. prácticamente me ha prometido dejarme gastarle una pequeña broma. Estoy deseando que llegue el momento

—¿Hay algo que quieras decirme, Rob?

—No.

Sigfrid aguarda. Yo me siento un poco hostil y nada comunicativo. Creo que esto se debe en parte a que sólo espero el momento adecuado para tomarle el pelo, y en parte a que ha cambiado el aspecto de la sala. Estas cosas son las que acostumbraban a hacerme durante mi época psicópata en Wyoming. A veces acudía a una sesión y me encontraba con que tenían un holograma de mi madre, nada menos. Era exactamente igual que ella, pero no olía del mismo modo y su piel también era distinta, en realidad no lo sé con absoluta seguridad, pues nunca pude tocarla, no era más que luz. A veces me hacían entrar a oscuras y una cosa cálida me tomaba en sus brazos y me hablaba en susurros. No me gustaba nada. Estaba loco, pero no hasta ese punto.

Sigfrid continúa esperando, pero sé que no esperará eternamente. Pronto empezará a hacerme preguntas, con toda seguridad acerca de mis sueños.

—¿Has tenido algún sueño desde la última vez que te vi, Bob?

Bostezo. Este tema es muy aburrido.

—Creo que no. Nada importante, desde luego.

—Me gustaría que me lo contaras: aunque sólo sea un fragmento.

—Eres un pelmazo, Sigfrid, ¿lo sabías?

—Siento que opines así, Rob.

INFORME DE LA MISIÓN

Nave 1-8, Viaje 013D6. Tripulación: F. Ito.

Tiempo de tránsito 41 días 2 horas. Posición no identificada. Grabaciones de los instrumentos dañadas.

Copia de las grabaciones del tripulante a continuación: «El planeta parece tener una gravedad de superficie superior a 2.5, pero intentaré el aterrizaje. Ni la exploración visual ni el radar penetran las nubes de polvo y vapor. No tiene muy buen aspecto, pero éste es mi undécimo lanzamiento. Conecto el piloto automático para que la nave regrese dentro de 10 días. Si entonces no he vuelto con el módulo de aterrizaje, creo que la cápsula regresará sola. Me gustaría saber lo que significan las manchas y luces que hay en el Sol.»

El tripulante no estaba a bordo cuando la nave regresó. No hay artefactos ni muestras. Vehículo de aterrizaje no recuperado. Nave dañada.

—Bueno... No creo que recuerde siquiera un fragmento.

—Inténtalo por favor.

—Oh, diablos. Está bien. —Me acomodo en el diván. El único sueño que se me ocurre es absolutamente trivial, y sé que en él no hay nada relacionado con algo traumático o significativo, pero si se lo dijera podría enfadarse. Así pues, empiezo dócilmente—: Yo estaba en un vagón de un tren muy largo. Había varios vagones unidos, y podías ir de uno a otro. Estaban llenos de personas que yo conocía. Había una mujer de aspecto maternal que tosía sin cesar, y otra mujer que... bueno, parecía muy rara. A primera vista creí que era un hombre. Iba vestida con una especie de mono de trabajo, así que esto ya te desorientaba acerca de su sexo, y tenía unas cejas muy masculinas y tupidas. Pero yo estaba seguro de que era una mujer.

—¿Hablaste con alguna de esas mujeres, Bob?

—Haz el favor de no interrumpirme, Sigfrid, me haces perder el hilo.

—Lo siento, Rob.

Prosigo con el sueño:

—Las dejé... no, no hablé con ellas. Pasé al vagón siguiente. Era el último del tren. Estaba acoplado al resto del tren con una especie de... veamos, no sé cómo describirlo. Era como una de esas cosas que se despliegan, de metal, ¿sabes lo que quiero decir? Y se estiró.

Hago una pausa, debida en gran parte al aburrimiento. Siento que debería pedirle perdón por tener un sueño tan tonto.

—¿Dices que el conector de metal se estiró, Bob? —me apremia Sigfrid.

—Así es, se estiró. Por lo tanto, el vagón donde yo iba empezó a retroceder, alejándose cada vez más de los otros. Lo único que yo veía era la linterna trasera, que me pareció tener la forma de su cara, mirándome. Ella... —Pierdo el hilo de lo que estoy diciendo. Intento recuperarlo—: Supongo que pensé que sería difícil volver junto a ella, como si ella... lo siento, Sigfrid, no recuerdo claramente lo que pasó en ese momento. Después me desperté. Y —termino virtuosamente— lo escribí tan pronto como pude, tal como tú me habías recomendado.

—Te lo agradezco, Bob —dice gravemente Sigfrid—. Espera que prosiga.

Yo cambio de posición.

—Este diván no es tan cómodo como la alfombra —protesto.

—Lo siento mucho, Bob. ¿Has dicho que las reconociste?

—¿A quiénes?

—A las dos mujeres del tren, de las que te alejabas más y más.

—Ah. No, ya entiendo lo que quieres decir. Las reconocí en el *sueño*. En realidad no tengo ni idea de quiénes eran.

—¿Se parecían a alguien que tú conozcas?

—En absoluto. Yo también me he hecho esa pregunta.

Al cabo de un momento, Sigfrid dice algo que reconozco como su forma de darme una oportunidad para cambiar de opinión sobre una respuesta que no le gusta.

—Has mencionado que una de las mujeres tenía aspecto maternal y tosía...

—Sí, pero no la reconocí. Creo que, en cierto modo, sí me pareció conocida, pero, ya sabes, en los sueños todo el mundo lo parece.

Contesta pacientemente:

—¿No recuerdas a ninguna mujer de tipo maternal y que tosiera mucho?

Me echo a reír estrepitosamente al oírlo.

—¡Querido amigo Sigfrid! ¡Te aseguro que ninguna de las mujeres que conozco pertenecen al tipo maternal! Además, todas ellas son del Servicio Médico. No es probable que tosan.

—Ya veo. ¿Estás seguro, Robbie?

—No seas pesado, Sigfrid —replico, malhumorado, porque el maldito diván me parece a cada momento más incómodo, y también porque necesito ir al baño, y esta situación tiene visos de prolongarse indefinidamente.

—Ya veo. —Y, al cabo de un minuto, se agarra a otra cosa, tal como yo suponía: Sigfrid es igual que una paloma y picotea todo lo que yo le ofrezco, miga por miga—. ¿Qué hay de la otra mujer, la de las cejas tupidas?

—¿Qué pasa con ella?

—¿Conoces a alguna chica que tenga las cejas tupidas?

—¡Dios mío, Sigfrid, me he acostado con quinientas chicas! Algunas tenían las cejas más extrañas que hayas visto en tu vida.

—¿No recuerdas a ninguna en particular?

—La verdad es que así, tan de repente, no me acuerdo.

—No, de repente no, Bob. Te ruego que hagas un esfuerzo por acordarte.

Lo que me pide es más fácil que seguir discutiendo con él, así que hago el esfuerzo.

—Está bien, vamos a ver. ¿Ida Mae? No. ¿Sue-Ann? No. ¿S. Ya.? No. ¿Gretchen? No... bueno, para ser sincero, Sigfrid, Gretchen era tan rubia que ni siquiera estoy seguro de que tuviera cejas.

—Todas éstas son chicas que has conocido recientemente, ¿verdad, Bob? ¿Quizás alguna más antigua?

—¿Te refieres a alguna que conozca desde hace tiempo? —Reflexiono intensamente y retrocedo lo máximo que puedo, hasta llegar a las minas y a Sylvia. Me echo a reír—. ¿Sabes una cosa, Sigfrid? Es gracioso, pero casi no me acuerdo de cómo era Sylvia... oh, espera un momento. No. Ahora lo recuerdo. Tenía la costumbre de depilarse las cejas casi totalmente, y después se las pintaba. Me acuerdo porque una vez que estábamos en la cama nos hicimos dibujos el uno al otro con su lápiz para las cejas.

Casi me parece oírle suspirar.

—Los vagones —dice, picoteando otra miga—. ¿Cómo los describirías?

—Como los de cualquier tren. Largos. Estrechos. Avanzaban a bastante velocidad por un túnel.

—¿Largos, estrechos, y moviéndose a bastante velocidad por un túnel, Bob?

Pierdo la paciencia al oír esto. ¡Es *tan* horriblemente transparente!

—¡Vamos, Sigfrid! No me vengas con esos trillados símbolos sexuales.

—No pensaba hacerlo, Bob.

—Bueno, eres un idiota preocupándote por este sueño, te lo aseguro. No hay nada en él. El tren sólo era un tren. No sé quiénes eran las mujeres. Y escucha antes de que cambiemos de tema, *odio* este maldito diván. ¡Por el montón de dinero que te paga mi seguro, puedes hacer mucho más de lo que haces!

Ha logrado ponerme furioso. Sigue tratando de volver al sueño, pero estoy decidido a sacar el máximo provecho del dinero que le paga la compañía de seguros, y cuando me voy, me ha prometido que cambiará la decoración antes de mi próxima visita.

Aquel día salgo muy satisfecho de mí mismo. La verdad es que Sigfrid me hace mucho bien. Supongo que es porque tengo el valor de enfrentarme con él, y quizá todas estas tonterías me ayuden en ese aspecto, o en otro, a pesar de que algunas de sus ideas sean verdaderas locuras.

14

Me revolví en mi asiento para no chocar con la rodilla de Klara y tropecé con el codo de Sam Kahane.

—Lo siento —dijo éste, sin molestarse en mirar a su alrededor para saber por qué lo sentía. Aún tenía la mano apoyada en la teta de lanzamiento, a pesar de que ya hacía diez minutos que habíamos salido. Vigilaba los fluctuantes colores del tablero de instrumentos Heechee, y la única vez que apartó la mirada fue para dar un vistazo a la pantalla que había en el techo.

Me enderecé, sintiéndome muy incómodo. Había tardado semanas en acostumbrarme a la casi total ausencia de gravedad de Pórtico. Las cambiantes fuerzas G de la cápsula eran otra cosa. Eran muy ligeras, pero no se mantenían ni un minuto seguido, y mi oído interno empezaba a protestar.

Me abrí paso hasta la zona de la cocina, con los ojos clavados en la puerta del lavabo. Ham Tayeh seguía allí dentro. Si no salía enseguida, mi situación podría calificarse de crítica. Klara se echó a reír, se levantó y me rodeó con un brazo.

—Pobre Bobbie —exclamó—. Y esto es sólo el principio.

Engullí una pastilla y encendí nerviosamente un cigarrillo, procurando no vomitar. No sé hasta qué punto era realmente mareo. El miedo tenía gran parte de culpa. Es imposible no tener miedo cuando sabes que lo único que te separa de una muerte instantánea y horrible es una fina pared de metal hecha por unos excéntricos desconocidos hace medio millón de años; cuando sabes que estás condenado a ir a algún lugar sobre el que ya no tienes ningún control, y que puede resultar extremadamente desagradable.

Conseguí volver a mi asiento, apagué el cigarrillo, cerré los ojos y me concentré en hacer pasar el tiempo.

Disponía de mucho tiempo. Por término medio, un viaje dura alrededor de cuarenta y cinco días de ida y otros tantos de vuelta. La distancia recorrida no importa tanto como podría pensarse. Diez años luz o diez mil: importa algo, pero no linealmente. Me han dicho que las naves aceleran y aceleran continuamente el *tipo* de aceleración. Ese incremento en la velocidad tampoco es lineal, ni siquiera exponencial, en ningún aspecto. Alcanzas la velocidad de la luz muy rápidamente, en menos de una hora. Después tardas bastante en excederla. Después es cuando realmente ganas velocidad.

Sabes todo esto (dicen) al contemplar las estrellas por la pantalla de navegación Heechee que hay en el techo (dicen). En el plazo de la primera hora, todas las estrellas empiezan a cambiar de color y a hacerse borrosas. Cuando pasas la *c* te das cuenta porque se han agrupado en el centro de la pantalla, que está delante de la nave durante el vuelo.

En realidad, las estrellas no se han movido. Es la nave, que ha dado alcance a la luz emitida por las fuentes que están a su espalda o a un lado. Los fotones que chocan con la pantalla frontal se emitieron un día, una semana o cien días atrás. Al cabo de uno o dos días incluso dejan de parecer estrellas. Sólo persiste una especie de superficie moteada de color gris. Da la impresión de ser un holofilm expuesto a la luz, con la diferencia de que en el caso de un holofilm puedes obtener una imagen virtual por medio de una luz intermitente, y en el caso de las pantallas Heechee nadie ha obtenido *jamás* otra cosa que un gris granuloso.

Cuando finalmente logré entrar en el lavabo, la urgencia no pareció tan urgente; y cuando salí Klara estaba sola en la cápsula, comprobando las imágenes estelares con la cámara teodolítica. Se volvió a mirarme, e hizo un gesto de aprobación con la cabeza.

—Parece que estás menos verde —dijo.

—Viviré. ¿Dónde están los muchachos?

—¿Dónde iban a estar? Han bajado al módulo de aterrizaje. Dred quisiera llegar a un acuerdo con nosotros para que estemos en el módulo cuando ellos estén aquí arriba, y subamos cuando ellos quieran bajar.

—Hum. —Esto sonaba bastante bien; la verdad es que ya empezaba a preguntarme cómo nos las arreglaríamos para tener un poco de intimidad—. De acuerdo. ¿Qué quieres que haga?

Se incorporó y me besó distraídamente.

—Que no te me pongas delante. ¿Sabes una cosa? Parece como si nos dirigiéramos en línea recta hacia el norte galáctico.

Yo recibí esa información con la grave consideración de la ignorancia. Después pregunté:

—¿Es eso bueno?

Ella esbozó una sonrisa.

—¿Cómo voy a saberlo?

Me senté y la miré. Si estaba tan asustada como yo, y no dudaba de que así era, no lo dejaba entrever.

Empecé a preguntarme qué significaría ir en dirección al norte galáctico; y, lo más importante, cuánto tardaríamos en llegar allí.

Según los archivos, el viaje más corto a otro sistema estelar fue de dieciocho días. Se llegó a la Estrella de Barnard y fue un fracaso, ya que en ella no había nada. El más largo, o por lo menos el más largo que nadie conoce hasta ahora —¿quién sabe cuántas naves ocupadas por prospectores muertos están todavía en el camino de regreso desde, tal vez, M-31 en Andrómeda?—, fue de ciento setenta y cinco días de ida y los mismos de vuelta. Volvieron muertos. Es difícil saber dónde estuvieron. Las fotografías que tomaron no revelan gran cosa y, naturalmente, los prospectores no se hallaban en estado de decirlo.

El inicio de un viaje es bastante alarmante, incluso para un veterano. Sabes que estás acelerando. No sabes cuánto durará la aceleración.

Sin embargo, notas cuándo se inicia el cambio de posición. En primer lugar, lo notas porque el serpentín dorado que hay en todas las naves Heechees se ilumina (nadie sabe por qué). Pero notas que estás dando la vuelta sin necesidad de mirarlo, pues la pequeña seudogravedad que te ha arrastrado hacia atrás empieza a arrastrarte hacia delante. El suelo se convierte en el techo.

¿Por qué no se limitarían los Heechees a hacer girar sus naves en pleno vuelo, a fin de utilizar la misma fuerza propulsora para la aceleración y la deceleración? No lo sé. Habría que ser Heechee para saberlo.

Quizá tenga algo que ver con el hecho de que todo su equipo visual parezca estar en la parte de delante. Quizá sea porque la parte anterior de la nave siempre está fuertemente acorazada, incluso en las naves más ligeras, supongo que en contra del impacto de las dispersas moléculas de gas o polvo. Pero algunas de las naves grandes, unas cuantas Tres y casi todas las Cinco, están totalmente acorazadas. Tampoco dan la vuelta en redondo.

Así pues, cuando el serpentín se enciende y tú notas el cambio de posición, sabes que has sobrepasado una cuarta parte de tu tiempo real de viaje. No necesariamente una cuarta parte del tiempo total, desde luego.

El tiempo que permanezcas en tu destino es otra cuestión muy distinta. Eso es algo que todo prospector debe tener en cuenta. Pero ya has completado la mitad del viaje de ida bajo control automático.

Por lo tanto, multiplicas el número de días transcurridos hasta el momento por cuatro, y si este número es inferior al número de días establecido para tu resistencia física sabes que por lo menos no te morirás de hambre.

La diferencia entre los dos números es el tiempo de permanencia máximo en tu lugar de destino.

La ración básica de comida, agua y renovación de aire dura doscientos cincuenta días. Puedes alargarlos hasta trescientos sin grandes dificultades (vuelves en la piel y los huesos, y quizá con algunas enfermedades por carencia). Así pues, si llegas a los sesenta o sesenta y cinco días de viaje sin que se produzca ningún cambio de posición, sabes que puedes tener problemas, y empiezas a comer menos. Si llegas a ochenta o noventa, el problema se resuelve por sí solo, porque ya no tienes opción, ya que morirás antes de volver. *Podrías* tratar de cambiar el rumbo. Pero esto no es más que otra forma de morir, según dicen todos los supervivientes.

Lo más probable es que los Heechees pudieran cambiar el rumbo cuando lo deseaban, pero su forma de hacerlo es una de esas grandes preguntas acerca de los Heechees que no tienen contestación, como por qué lo limpiaban todo antes de irse, o qué aspecto tenían, o a dónde fueron.

Recuerdo una especie de libro en broma que vendían en las ferias cuando yo era pequeño. Se titulaba *Todo lo que sabemos sobre los Heechees.*

Tenía ciento veintiocho páginas, y todas estaban en blanco.

Si Sam, Dred y Mohamad eran homosexuales, y yo no tenía ninguna razón para dudarlo, apenas lo demostraron a lo largo de los primeros días. Seguían sus propios intereses. Leían. Escuchaban grabaciones de música con los audífonos. Jugaban al ajedrez y, cuando lograban convencernos a Klara, y a mí, también al póquer chino. No jugábamos por dinero, sino para pasar el rato. (Al cabo de un par de días, Klara comentó que perder era como ganar, porque si perdías tenías más en que ocupar el tiempo.) Eran bondadosamente tolerantes con Klara y conmigo, la oprimida minoría heterosexual dentro de la cultura dominantemente homosexual que ocupaba nuestra nave, y nos dejaban el módulo de aterrizaje durante un exacto cincuenta por ciento del tiempo, a pesar de que sólo fuéramos el cuarenta por ciento de la población.

Nos llevábamos bien. Fue una verdadera suerte. Vivíamos en obligada convivencia y tropezábamos constantemente unos con otros

El interior de una nave Heechee, incluso una Cinco, no es mucho más grande que la cocina de un apartamento. El módulo de aterrizaje te proporciona un poco de espacio adicional —el equivalente a un armario de tamaño regular—, pero durante el viaje de ida está lleno de suministros y equipo. Y de ese total de espacio disponible, unos cuarenta y dos o cuarenta y tres metros cúbicos, hay que restar todo lo que va en él aparte de mí y los otros prospectores.

Cuando estás en el espacio tau, sufres un débil aunque continuo empuje de aceleración. No es realmente aceleración, es una resistencia de los átomos de tu cuerpo a superar la c, y puede describirse tan bien como fricción que como gravedad. Pero parece como si fuera una ligera gravedad. Te sientes como si pesaras dos kilos.

Esto significa que necesitas algo en lo que descansar mientras estás descansando, de modo que cada tripulante tiene su propia eslinga plegable que abre para dormir, o dobla para sentarse. Añadamos a esto el espacio personal de cada uno: armarios para cintas, discos y ropa (no necesitas demasiada); para artículos de tocador; para retratos de la familia y personas queridas (si tienes); para lo que hayas decidido traer, hasta llegar al máximo de peso y volumen autorizados (75 kilogramos, 1/3 de un metro cúbico); y tendremos idea del poco espacio sobrante.

Añadamos a esto el original equipo Heechee de la nave. Nunca utilizas tres cuartas partes de él. La mayor parte no sabrías utilizarla aunque debieras hacerlo; lo que haces es no tocarlo. Pero no puedes sacarlo. La maquinaria Heechee está integralmente diseñada. Si le amputas una pieza, muere.

Quizá, si supiéramos cómo curar la herida, podríamos sacar una parte de esa chatarra y la nave seguiría funcionando. Pero no sabemos, de modo que sigue en su lugar: la gran caja dorada con forma de diamante que explota si intentas abrirla; la frágil espiral de color dorado que brilla de vez en cuando e, incluso con más frecuencia, se calienta terriblemente (nadie sabe por qué), y así sucesivamente. Todo sigue ahí, y tú chocas con todo a cada instante.

Añadamos todavía a *eso* el equipo humano. Los trajes espaciales: uno para cada tripulante, adaptado a tu forma y figura. El equipo fotográfico. Las instalaciones de retrete y baño. La sección para preparar los alimentos. Las instalaciones para eliminar los desperdicios. Los maletines de experimentos, las armas, los taladros, las cajas de muestras, todo el equipo que bajas a la superficie del planeta, si es que tienes la suerte de llegar a un planeta donde puedas aterrizar.

No te queda gran cosa. Es como vivir varias semanas consecutivas bajo el capó de un camión muy grande, con el motor en marcha y con otras cuatro personas que luchan por el espacio.

A los dos días de viaje, empecé a experimentar un absurdo prejuicio contra Ham Tayeh. Era demasiado grande. Ocupaba más sitio del que le correspondía.

Para ser sincero, Ham ni siquiera era tan alto como yo, aunque pesaba más. Pero a mí no me importaba el espacio que yo pudiera ocupar. Sólo me importaba que otros invadieran parte del mío. Sam Kahane era de mejor tamaño, no más de un metro sesenta centímetros, con una rígida barba negra y un áspero vello rizado que le cubría el abdomen desde su *cache-sexe* hasta el pecho, así como toda la espalda. No se me ocurrió que Sam estuviera violando mi espacio personal hasta que encontré uno de los largos pelos negros de su barba dentro de mi comida. Ham, por lo menos, era casi lampiño, con una suave piel dorada que le daba cierto parecido con un eunuco de algún harén jordano. (¿Tenían eunucos los reyes jordanos en su harén? ¿Tenían harén? Ham no parecía saber demasiado acerca de eso; su familia vivía en New Jersey desde hacía tres generaciones.)

Incluso me sorprendí comparando a Klara con Sheri, que por lo menos era dos tallas más pequeña. (No siempre. Normalmente, Klara era tal como se debía ser.) Y Dred Frauenglass, que completaba el triángulo de Sam, era un joven delgado y amable que no hablaba demasiado y parecía ocupar menos sitio que nadie.

Yo era el novato del grupo, y todo el mundo se turnaba para enseñarme a hacer lo poco que debía hacer. Tienes que realizar los exámenes fotográficos y espectrométricos de rutina. Tienes que grabar los cambios que se produzcan en el tablero de mandos Heechee, donde hay constantes y minúsculas variaciones en matiz e intensidad de las luces de colores. (Aún siguen estudiándolas, a fin de llegar a saber lo que significan.) Tienes que fotografiar y analizar el espectro de las estrellas del espacio tau que aparecen en la pantalla de navegación.

Y todo esto requiere, oh, posiblemente, dos horas por hombre al día. Las tareas domésticas y la preparación de las comidas y limpieza requieren otras dos.

Así pues, has ocupado unas cuatro horas por hombre diarias y, entre los cinco tripulantes, tienes algo así como ochenta horas que ocupar.

Miento. Esto no es realmente en lo que ocupas tu tiempo. Lo que haces con tu tiempo es esperar el cambio de posición.

Tres días, cuatro días, una semana; y fui consciente de que reinaba una tensión progresiva que yo no compartía.

Dos semanas, y supe lo que era, porque yo también la sentía. Todos esperábamos que ocurriese. Cuando nos acostábamos, nuestra última mirada iba hacia la espiral dorada para ver si milagrosamente se había encendido. Cuando nos despertábamos, nuestro primer pensamiento era si el techo se habría convertido en suelo. A la tercera semana todos estábamos realmente nerviosos. Ham era el que más lo demostraba, el rollizo Ham de piel dorada con cara de genio festivo.

—Juguemos un rato al póquer, Bob.

—No, gracias.

—Vamos, Bob. Necesitamos un cuarto. (En el póquer chino se emplea toda la baraja, trece cartas para cada jugador. No se puede jugar de otro modo.)

—No tengo ganas.

Y súbitamente furioso:

—¡Vete a la mierda! ¡No vales un pimiento como tripulante y ahora ni siquiera quieres jugar a las cartas!

Después se ponía a barajar malhumoradamente las cartas durante media hora o más, como si fuera una habilidad que debiese perfeccionar a toda costa, igual que si en ello le fuera la vida. Y, pensándolo bien, podía ser así. Calcúlelo usted mismo. Suponga que está en una Cinco y pasa setenta y cinco días sin que se produzca el cambio de posición. Comprendes inmediatamente que estás en dificultades: las raciones no sustentarán a cinco personas más de trescientos días.

Sin embargo, podrían sustentar a cuatro.

O a tres. O a dos. O a una.

Al llegar a este punto, ha quedado claro que por lo menos una persona no regresará del viaje con vida, y lo que hace la mayoría de tripulantes es empezar a cortar la baraja. El perdedor se retuerce cortésmente el cuello.

Si el perdedor no es cortés, los otros cuatro le dan lecciones de etiqueta.

Muchas naves que salen como Cinco vuelven como Tres. Algunas vuelven como Uno.

Así pues, nos esforzamos en matar el tiempo, no sin dificultades y grandes dosis de paciencia.

El sexo se convirtió en nuestro principal recurso durante un tiempo, y Klara y yo pasábamos muchas horas estrechamente abrazados, dormitando un rato y despertándonos para despertar al otro y volver a hacer el amor.

Supongo que los muchachos hacían algo parecido; al cabo de pocos días el módulo de aterrizaje empezó a oler como el vestuario de un gimnasio masculino. Después empezamos a buscar la soledad, los cinco por igual. Bueno, en la nave no había bastante soledad para beneficiar a los cinco, pero hicimos lo que pudimos; de común acuerdo, empezamos a dejar el módulo a uno solo de nosotros (o una sola) durante una o dos horas consecutivas. Mientras yo estaba allí Klara era tolerada en la cápsula. Cuando le tocaba el turno a Klara, yo jugaba a cartas con los muchachos. Mientras uno de ellos estaba abajo, los otros dos nos hacían compañía. No tengo ni idea de qué harían los demás con su tiempo de soledad; yo me dedicaba a mirar el espacio. Lo digo literalmente: contemplaba la absoluta negrura del exterior por las portillas del módulo. No había nada que ver, pero era mejor que seguir viviendo lo que ya estaba harto de ver en el interior de la nave.

Después, al cabo de cierto tiempo, empezamos a reanudar nuestras actividades de costumbre. Yo escuchaba mis grabaciones, Dred miraba sus pornodiscos, Ham desenrollaba un teclado flexible de piano, lo conectaba a sus audífonos y tocaba música electrónica (a pesar de ello, podías oír algo si escuchabas atentamente, y acabé harto de Bach, Palestrina y Mozart). Sam Kahane tuvo la amabilidad de querer darnos clases, y pasamos muchas horas siguiéndole la corriente, hablando sobre la naturaleza de las estrellas de neutrones, los agujeros negros y las galaxias Seyfert, cuando no repasábamos los procedimientos de exploración que deberíamos realizar antes de aterrizar en un nuevo mundo.

Lo bueno de todo esto es que logramos no odiarnos mutuamente más de media hora seguida. El resto del tiempo..., bueno, sí, solíamos odiarnos mutuamente. Yo no podía *soportar* que Ham Tayeh barajase constantemente las cartas. Dred experimentaba una absurda hostilidad contra mí siempre que se me ocurría encender un cigarrillo. Los sobacos de Sam eran

---

UNA NOTA SOBRE EL NACIMIENTO ESTELAR

Doctor Asmenion: Supongo que la mayoría de ustedes está aquí no porque les interese realmente la astrofísica, sino porque espera obtener una bonificación científica. Pero no deben preocuparse. Los instrumentos hacen la mayor parte del trabajo. Ustedes hacen el examen de rutina y, si observan algo especial, ya saldrá en la evaluación cuando hayan regresado.

Pregunta: ¿No hay algo especial que debamos buscar?

Doctor Asmenion: Oh, desde luego. Por ejemplo, hubo un prospector que ganó medio millón, me parece, por haber estado en la nebulosa de Orión y observado que una parte de la nube gaseosa tenía una temperatura más elevada que el resto. Llegó a la conclusión de que estaba naciendo una estrella. El gas se condensaba y empezaba a calentarse. Es probable que dentro de otros diez mil años se esté formando un sistema solar reconocible en ese mismo lugar, y realizó un examen especial de toda esa parte del cielo. Por lo tanto obtuvo la bonificación. Y ahora, todos los años, la Corporación envía esa nave a obtener nuevas medidas. Pagan una prima de cien mil dólares, y cincuenta mil son para él. Les daré las coordenadas de algunos sitios probables, como la nebulosa de Trífido, si así lo desean. No ganarán medio millón, pero ganarán algo.

algo horrible, incluso en el viciado aire de la cápsula, frente a lo cual el aire más fétido de Pórtico habría parecido un jardín de rosas. Y Klara..., bueno, Klara tenía una mala costumbre. Le gustaban los espárragos. Había traído consigo nada menos que cuatro kilos de alimentos deshidratados, para variar y hacer algo distinto; y aunque los compartía conmigo, y a veces con los otros, insistía en comer espárragos ella sola de vez en cuando. Los espárragos hacen que la orina huela de un modo muy extraño. No es demasiado romántico saber que tu novia ha estado comiendo espárragos por el olor del retrete común.

Y no obstante... era mi novia, desde luego que lo era.

No sólo habíamos hecho el amor durante aquellas interminables horas en el módulo; habíamos hablado.

Nunca he conocido tan bien el interior de la cabeza de una persona como llegué a conocer el de Klara.

Tenía que amarla. No podía evitarlo, y no podía dejar de hacerlo.

Eternamente.

El vigésimo tercer día estaba tocando el piano electrónico de Ham cuando me sentí repentinamente mareado. La cambiante fuerza de gravedad, que había llegado a no sentir apenas, se intensificaba bruscamente.

Alcé los ojos y tropecé con la mirada de Klara.

La vi sonreír tímidamente, con evidente emoción. Señaló, y observé que las sinuosas curvas de la espiral de cristal despedían continuos destellos dorados que se sucedían como si fueran brillantes pececillos en un río.

Nos abrazamos fuertemente y nos echamos a reír, mientras el espacio daba vueltas en torno a nosotros y el suelo se convertía en techo. Habíamos llegado al cambio de posición. Y aún disponíamos de cierto margen.

15

Naturalmente, el consultorio de Sigfrid está debajo de la Burbuja, como la mayor parte de oficinas. Nunca hace demasiado frío ni demasiado calor, pero a veces da esta impresión. Le digo:

—¡Vaya, qué calor hace aquí! Tu aparato de aire acondicionado se ha estropeado.

—No tengo ningún aparato de aire acondicionado, Robbie —me contesta pacientemente—. Volviendo a tu madre...

—¡Al diablo mi madre! —replico—. ¡Y al diablo la tuya, también!

Hay una pausa. Sé que sus circuitos están pensando, y comprendo que acabaré lamentando esa impetuosa observación. Así pues, me apresuro a añadir:

—Lo que quiero decir es que estoy muy incómodo, Sigfrid. Hace un calor horrible.

—No tienes nada de calor —me corrige.

—¿Qué?

—Mis sensores indican que tu temperatura sube casi un grado cuando hablamos de ciertos temas: tu madre, Gelle-Klara Moylin, tu primer viaje, tu tercer viaje, Dane Metchnikov y excreción.

—¡Vamos, ésta sí que es buena! —grito, súbitamente furioso—. ¿Pretendes decirme que me espías?

—Ya sabes que verifico tus signos externos, Robbie —contesta reprobadoramente—. No hay nada de malo en ello. Es como si un amigo te viera enrojecer o tartamudear, o chasquear los dedos.

—Eso es lo que tú dices.

—Es lo que yo digo, Rob. Te lo explico porque creo que deberías saber que estos temas encierran alguna sobrecarga emocional para ti. ¿Te gustaría hablar de por qué es eso posible?

—¡No! ¡De lo que me gustaría hablar es de ti, Sigfrid! ¿Qué otros secretillos me has robado? ¿Cuentas mis erecciones? ¿Has escondido un micrófono en mi cama? ¿Me has interceptado el teléfono?

—No, Bob. No hago nada de todo eso.

—Espero que sea verdad, Sigfrid. Tengo mis medios para saber cuándo mientes.

Pausa.

—Creo que no estoy entendiendo lo que quieres decir, Rob.

—No tienes por qué —replico irónicamente—. Sólo eres una máquina. —Es suficiente que yo lo comprenda. Para mí es muy importante saber el pequeño secreto de Sigfrid. En el bolsillo de mi chaqueta está la hoja de papel que una noche me diera S. Ya. Lavorovna, llena de marihuana, vino y sexo. No tardará en llegar el día en que lo saque del bolsillo, y entonces veremos cuál de los dos es el jefe. La verdad es que disfruto mucho esta contienda con Sigfrid. Me pone furioso. Cuando estoy furioso me olvido de ese gran lugar donde hiero, y sigo hiriendo, y no sé cómo detenerme.

16

Tras cuarenta y seis días de viaje, la cápsula aminoró la velocidad hasta el punto de que ni siquiera parecía velocidad: estábamos en órbita, alrededor de algo, y todos los motores se habían parado.

Olíamos a demonios y estábamos hartos de nuestra mutua compañía, pero nos amontonamos en torno a las pantallas de navegación fuertemente cogidos del brazo, como los más cariñosos amantes, en la ausencia de gravedad reinante, para contemplar el sol que se hallaba ante nosotros. Era una estrella más grande y naranja que el Sol; o era más grande, o nos encontrábamos más cerca de ella que una U. A. Sin embargo, no dábamos vueltas en torno a esa estrella. Nuestro primario era un gran planeta gaseoso con una luna de gran tamaño, casi tan grande como la Luna.

Ni Klara ni los muchachos habían estallado en gritos de júbilo, así que esperé lo máximo que pude y entonces pregunté:

—¿Qué pasa?

Klara contestó distraídamente:

—Dudo que podamos aterrizar en *eso*. —No parecía decepcionada. No parecía importarle en absoluto.

Sam Kahane lanzó un prolongado suspiro a través de su barba y dijo:

—Está bien. Lo primero que debemos hacer es obtener un espectro limpio. Bob y yo lo haremos. Los demás podéis empezar a buscar señales Heechees.

—No creo que haya —dijo uno de los otros, pero tan bajo que no pude averiguar quién. Incluso pudo ser Klara. Me hubiera gustado hacer más preguntas, pero tuve la impresión de que si les preguntaba por qué no eran felices uno de ellos me lo diría, y a mí podría no gustarme la respuesta. Por lo tanto, me introduje con Sam en el módulo, y no dejamos de chocar uno con otro mientras nos poníamos el traje espacial, comprobábamos los sistemas de supervivencia y los cerrábamos herméticamente. Sam me hizo señas de que entrara en la antecámara; oí cómo las bombas extraían el aire, y casi enseguida el poco que quedaba me impulsó al espacio cuando se abrió la portezuela.

Por un momento me sentí aterrorizado, solo en un lugar jamás hollado por ningún ser humano, asustado por haberme olvidado de coger la correa. Pero no era necesario hacerlo; la grapa magnética se había cerrado automáticamente, y llegué hasta el final del cable, lo estiré con fuerza, y empecé a retroceder lentamente hacia la nave.

Antes de que pudiera llegar, Sam ya había salido y avanzaba hacia mí dando vueltas a toda velocidad. Conseguimos agarrarnos, y empezamos a tomar fotografías.

Sam señaló hacia un punto entre el inmenso disco con forma de plato y el deslumbrante sol naranja, y yo me protegí los ojos con los guantes hasta ver lo que indicaba: M-31 en Andrómeda. Naturalmente, desde donde nos encontrábamos no estaba en la constelación de Andrómeda. No había nada a la vista que se pareciese a Andrómeda, o a cualquier otra constelación. Pero la M-31 es tan grande y tan brillante que incluso puede distinguirse desde la superficie de la Tierra cuando no hay demasiada contaminación ambiental. Es la más brillante de las galaxias externas, y puedes reconocerla bastante bien desde casi todos los sitios adonde te llevan las naves Heechee. Por medio de una pequeña amplificación, puedes observar su forma de espiral, y es posible asegurarse comparándola con las galaxias de menor tamaño que hay en la misma línea de visión.

Mientras yo enfocaba la M-31, Sam hacía lo mismo con las Nubes Magallánicas, o lo que él creía que eran las Nubes Magallánicas. (Afirmó haber identificado el S. Doradus.) Ambos empezamos a tomar instantáneas teodolíticas.

Naturalmente, la finalidad de todo esto es que los académicos pertenecientes a la Corporación puedan triangular y localizar el punto donde hemos estado. Puede parecer extraño que eso les interese, pero así es; hasta tal grado que no eres merecedor de ninguna bonificación científica a menos que hagas toda la serie de fotos. Puedes creer que deducirán adónde vamos por las fotografías que hemos tomado a través de los portillos durante el viaje. No es así. Pueden deducir la dirección principal del empuje, pero tras los primeros años-luz resulta cada vez más difícil descubrir las estrellas identificables, y no está demostrado que la línea de vuelo sea una línea recta; algunos dicen que sigue una configuración rugosa en la curvatura del espacio.

De todos modos, los cerebros utilizan todo lo que tienen, incluida una medición que indica hasta dónde han rotado las Nubes Magallánicas, y en qué dirección. ¿Saben por qué? Porque, gracias a esto, se puede averiguar a cuántos años-luz de distancia nos encontramos y, por lo tanto, cuánto nos hemos adentrado en la Galaxia. Las Nubes dan una revolución completa en unos ochenta millones de años. Un examen detallado puede mostrar cambios de una parte en dos o tres millones, digamos, diferencias del orden de 150 años-luz aproximadamente.

Esto había logrado interesarme bastante durante las clases de Sam.

La verdad es que, mientras tomaba las fotos y trataba de adivinar la interpretación que Pórtico les daría, casi me olvidé de tener miedo. Y casi olvidé, aunque no del tono que este viaje, emprendido gracias a tan gran acopio de valor, estaba resultando un fracaso.

Pero era un fracaso.

Ham agarró las cintas de Sam Kahane en cuanto regresamos a la nave y las introdujo en la unidad exploradora.

El tema central era el gran planeta en sí. En ninguna octava del espectro electromagnético había nada que sugiriese la existencia de radiación.

Por lo tanto, empezó a buscar otros planetas. Se necesitaba tiempo para encontrarlos, incluso con la ayuda de la unidad exploradora, y podría haber habido una docena que no logramos localizar en el rato que pasamos allí (pero eso apenas importaba, porque si nosotros no podíamos localizarlos era que estaban demasiado lejos para llegar a ellos). Ham lo hizo tomando indicios clave del espectrograma radiactivo de la estrella primaria, y programando la unidad exploradora para que buscase reflejos suyos. Descubrió cinco objetos. Dos de ellos resultaron ser estrellas con un espectro similar. Los otros tres eran planetas, pero tampoco revelaban signos de radiación. Por otra parte, ambos eran pequeños y estaban muy lejos.

Eso nos dejaba la gran luna del gigante gaseoso.

—Comprobadla —ordenó Sam.

Mohamad gruñó:

—No tiene muy bien aspecto.

—No quiero saber tu opinión. Quiero que hagas lo que te he dicho. Compruébala.

—Comentarios en voz alta, por favor —añadió Klara.

Ham la miró con evidente sorpresa, quizás ante las palabras «por favor», pero hizo lo que le pedía.

Pulsó un botón y dijo: «Señales de identificación para radiación electromagnética codificada.» Una lenta curva sinusoidal apareció en la pantalla de la unidad exploradora, osciló brevemente y volvió a convertirse en una línea absolutamente inmóvil.

—Negativo —dijo Ham—. Temperaturas tiempo-variantes anómalas.

Esto era nuevo para mí.

—¿Qué es una temperatura tiempo-variante anómala? —pregunté.

—Algo que se calienta cuando el sol se pone —contestó impacientemente Klara—. ¿Y bien?

Pero esa línea también era recta.

—Tampoco hay nada de eso —exclamó Ham—. ¿Alto albedo de metal en la superficie?

Una lenta ondulación sinusoidal, y después ya nada.

—Hum —dijo Ham—. Ja. Bueno, las demás señales de identificación no son pertinentes; no habrá metano porque no hay atmósfera, y así sucesivamente. ¿Qué hacemos, jefe?

Sam abrió los labios para hablar, pero Klara se le adelantó.

—Te ruego que me perdones —le dijo secamente—, pero ¿a quién te refieres con eso de «jefe»?

—Oh, cállate —replicó Ham con impaciencia—. ¿Sam?

Kahane dirigió a Klara una ligera sonrisa de disculpa.

—Si quieres decir alguna cosa, dila —invitó—. Yo creo que deberíamos ponernos en órbita alrededor de la Luna.

—¡Eso sería un gasto de combustible inútil! —exclamó Klara—. Creo que es una locura.

—¿Tienes una idea mejor?

—¿Qué quieres decir con eso de «mejor»? ¿Qué fin persigues?

—Bueno —dijo razonablemente Sam—, no hemos podido inspeccionar toda la Luna. Su rotación es muy lenta. Quizá fuera conveniente coger el módulo y dar una vuelta; tal vez haya una ciudad Heechee en el otro lado.

—Lo dudo —replicó Klara, casi inaudiblemente lo cual zanjó la cuestión sobre quién lo había dicho antes. Los muchachos no escuchaban. Los tres se hallaban ya de camino al módulo, dejándonos a Klara y a mí en posesión de la cápsula.

Klara desapareció en el lavabo. Yo encendí un cigarrillo, casi el último que me quedaba, y me distraí formando un anillo tras otro en el aire viciado de humo.

La cápsula brincaba ligeramente, y pude observar que el lejano disco pardusco de la luna del planeta se deslizaba hacia arriba en la pantalla; un minuto después vi la minúscula y brillante llama del módulo dirigiéndose hacia ella.

Me pregunté qué haría yo si se quedaban sin combustible, o se estrellaban o se les estropeaba algo. Lo que tendría que hacer sería abandonarlos allí para siempre. Lo que yo me preguntaba era si tendría el valor de hacer lo que constituía mi deber.

Realmente parecía un terrible e inútil desperdicio de vidas humanas.

¿Qué hacíamos aquí? ¿Viajar cientos o miles de años-luz para rompernos el corazón?

Me sorprendí con la mano sobre el pecho, como si la metáfora fuese real.

Escupí en la punta del cigarrillo para apagarlo y lo tiré a una bolsa de basura. Algunos restos de ceniza flotaban por los alrededores de donde la había sacudido sin darme cuenta, pero no tenía ganas de recogerla.

Observé que la gran mole del planeta volvía a aparecer en la pantalla, y lo admiré como una obra de arte: de un verde amarillento por el lado diurno del terminador, de un negro amorfo que oscurecía las estrellas por el resto. Veías donde empezaban las capas externas de la atmósfera por las escasas y brillantes estrellas que relucían a través de ella, pero la mayor parte era tan densa que no se traslucía nada. Naturalmente, la cuestión del aterrizaje estaba descartada. Aunque tuviera una superficie sólida, estaría sepultada bajo un gas tan denso que jamás lograríamos sobrevivir. La Corporación hablaba de diseñar un módulo especial que penetrara el aire de un planeta tipo Júpiter, y quizás algún día lo hicieran; pero no a tiempo para ayudarnos ahora.

Klara seguía en el lavabo.

Desenrollé mi eslinga a través de la cabina, me metí dentro, apoyé la cabeza y me quedé dormido.

Volvieron al cabo de cuatro días. Vacíos.

Dred y Ham Tayeh estaban sombríos, sucios e irritables; Sam Kahane parecía muy alegre. No me dejé engañar por eso; si hubieran encontrado algo que valiese la pena, nos lo habrían comunicado por radio. Pero soy muy curioso.

—¿Cuál ha sido el tanteo, Sam?

—Cero —repuso—. No hay más que roca, ni una sola cosa que justificara el aterrizaje. Pero tengo una idea.

Klara apareció junto a nosotros, mirando curiosamente a Sam. Yo miraba a los otros dos; tenían aspecto de saber cuál era la idea de Sam y no gustarles demasiado.

—Verás —dijo—, esa estrella es binaria.

—¿Cómo lo sabes? —pregunté yo.

—He puesto la unidad exploradora a trabajar.

¿Has visto ese bebé azul que está...? —Miró en torno, y después esbozó una sonrisa—. Bueno, ahora no sé en qué dirección está, pero se hallaba cerca del planeta cuando tomamos las primeras fotos. La cuestión es que parecía estar cerca, así que conecté la unidad exploradora, y ésta reveló un movimiento propio en el que apenas puedo creer. Tiene que ser binario con el primario de aquí, y no debe de estar a más de medio año-luz.

—Podría ser una estrella errante, Sam —intervino Ham Tayeh—. Ya te lo he dicho. Una estrella que pasa por la noche.

Kahane se encogió de hombros.

—Incluso así. Está cerca.

Klara añadió:

—¿Algún planeta?

—No lo sé —admitió él—. Espera un momento... creo que ahí está.

Todos miramos hacia la pantalla. No había duda posible respecto a la estrella de que hablaba Kahane.

Era más brillante que Sirio visto desde la Tierra, y tendría una magnitud de menos dos como mínimo.

Klara repuso suavemente:

—Es muy interesante, y espero equivocarme respecto a tus intenciones, Sam. Medio año-luz supone, en el mejor de los casos, un viaje de dos años al máximo de velocidad del módulo, suponiendo que haya bastante combustible. Y no lo hay, muchachos.

—Ya lo sé —insistió Sam—, pero he estado pensando. Si pudiéramos dar un *empujoncito* a los mandos de la cápsula...

Me sorprendí yo mismo al oírme gritar: «¡Ni hablar de eso!» Temblaba de pies a cabeza. No podía calmarme. A ratos sentía terror, y a ratos verdadera cólera. Creo que, si en aquel momento hubiera tenido un arma en la mano, habría matado a Sam sin pensarlo dos veces.

Klara me tocó para tranquilizarme.

—Sam —dijo, muy dulcemente para ella—, sé cómo te sientes. —Kahane había vuelto de cinco viajes con las manos vacías—. Apuesto lo que sea a que es posible hacerlo.

Él pareció atónito, suspicaz y a la defensiva, todo al mismo tiempo.

—¿De verdad?

—Es decir, supongo que si los de esta nave fuéramos Heechees, en vez de los tontos humanos que en realidad somos..., bueno, sabríamos lo que estábamos haciendo. Saldríamos a echar un vistazo y diríamos: «Oh, escuchad, nuestros amigos de aquí...», vamos, quienesquiera que fuesen los que estaban aquí cuando pusieron rumbo a este lugar, «nuestros amigos deben de haberse mudado. Ya no están en casa». Y después diríamos: «Oh, bueno, qué demonios, veamos si están aquí al lado.» Empujaríamos esto hacia aquí y aquello hacia allá, y saldríamos disparados hacia esa gran estrella azul... —Hizo una pausa y le miró, sin soltarme el brazo—. Lo malo es que no somos Heechees, Sam.

—¡Por Dios, Klara! Eso ya lo sé, pero tiene que haber un modo de...

Ella asintió.

—Claro que sí, pero no sabemos cuál es. Lo que sabemos, Sam, es que *jamás* ha habido ninguna nave que haya cambiado el rumbo y vuelto para contarlo. ¿Lo recuerdas? Ni una sola.

No le contestó directamente; se volvió hacia la gran estrella azul que aparecía en la pantalla y dijo:

—Votemos.

Naturalmente, el voto fue de cuatro a uno en contra de variar el rumbo, y Ham Tayeh no permitió que Sam se acercara al tablero de mandos hasta que reanudamos la velocidad de la luz.

El viaje de regreso a Pórtico no fue más largo que el de ida, pero pareció durar una eternidad.

17

Tengo la impresión de que el aire acondicionado de Sigfrid vuelve a estar estropeado, pero no se
lo digo. Se limitará a informarme de que la temperatura exacta es de 22,5 ºC, la misma de siempre, y
me preguntará por qué expreso el dolor mental a
través del calor físico. Ya estoy harto de estas tonterías.

—La verdad —exclamo en voz alta— es que estoy cansado de ti, Siggy.

—Lo siento, Rob. No obstante, te agradecería
que me contaras algo más de tu sueño.

—Oh, mierda. —Desato las correas de sujeción
porque son muy incómodas. Esto también desco-
necta algunos monitores de Sigfrid, pero por una
vez no me lo echa en cara—. Es un sueño bastante
aburrido. Estamos en la nave. Llegamos a un planeta que me mira fijamente, como si tuviera un rostro
humano. No puedo ver bien los ojos a causa de las
cejas, pero sé que está llorando, y sé que es por culpa mía.

—¿Reconoces esa cara, Bob?

—Nunca la he visto. Sólo es una cara. De mujer,
me parece.

—¿Sabes por qué llora?

—La verdad es que no, pero yo tengo la culpa de ello, sea lo que fuere. Estoy seguro.

Pausa. Después:

—¿Te importaría volver a ponerte las correas, Rob?

Me pongo inmediatamente en guardia.

—¿Qué pasa? —replico con ironía—, ¿tienes miedo de que me levante y trate de atacarte?

—No, Robbie, claro que no. Pero te agradecería que lo hicieras.

Me dispongo a obedecer, lentamente y de mala gana.

—Me pregunto qué valor tendrá la gratitud de un programa de computadora.

No me contesta, y espera que siga hablando. Le dejo ganar y digo:

—Muy bien, ya vuelvo a estar metido en la camisa de fuerza. Y ahora, ¿qué vas a decirme para que hayas creído necesario tenerme atado?

—Bueno —contesta—, probablemente nada de lo que tú piensas, Robbie. Sólo me gustaría saber por qué crees ser el responsable del llanto de aquella chica del planeta.

—Ojalá lo supiera —digo yo, y ésta es la pura verdad.

—Yo sé algunas cosas reales por las que te culpas, Robbie —prosigue—. Una de ellas es la muerte de tu madre.

Yo asiento.

—Supongo que sí, aunque sea una tontería.

—Y creo que te sientes culpable frente a tu amante, Gelle-Klara Moynlin.

Me agito violentamente.

—Aquí hace un calor inaguantable —protesto.

—¿Crees que alguna de las dos te culpaba activamente *a ti*?

—¿Cómo demonios iba a saberlo?

—Quizá recuerdes algo que ellas dijesen.

—¡No, no recuerdo nada! —Su interrogatorio está tomando un cariz muy personal, y yo quiero mantenerlo en un plano objetivo, así que digo—: Confieso que tengo una declarada tendencia a responsabilizarme de las cosas. Después de todo, es algo muy clásico, ¿verdad? Podrás encontrarme en la página doscientos setenta y siete de cualquier manual.

Él me sigue la corriente y toma el camino impersonal que le he marcado.

—Pero en la misma página, Rob —dice—, probablemente explican que la responsabilidad es autoimpuesta. Esto es lo que tú haces, Robbie.

—Indudablemente.

—No tienes por qué aceptar responsabilidades que no deseas.

—Claro que no, pero las *deseo*.

Me pregunta, casi de improviso:

—¿Tienes idea de cuál es la razón? ¿Por qué quieres hacerte responsable de todo lo que va mal?

—Oh, mierda, Sigfrid —replico con impaciencia—, tus circuitos vuelven a estar obstruidos. La cuestión no es ésta. Es más..., bueno, te lo explicaré. Cuando me siento a la mesa del banquete, Sigfrid, estoy tan ocupado pensando cómo recogeré la cuenta, y preguntándome qué creerán las demás personas cuando me vean pagarla y dudando de si llevaré dinero suficiente en el bolsillo, que ni siquiera como.

Me contesta amablemente:

—No me gusta alentar esas excursiones literarias, Bob.

—Lo siento. —La verdad es que no. Me saca de mis casillas.

—Para usar tu propia imagen, Bob, ¿por qué no escuchas lo que dicen esas otras personas? Quizá digan algo agradable, o algo importante, acerca de ti.

Reprimo el impulso de romper las correas, darle un puñetazo en la cara y salir para siempre de este agujero. Él espera, mientras la sangre me hierve en las venas, y finalmente exploto:

—¡Que las escuche! Sigfrid, estúpida máquina sin cerebro, no hago *nada más* que escucharlas. *Quiero* oírles decir que me aman. Incluso quiero oírles decir que me odian, lo que sea, con tal de que les salga del corazón. Estoy tan ocupado escuchando el corazón que ni siquiera oigo cuando alguien me pide que le pase la sal.

Pausa. Me siento a punto de estallar. Entonces me dice con admiración:

—Expresas las cosas de una forma muy bella, Robbie. Pero lo que querría...

—¡Basta, Sigfrid! —grito, verdaderamente exasperado por fin; me quito las correas a puntapiés y me incorporo para enfrentarme con él—. ¡Y deja de llamarme Robbie! ¡Sólo lo haces cuando crees que me porto de un modo infantil, y ya no soy ningún niño!

—Eso no es enteramente cier...

—¡He dicho que basta! —Salto fuera de la alfombra y cojo mi bolso. De él extraigo la hoja de papel que me dio S. Ya. después de todas aquellas copas y todo aquel rato en la cama—. Sigfrid —exclamo—, he aguantado mucho. ¡Ahora me toca a mí!

18

Entramos en el espacio normal y oímos activarse los reactores del módulo. La nave giró, y Pórtico se vio diagonalmente en la parte inferior de la pantalla, como un deformado glóbulo de carbón y brillo azul en forma de pera. Nosotros cuatro permanecimos sentados y esperamos, casi una hora, hasta oír el chirriante ruido indicador de que habíamos amarrado.

Klara suspiró. Ham empezó a desatarse lentamente de su eslinga. Dred miró fijamente la pantalla, aunque no mostraba nada más interesante que Sirio y Orión. Mirando a los otros tres ocupantes de la cápsula, se me ocurrió pensar que resultaríamos tan desagradables a la vista del equipo de inspección como algunos curtidos viajeros lo fueron para mí hacía mucho tiempo, antes de que fuese novato en Pórtico. Me toqué la nariz con suavidad. Me dolía mucho y, sobre todo, apestaba. Internamente, justo al lado de mi propio sentido del olfato, donde no había forma de escapar del mal olor.

Oímos abrir las compuertas y entrar al equipo de inspección, y después oímos sus exclamaciones de asombro en dos o tres idiomas al ver a Sam Kahane en

NOTA SOBRE ENANAS Y GIGANTES

Doctor Asmenion: Todos ustedes deben de saber cómo es un diagrama Hertzsprung-Russell. Si se encuentran en un racimo globular, o cualquier sitio donde haya una masa compacta de estrellas, vale la pena realizar un H-R de ese grupo. También les recomiendo que busquen clases espectrales poco frecuentes. No obtendrán un céntimo con las letras F, G o K; tenemos muchos datos sobre ellas. Pero si tienen la suerte de encontrarse en órbita alrededor de una enana blanca o una gigante roja, graben todas las cintas que tengan. Las letras O y B también deben investigarse. Aunque no sean su primario. Pero si están en órbita en una Cinco acorazada alrededor de una O brillante, pueden obtener unos doscientos mil como mínimo, en el caso de que traigan los datos.

Pregunta: ¿Por qué?

Doctor Asmenion: ¿Qué?

Pregunta: ¿Por qué no obtenemos bonificación más que si vamos en una Cinco acorazada?

Doctor Asmenion: Oh. Porque si no van en una Cinco acorazada, no regresarán.

el lugar del módulo donde lo habíamos puesto. Klara se removió, inquieta.

—No sería mala idea empezar a salir —murmuró, sin dirigirse a nadie en especial, y se fue hacia la compuerta, que ya volvía a estar alzada.

Uno de los tripulantes del crucero metió la cabeza por la compuerta y dijo:

—Oh, aún estáis todos vivos. No sabíamos qué pensar. —Después nos miró con más atención, y no dijo nada más. Había sido un viaje agotador especialmente las dos últimas semanas. Salimos uno por uno, pasando frente al lugar donde Sam Kahane se balanceaba dentro de la improvisada camisa de fuerza que Dred le había hecho con la parte superior de su traje espacial, rodeado por sus propios excrementos y restos de comida, mirándonos fijamente con sus tranquilos ojos de loco. Dos de los tripulantes estaban desatándole para sacarle del módulo. No dijo nada, y esto fue una bendición.

—Hola, Bob, Klara. —Era el miembro brasileño del pequeño destacamento, que resultó ser Francy Hereira—. Parece que habéis tenido mal viaje, ¿verdad?

—Oh —contesté—, cuando menos hemos vuelto. Pero Kahane no está bien y, por si fuera poco, estamos vacíos.

Asintió comprensivamente, y dijo algo en un idioma que tomé por español al miembro venusiano del destacamento, una mujer baja y regordeta con ojos oscuros. Ésta me dio unos golpecitos en el hombro y me condujo a un pequeño cubículo, donde me indicó que me desnudara. Siempre había supuesto que los hombres registrarían a los hombres y las mujeres se encargarían de las mujeres, pero, pensándolo bien, no tenía por qué ser así. Revisó hasta la última prenda de mi atuendo, visualmente y con un contador de radiaciones, después de lo cual me examinó los sobacos y me introdujo no sé qué en el ano. Abrió la boca para indicarme que yo también debía abrirla, se acercó para mirar lo que había dentro, y retrocedió enseguida, cubriéndose la cara con una mano.

—Tu narriz huela muy mal —dijo—. ¿Qué te ho pasado?

—Me di un golpe —repuse—. Ese otro muchacho, Sam Kahane, se volvió loco; quería cambiar el rumbo.

Ella asintió dubitativamente y examinó mi nariz llena de gasas. Tocó con cuidado uno de los lados.

—¿Qué?

—¿Aquí dentro? Tuvimos que taponarla. Sangraba mucho.

Suspiró.

—Deberría sacárrtelo. —Reflexionó un momento, y después se encogió de hombros—. No. Ponte la rropa. Está bien.

Así pues, volví a vestirme y salí a la cámara de aterrizaje, pero ahí no acabó todo. Tuve que someterme a un interrogatorio. Todos lo hicimos, excepto Sam; ya le habían llevado al Hospital Terminal.

Podría pensarse que no teníamos gran cosa que contar sobre nuestro viaje. Todo él fue concienzudamente registrado día tras día; éste era el objeto de todas las mediciones y observaciones. Pero la Corporación no trabajaba así. Nos extrajeron todos los hechos, y todos los recuerdos; y después todas las impresiones subjetivas y deducciones pasajeras. El interrogatorio duró más de dos horas y yo procuré —todos lo hicimos— que quedaran satisfechos. Ésta es otra de las formas en que la Corporación te tiene dominado. La Junta de Evaluación puede decidir concederte una bonificación por cualquier cosa. Cualquier cosa, desde observar algo que nadie ha observado hasta ahora sobre el modo en que se enciende el aparato espiral, hasta inventar una manera de eliminar los tampones sanitarios sin tirarlos por el retrete. La verdad es que hacen todo lo posible para encontrar una excusa que les permita dar una propina a las tripulaciones que se han esforzado al máximo y no han encontrado nada. Bueno, éste era nuestro caso. Queríamos proporcionarles todas las oportunidades para que nos dieran una limosna.

Uno de nuestros interrogadores fue Dane Metchnikov, lo que me sorprendió e incluso me complació un poco. (De regreso en el aire menos pútrido de Pórtico, empezaba a sentirse más humano.) Él también había llegado con las manos vacías, tras encontrarse en órbita alrededor de un sol que aparentemente se había convertido en nova durante los cincuenta o sesenta mil años anteriores. Quizás hubiese habido un planeta en otros tiempos, pero ahora sólo existía en el recuerdo de las máquinas Heechee. No quedaba lo suficiente para justificar una bonificación científica, así que dio media vuelta y regresó.

—Me sorprende verte trabajando —comenté, durante una pausa.

No se ofendió. Para Metchnikov, que siempre había sido muy arisco, parecía estar extrañamente alegre.

—No es por dinero. Haciendo esto se aprende algo muy importante.

—¿Sobre qué?

—Sobre cómo aprovechar las circunstancias favorables Broadhead. Volveré a salir, pero esta vez conseguiré algo más. Hay un truco nuevo.

Dred, sentado junto a mí con su propio interrogador, se irguió y exclamó:

—¡Cuéntanoslo!

Metchnikov reaccionó con cautela.

—Hay mejores datos en las líneas del espectro —dijo vagamente—. Vamos a ver, ¿qué hay de las raciones? ¿Dices que algunos alimentos tenían un sabor extraño hacia el final?

Pero antes de irme le hice prometer que me explicaría a qué se refería.

—Os llamaré —nos confirmó, a Klara y a mí—. Quizá mañana.

Y, de esta forma, los dos llegamos a casa.

19

Me siento tan poderoso, y tan asustado que no sé cómo actuar. En la hoja de papel que tengo en las manos, S. Ya. ha escrito las palabras de mando que convertirán a Sigfrid von Shrink, el Despiadado Perseguidor, en un indefenso gatito. No tengo que leerlas. Las sé de memoria. Sin embargo las leo, lenta y cuidadosamente:

—Presta atención, Sigfrid, ésta es una orden prioritaria: «Categoría Alfa Alfa Margaret Truman Daniel Mercurio Venus Marte La Tierra seis seis cero siete.» Te ordeno que asumas el programa pasivo.

Le miro. No sucede nada.

—¿Sigfrid? ¿Lo he pronunciado bien? ¿Aceptas la orden?

—Desde luego, Bob. —Tiene la misma voz que antes, lo cual me desorienta. No sé lo que esperaba. No lo sé. Quizá me imaginase que el holograma de figura paternal desaparecería para dar paso a un tubo de rayos catódicos que se encendería de repente y diría: ROGER WILCO SOY TU ESCLAVO.

Me doy cuenta de que estoy temblando. No analizo la causa, pero me parece algo casi sexual. Digo:

—¡Bueno, Sigfrid, viejo montón de tornillos...! ¿Significa esto que te tengo en mi poder?

La figura paternal contesta pacientemente:

—Significa que puedes darme órdenes, Bob. Como es natural, la función de mando está limitada a la simple exposición.

Frunzo el entrecejo.

—Y eso, ¿qué significa?

—No puedes cambiar mi programación básica. Para eso necesitarías una orden diferente.

—De acuerdo —digo—. ¡Ja, ja! Ésta es tu instrucción: ¡revélame esa orden!

—No puedo, Bob.

—*Tienes* que hacerlo. ¿O no?

—No es que me niegue a cumplir tu orden, Bob. Es que no sé cuál es esa orden.

—¡Mierda! —grito—. ¿Cómo puedes responder a ella si no sabes cuál es?

—Lo hago, Bob. O... —siempre paternal, siempre paciente—, si deseas una respuesta más amplia, cada porción de la orden acciona una instrucción en cadena que, cuando está completa, pone en marcha otra zona de mando. En términos técnicos, cada conexión de la clave corresponde a otra conexión que es accionada por la porción siguiente.

—Mierda —exclamo. Reflexiono un momento sobre lo que me ha dicho—. Entonces, ¿qué es lo que puedo controlar, Sigfrid?

—Puedes ordenarme que revele cualquier información almacenada. Puedes ordenarme que la revele en la forma que tú quieras, siempre que esté dentro de mis posibilidades

—¿En la forma que yo quiera? —Consulto mi reloj y me doy cuenta, con fastidio, de que en este juego hay un límite de tiempo. Sólo me quedan unos diez minutos de consulta—. ¿Quieres decir que podría hacerte hablar, por ejemplo, en francés?

—*Oui, Robert, d'accord. Que voulez-vous?*

—O en ruso, con una... espera, espera un momento... —Estoy experimentando al azar—. Me refiero a la voz de un bajo profundo de la ópera del Bolshoi.

Oigo una voz que parece salir del fondo de una cueva:

—*Da, gospodin.*

—¿Me dirás todo lo que quiera saber sobre mí mismo?

—*Da, gospodin.*

—¡En inglés, maldita sea!

—Sí.

—¿O sobre tus otros clientes?

—Sí.

Hum, esto promete ser divertido.

—Y, ¿quiénes son estos afortunados clientes, querido Sigfrid? Recítame toda la lista. —Casi me parece discernir mi propia impaciencia en el sentido de mi voz.

—Lunes a las novecientas —empieza dócilmente—, Yan Ilievsky. A las mil, Mario Laterani. A las mil cien, Julie Loudon Martin. A las mil doscientas.

—Ella —le digo—. Háblame sobre ella.

—Julie Loudon Martin me fue enviada por el hospital Kings, donde había sido paciente externa, tras seis meses de tratamiento con terapia de aversión y activadores de respuesta inmune contra el alcoholismo. Tiene un historial de dos supuestas tentativas de suicidio después de una depresión posparto ocurrida hace cincuenta y tres años. La he sometido a terapia desde...

—Espera un momento —interrumpo, tras añadir la posible edad en que tuvo el niño a los cincuenta y tres años—. Ya no estoy tan seguro de que esta Julie pueda interesarme. ¿Quieres darme una idea de su aspecto?

—Puedo mostrarte una holografía, Bob.

—Hazlo. —Inmediatamente se produce un rápido destello subliminal, y una mancha de color, y entonces veo a esta minúscula señora tendida sobre una alfombra, ¡mi alfombra!, en una esquina de la habitación. Habla lentamente y sin mucho interés con alguien que no se ve. No oigo lo que dice pero la verdad es que no me importa—. Sigue —le ordeno—, y cuando nombres a tus pacientes, enséñame cómo son.

—A las mil doscientas, Lorne Schofield. —Un hombre viejísimo, con unos dedos que la artritis ha convertido en garras, que se coge la cabeza—. A las mil trescientas, Francesi Astritt. —Una jovencita, que ni siquiera ha llegado a la adolescencia—. A las mil cuatrocientas...

Le dejo continuar un poco más, todo el lunes y medio martes. No me imaginaba que trabajase tantas horas, pero pensándolo bien, una máquina no se cansa nunca. Una o dos pacientes parecen interesantes, pero no conozco a nadie, y no creo que ninguna valga más que Yvette, Donna, S. Ya., o una docena de otras.

—Dejémoslo —ordeno, y pienso unos minutos.

Esto no es tan divertido como yo suponía. Además, mi tiempo se agota.

—Ya repetiremos el juego en otra ocasión —digo—. Ahora hablemos de mí.

—¿Qué te gustaría saber, Bob?

—Lo que normalmente no me haces saber. Diagnóstico. Pronóstico. Observaciones generales sobre mi caso. La clase de persona que crees que soy, en realidad.

—El paciente Robinette Stetley Broadhead —empieza inmediatamente— revela ligeros síntomas depresivos, bien compensados por un activo estilo de vida. La razón aducida por él para buscar ayuda psiquiátrica es depresión y desorientación. Muestra sentimientos de culpabilidad y presenta una afasia selectiva en el nivel consciente sobre diversos episodios que se repiten como símbolos en sus sueños. Su instinto sexual es bastante bajo. Sus relaciones con mujeres son generalmente insatisfactorias, a pesar de que su orientación psicosexual sea predominantemente heterosexual en el ochenta por ciento de...

—... Estupideces —exclamo yo, en una reacción tardía frente al instinto sexual bajo y las relaciones insatisfactorias. Pero no tengo ganas de discutir con él y, de todos modos, él dice voluntariamente en ese momento:

—Debo informarte, Bob, de que tu tiempo casi

ha concluido. Ahora tendrías que pasar a la sala de recuperación.

—¡Bobadas! ¿De qué tengo que recuperarme?
—Sin embargo, tomo en cuenta su primera observación—. Está bien —digo—, vuelve a tu estado normal. Anulo la orden..., ¿es eso todo lo que debo decir? ¿Está anulada?

—Sí, Robbie.

—¡Has vuelto a hacerlo! —grito—. ¡Decídete de
una vez por uno u otro nombre!

—Te llamo por el término apropiado a tu estado
de ánimo, o al estado de ánimo que yo quiero provocar en ti, Robbie.

—¿Y ahora quieres que sea un niño?... No, dejemos eso. Escucha —digo, poniéndome en pie—, ¿recuerdas toda nuestra conversación mientras yo te or-
denaba que hablaras?

—Claro que sí, Robbie. —Y después añade de su
propia cosecha, aunque ya pasen diez o veinte segundos de mi hora—: ¿Estás satisfecho, Robbie?

—¿Qué?

—¿Ha quedado bien demostrado, para tu propia
satisfacción, que sólo soy una máquina? ¿Que puedes controlarme en cualquier momento?

Me detengo en seco.

—¿Es eso lo que hago? —pregunto, sorprendido.
Y después—: Bueno, supongo que sí. Eres una máquina, Sigfrid. Puedo controlarte.

Él me contesta, cuando estoy a punto de salir:

—La verdad es que siempre lo hemos sabido, ¿no
crees? Lo que tú temes realmente... el lugar donde
sientes que se necesita control..., ¿no está dentro de ti
mismo?

20

Cuando pasas varias semanas consecutivas cerca de otra persona, tan cerca que conoces cada hipo, cada olor y cada rasguño de su piel, acabas odiándote mutuamente o tan compenetrados que no puedes desligarte aunque quieras. A Klara y a mí nos sucedieron ambas cosas. Nuestro pequeño episodio amoroso se había convertido en una relación de hermanos siameses. No había ningún romance en ella. Entre nosotros no había espacio suficiente para que se produjera un romance. Y, sin embargo, yo conocía cada centímetro de Klara, cada poro y cada pensamiento, mucho mejor que si fuera mi propia madre. Y, del mismo modo, desde su seno hacia el exterior, estaba rodeado por Klara.

Y, exactamente igual, ella estaba rodeada por mí; cada uno de los dos definía el universo del otro, y había veces en que yo (y estoy seguro de que ella también) deseaba con toda mi alma abrirme paso y volver a respirar el aire del exterior.

El mismo día que regresamos, sucios y agotados, nos dirigimos automáticamente hacia las habitaciones de Klara. Allí era donde estaba el baño privado, había mucho sitio y todo estaba preparado para nosotros, así que nos dejamos caer sobre la cama igual que un matrimonio cansado de tanto hacer maletas. Sólo que no éramos un matrimonio. Yo no tenía ningún derecho sobre ella. Durante el desayuno del día siguiente (tocino canadiense de la Tierra y huevos, escandalosamente caro, piña natural, cereal con crema auténtica, cappuccino), Klara se empeñó en recordármelo pagando ostentosamente la cuenta. Yo reaccioné tal como ella quería. Dije:

—No tienes por qué hacerlo. Ya sé que eres más rica que yo.

—Y te gustaría saber hasta qué punto —me contestó ella, sonriendo dulcemente.

La verdad es que ya lo sabía. Shicky me lo había dicho. Tenía setecientos mil dólares y pico en su cuenta. Lo bastante para volver a Venus y vivir allí el resto de su vida en una razonable seguridad si así lo deseaba, aunque yo no comprenda que alguien desee vivir en Venus. Quizás ésta fuese la razón de que permaneciera en Pórtico sin tener ninguna necesidad. Todos los túneles se parecen mucho.

—Tendrías que decidirte a nacer —dije, terminando mi pensamiento en voz alta—. No puedes quedarte eternamente en el seno de tu madre.

Ella se mostró sorprendida, pero me siguió el juego.

—Querido Bob —dijo, sacándome un cigarrillo del bolsillo y permitiendo que se lo encendiera—, *tú* tendrías que aceptar el hecho de que tu madre esté muerta. Me resulta muy pesado tratar de no olvidar que debo seguir rechazándote para que puedas cortejarla a través de mí.

Comprendí que hablábamos sin entendernos pero, por otro lado, comprendí que en realidad no era así. El propósito verdadero de nuestra conversación no era comunicarse sino herir.

—Klara —dije cariñosamente—, sabes que te quiero. Me preocupa que hayas llegado a los cuarenta sin haber tenido jamás una relación buena y duradera con un hombre.

Ella se rió con cierto nerviosismo.

—Cariño —repuso—, tenía la intención de hablar contigo acerca de eso. Esta nariz... —Hizo una mueca—. Anoche, en la cama, a pesar de lo cansada que estaba, pensé que iba a vomitar hasta que diste media vuelta. Quizá, si bajaras al hospital, podrían destaponártela...

Bueno, incluso yo podía olerlo. No sé qué pasa con el algodón hidrófilo podrido, pero no es agradable. Así que le prometí hacerlo y entonces, para castigarla, no terminé mi ración de cien dólares de piña natural y ella, para castigarme, empezó a cambiar nerviosamente de sitio las pertenencias que yo tenía en sus armarios, a fin de guardar el contenido de su mochila. Así pues, lo más natural fue decirle:

—No lo hagas, querida. A pesar de lo mucho que te amo, creo que me mudaré a mi propia habitación durante un tiempo.

Ella alargó una mano y me acarició el brazo.

—Me quedaré muy sola —dijo, apagando el cigarrillo—. Ya me he acostumbrado a despertarme junto a ti. Además...

—Recogeré mis cosas cuando vuelva del hospital —contesté.

Aquella conversación no acababa de gustarme y no quería prolongarla. Es la clase de peleas entre un hombre y una mujer que trato de achacar a la tensión premenstrual siempre que es posible. Me gusta la teoría, pero desgraciadamente en este caso me enteré de que no explicaba la actitud de Klara, y desde luego nunca explica la mía.

UNA NOTA SOBRE EXPLOSIONES

Doctor Asmenion: Naturalmente, si pueden obtener datos de una nova, o en especial de una supernova, vale la pena que lo hagan. Mientras tiene lugar, quiero decir. Después no sirve de mucho. Y *siempre* han de buscar nuestro propio sol, y si logran identificarlo hagan todas las grabaciones que puedan, en todas las frecuencias, alrededor de la zona inmediata... hasta, oh, hasta cinco grados en ambas direcciones. Con una ampliación máxima.

Pregunta: ¿Por qué, Danny?

Doctor Asmenion: Bueno, quizás estén al otro lado del sol y puedan ver algo como la Estrella de Tycho, o la Nebulosa de Cáncer, que es lo que quedó de la supernova 1.054 de Tauro. Quizás obtengan una imagen de cómo era la estrella *antes* de explotar. Esto valdría, bueno, no lo sé, cincuenta o cien mil como mínimo.

En el hospital me hicieron esperar más de una hora, y después vi las estrellas. Sangré como un cerdo, manchándome toda la camisa y los pantalones y cuando me sacaron los interminables metros de algodón que Ham Tayeh me había metido en la nariz para evitar que me desangrara, sentí exactamente igual como si me arrancasen la piel a tiras. Lancé un alarido. La pequeña anciana japonesa que trabajaba aquel día como ayudante me recomendó que tuviera paciencia.

—Oh, cállese, por favor —dijo—. Parece el loco recién llegado que se ha suicidado. Ha estado gritando más de una hora.

La aparté con violencia, mientras me apretaba la

nariz con la otra mano para detener la sangre. La ansiedad me consumía.

—¿Qué? Quiero decir, ¿cómo se llamaba?

Me cogió la mano y siguió curándome.

—No lo sé... oh, espere un momento. Usted no será uno de los tripulantes de su nave, ¿verdad?

—Es lo que estoy tratando de averiguar. ¿Era Sam Kahane?

De pronto se hizo más humana.

—Lo siento muchísimo —dijo—. Creo que éste era su nombre. Iban a ponerle una inyección para calmarle, y él arrebató la aguja al doctor y... bueno, se la clavó en el corazón.

Verdaderamente, el día no podía haber empezado mejor.

Al final me cauterizó.

—Voy a taponársela un poco —dijo—. Mañana puede sacarse la gasa usted mismo, pero tenga cuidado, y si tiene una hemorragia venga a toda prisa.

Me dejó marchar, como alguien a quien han dado un golpe en la cabeza. Fui a la habitación de Klara para cambiarme de ropa, y el día siguió tan mal como antes.

—Maldito géminis —me espetó—. La próxima vez que haga un viaje, será con un tauro como ese Metchnikov.

—¿Qué ocurre Klara?

—Nos han dado una bonificación. ¡Doce mil quinientos! ¡Dios mío, mi sirvienta gana más sólo en propinas!

—¿Cómo lo sabes?

Yo ya había dividido $ 12.500 por cinco, y casi inmediatamente me pregunté si, en las actuales circunstancias no lo dividirían por cuatro.

—Han llamado por el teléfono P hace diez minutos. ¡Señor! ¡El peor viaje que he hecho en mi vida, y saco menos de lo que vale una ficha verde en el casino! —Entonces se fijó en mi camisa y se enterneció un poco—. Bueno, no es culpa tuya, Bob, pero los géminis siempre han sido así. Tendría que haberlo supuesto. A ver si encuentro ropa limpia.

Dejé que se ocupara de esto pero, de todos modos, no me quedé. Recogí mis cosas, me dirigí hacia un pozo de bajada y pedí que me guardaran las maletas en la oficina de registros, donde firmé una solicitud para que me devolvieran la habitación y llamé por teléfono. Cuando Klara mencionó el nombre de Metchnikov, me acordé de algo que quería hacer.

Metchnikov gruñó un poco, pero finalmente accedió a verme en el aula de clase. Como es natural yo llegué antes. Él se presentó al cabo de unos minutos, se detuvo en el umbral, miró a su alrededor y preguntó:

—¿Dónde está esa chica, como se llame?

—Klara Moynlin. Una respuesta modelo.

—Hum. —Deslizó el índice por cada una de sus patillas, que se unían debajo de su barbilla—. Adelante, entonces. —Echando a andar, me dijo—: La verdad es que probablemente ella sacaría más que tú de todo esto.

—Supongo que sí, Dane.

—Hum.

Titubeó un instante junto a la protuberancia del suelo que marcaba la entrada a una de las naves de instrucción, después se encogió de hombros, abrió la compuerta y pasó al interior.

Mientras le seguía, pensaba que se mostraba extrañamente abierto y generoso. Ya estaba agachado frente al panel del selector de rumbo, cambiando números. Llevaba una lista de datos procedentes de la computadora central de la Corporación; yo sabía que marcaba una de las combinaciones establecidas así que no me sorprendió que obtuviera el color casi inmediatamente. Ajustó el sintonizador y aguardó, mirándome por encima del hombro, hasta que todo el tablero se coloreó de rosa.

—Está bien —dijo—. Una combinación buena y clara. Ahora observa la parte inferior del espectro.

Se refería a la línea más corta de diversos colores que discurría junto al lado derecho del tablero del rojo al violeta. El violeta estaba abajo, y los colores se sucedían unos a otros sin interrupción excepto algunas líneas ocasionales de color vivo o negro. Parecían exactamente iguales que lo que los astrónomos llamaban líneas Fraunhofer, cuando no tenían otro medio de saber la constitución de una estrella o un planeta más que estudiándolo a través de un espectroscopio. No lo eran. Las líneas Fraunhofer muestran los elementos presentes en una fuente de radiación (o en algo que se haya interpuesto entre la fuente de radiación y tú). Éstas mostraban Dios sabe qué.

Dios y, tal vez, Dane Metchnikov. Éste casi sonreía, y estaba asombrosamente hablador.

—Esa franja de tres líneas oscuras en el azul —dijo—. ¿La ves? Parece estar relacionada con el peligro de la misión. Por lo menos, eso es lo que demuestran los resultados de la computadora, ya que cuando hay seis franjas o más, las naves no regresan.

Había logrado captar toda mi atención.

—¡Dios mío! —exclamé, pensando en todas las buenas personas que habían muerto por no saberlo—. ¿Por qué no nos enseñan estas cosas en la escuela?

Él contestó pacientemente (para ser él):

—Broadhead, no seas estúpido. Todo esto es nuevo. Y gran parte de ello son suposiciones. Ahora bien, la correlación entre el número de líneas y el riesgo no es tan efectiva por debajo de seis. Es decir, si crees que debe haber una línea por cada grado de peligro adicional, te equivocas. Sería lógico pensar que las combinaciones de cinco franjas tuvieran fuertes porcentajes de pérdidas, y que cuando no hubiese ninguna franja no habría ninguna pérdida. Lo malo es que no sucede así. El mayor índice de seguridad parece darse con una o dos franjas. Tres no está mal, tampoco, pero ha habido algunas pérdidas. Es aproximadamente el mismo caso que cuando no hay ninguna franja.

Por vez primera empecé a pensar que quizá los investigadores científicos de la Corporación se merecieran sus elevados sueldos.

—Entonces, ¿por qué no limitan los lanzamientos a aquellas naves que tengan una combinación segura?

—En realidad no estamos seguros de que sean *seguras* —dijo Metchnikov, también pacientemente para tratarse de él. Su tono era mucho más terminante que sus palabras—. Además, las naves acorazadas deberían soportar más riesgos que las normales. Deja de hacer preguntas tontas, Broadhead.

—Lo siento.

Me encontraba incómodo, agachado detrás de él y mirando por encima de su hombro, de forma que cuando se volvía para hablarme sus largas patillas casi me rozaban la nariz. Sin embargo, no quería cambiar de posición.

—Mira aquí arriba, en el amarillo. —Señaló cinco franjas muy brillantes—. Esta lectura parece estar relacionada con el éxito de la misión. Sólo Dios sabe lo que estamos midiendo, o lo que medían los Heechees, pero en términos de recompensas monetarias a las tripulaciones, hay una relación bastante clara entre el número de líneas de esta frecuencia y la cantidad de dinero que reciben las tripulaciones.

—¡Vaya!

Prosiguió como si yo no hubiera dicho nada.

—Ahora bien, como es lógico, los Heechees no instalaron un medidor para calibrar lo que tú o yo podríamos ganar en regalías. Tiene que medir alguna otra cosa, quién sabe qué. Quizá registre la densidad de población que hay en la zona, o el desarrollo tecnológico. Quizá sea una *Guide Michelin*, y lo único que indique es un restaurante de cuatro estrellas en esa área. Pero aquí está. Por lo general, las expediciones de cinco franjas amarillas obtienen unas ganancias cincuenta veces mayores que las de dos franjas y diez veces mayores que casi todas las demás.

Se volvió nuevamente de modo que su cara estaba a unos doce centímetros de la mía, y me miró fijamente a los ojos.

—¿Quieres ver alguna otra combinación? —preguntó, con un tono de voz que exigía una respuesta negativa, y desde luego obtuvo—. Está bien.

Y entonces se calló.

Yo me puse en pie y retrocedí unos pasos.

—Una pregunta, Dane. Debes tener algún motivo para decirme todo esto antes de que se haga público; ¿cuál es?

—Tienes razón —contestó—. Quiero a esa chica, como se llame, en mi tripulación, si voy en una Tres o una Cinco.

—Klara Moynlin.

—Lo que sea. Se las arregla bien, no ocupa mucho

espacio, sabe... bueno, sabe tratar a la gente mejor que yo. A veces tropiezo con dificultades en las relaciones interpersonales —explicó—. Naturalmente, eso sólo en el caso de que tome una Tres o una Cinco, y no tengo ningún interés en hacerlo. Si encuentro una Uno es lo que escogeré. Pero si no hay ninguna Uno con una buena combinación, quiero llevarme a alguien en quien pueda confiar, que no me moleste, que tenga experiencia, sepa manejar una nave... todo esto. Tú también puedes venir, si quieres.

Cuando volví a mi habitación, Shicky se presentó casi antes de que empezara a deshacer las maletas. Se alegró de verme.

—Siento que el viaje fuera infructuoso —dijo con su acostumbrada caballerosidad y gentileza—. Es una lástima lo de tu amigo Kahane.

Me había traído un frasco de té, y se encaramó a la cómoda de enfrente de la hamaca, igual que la primera vez.

El catastrófico viaje se hallaba casi desterrado de mi mente, que estaba llena de halagüeñas visiones para el porvenir, después de mi charla con Dane Metchnikov. No pude evitar hablar de ello; conté a Shicky todo lo que Dane me había dicho.

Me escuchó como un niño al que le cuentan un cuento de hadas, con los ojos brillantes.

—¡Qué interesante! —exclamó—. Había oído rumores de que pronto nos convocarían a todos para recibir instrucciones. Piénsalo, si podemos salir sin miedo a la muerte o... —Titubeó, agitando sus alas.

—No es tan seguro, Shicky —dije yo.

—No, claro que no. Pero es un paso adelante, ¿no estás de acuerdo? —Titubeó de nuevo, mientras yo bebía un trago de aquel insípido té japonés—. Bob —dijo—, si vas en ese viaje y necesitas a alguien más...

Bueno, es verdad que no os sería de mucha utilidad en el módulo, pero en órbita soy tan bueno como cualquier otro.

—Ya lo sé, Shicky —repuse con tacto—. ¿Lo sabe también la Corporación?

—Me aceptarían como tripulante en una misión que nadie quisiera.

—Comprendo.

No dije que yo no querría tomar parte en una misión que nadie quisiera. Shicky ya lo sabía. Era uno de los grandes veteranos de Pórtico. Según los rumores, llegó a ahorrar una *gran* fortuna, suficiente para el Certificado Médico Completo y todo lo demás. Pero la había regalado o perdido, y se había quedado, convertido en un inválido. Sé que comprendía lo que yo estaba pensando, pero yo estaba muy lejos de comprender a Shikitei Bakin.

Me dejó sitio mientras yo guardaba mis cosas, y charlamos sobre amigos mutuos. El viaje de Sheri no había regresado. Naturalmente, aún no existían motivos de preocupación. Podía estar fuera varias semanas más sin tener que pensar en un desastre. Una pareja de congoleños que vivía justo al otro lado del pasillo había traído un enorme cargamento de molinetes de oraciones desde una estación Heechee desconocida hasta ahora, en un planeta cercano a una estrella F-2 al final del brazo de Orión. Habían dividido un millón de dólares en tres partes, y se habían llevado el dinero a Mungbere. Los Forehand...

Louise Forehand hizo su aparición mientras hablábamos de ellos.

—He oído voces —dijo, estirando el cuello para darme un beso—. Siento lo de tu viaje.

—Gajes del oficio.

—Bueno, de todos modos, bienvenido. Me temo

que yo tampoco he tenido más suerte que tú. Una estrellita insignificante, ningún planeta a la vista... no puedo imaginarme por qué los Heechees marcarían un rumbo hacia ella. —Sonrió, acariciándome cariñosamente los músculos de la nuca—. ¿Qué tal si te doy una fiesta de bienvenida esta noche? ¿O es que Klara y tú estáis...?

—Me encantaría —repuse, y ella no dijo nada más sobre Klara. Sin duda el rumor ya había circulado; los tam-tams de Pórtico sonaban día y noche. Se fue a los pocos minutos—. Una señora encantadora —dije a Shicky, cuando se hubo ido—. Una familia encantadora. ¿No te ha parecido preocupada?

—Me temo que sí, Robinette, me temo que sí. Su hija Lois ya debiera haber regresado. Ha habido muchas penas en esa familia.

Le miré y él añadió:

—No, no me refiero a Willa ni al padre; están fuera, pero no retrasados. Tenían un hijo.

—Lo sé. Henry, me parece. Le llamaban Hat.

—Murió poco antes de que vinieran. Y ahora Lois. —Inclinó la cabeza, se acercó aleteando cortésmente y cogió la tetera vacía—. Ahora debo irme a trabajar, Bob.

—¿Cómo van las hiedras?

Contestó tristemente:

—Por desgracia, ya no ocupo el puesto de antes. Emma no me consideraba un ejecutivo adecuado.

—¡Oh! ¿Qué haces?

—Mantengo Pórtico estéticamente atractivo —repuso—. Creo que tú lo llamarías «basurero».

No supe qué decir. Pórtico era un sitio muy sucio; debido a la escasa gravedad, cualquier trozo de papel o plástico de poco peso flotaba dentro del asteroide. No podías barrer el suelo. Todo salía volando.

Yo había visto a los basureros recogiendo trozos de periódico y colillas con unos pequeños aspiradores bombeados a mano, e incluso había pensado en hacer ese trabajo si no tenía más remedio. Pero no me gustaba que Shicky lo hiciera.

Él seguía el hilo de mis pensamientos sin dificultad.

—No importa, Bob. De verdad, me gusta el trabajo. Pero..., por favor, si necesitas un tripulante, piensa en mí.

Recogí mi bonificación y saldé mi per cápita de tres semanas por adelantado. Compré varias cosas que necesitaba: ropa nueva, y también algunas grabaciones musicales para quitarme a Mozart y Palestrina de los oídos. Esto me dejó con unos doscientos dólares en dinero.

Doscientos dólares podía ser mucho y podía no ser nada. Significaban veinte copas en El Infierno Azul, o una ficha en la mesa de blackjack, o quizá media docena de comidas decentes fuera de la cooperativa de prospectores.

Así pues, tenía tres posibilidades. Podía solicitar otro empleo y quedarme indefinidamente. Podía embarcar dentro de las tres semanas. Podía renunciar y volver a casa. Ninguna de las posibilidades era atractiva. Sin embargo, mientras no gastara más de lo estrictamente necesario, no tenía que decidirme hasta dentro de, oh, mucho tiempo... unos veinte días. Resolví dejar de fumar y olvidarme de las comidas preparadas; de este modo podía fijarme un presupuesto de nueve dólares al día, para que mi per cápita y efectivo se agotaran al mismo tiempo.

Llamé a Klara. Me pareció cauta, pero amistosa a

través del teléfono P, así que le hablé cauta y amistosamente. No mencioné la fiesta, y ella no mencionó que quisiera verme aquella noche, o sea que dejamos las cosas así: tal como estaban. A mí me pareció bien; no necesitaba a Klara para nada. Aquella noche, en la fiesta, conocí a una chica nueva llamada Doreen MacKenzie. En realidad, no era una chica; debía de tener unos doce años más que yo, y ya había hecho cinco viajes. Lo más interesante de ella era que tuvo éxito en una ocasión. Había vuelto a Atlanta con un millón y medio, gastado todo el dinero para convertirse en cantante de PV —escritor, empresario, equipo de publicidad, anuncios, grabaciones, todo—, y regresado a Pórtico tras el fracaso de sus ilusiones. El otro factor es que era muy guapa.

Sin embargo, a los dos días de conocer a Doreen, volví a llamar a Klara por el teléfono P. Me dijo: «Baja», y parecía ansiosa; yo llegué a los diez minutos, y estábamos en cama a los quince. Lo malo de conocer a Doreen es que no la conocía a fondo. Era agradable, un gran piloto, pero no era Klara Moynlin.

Cuando nos hallábamos acostados en la hamaca, sudorosos, relajados y exhaustos, Klara bostezó, me revolvió el pelo, echó la cabeza hacia atrás y me miró fijamente.

—Oh, mierda —exclamó con somnolencia—; creo que esto es lo que llaman estar enamorado.

Yo le contesté galantemente.

—Es lo que hace girar al mundo. No, no «eso», sino *tú*.

Ella meneó la cabeza con pesar.

—A veces no puedo soportarte —declaró—. Los sagitarios nunca se han llevado bien con los géminis. Yo soy un signo de fuego y tú... bueno, los géminis siempre han sido unos desorientados.

—Me gustaría que olvidaras esas tonterías —repliqué.

No se ofendió.

—Vamos a comer algo.

Me deslicé sobre el borde de la hamaca y me puse en pie, pues necesitaba hablar con ella sin tocarla.

—Querida Klara —le dije—, escúchame bien; no puedo permitir que me mantengas porque te arrepentirías, antes o después... y si no, yo estaría esperando que lo hicieras, y me encontraría incómodo. No tengo dinero. Si quieres comer fuera del economato, comes sola. Y no pienso aceptar tus cigarrillos, tus licores o tus fichas en el casino. Por lo tanto, si quieres ir a comer, ve sola, y ya nos encontraremos después. Quizá podamos dar un paseo.

Suspiró.

—Los géminis nunca han sabido administrar el dinero —me dijo—, pero pueden ser realmente encantadores en la cama.

Nos vestimos, salimos y fuimos a comer, pero en la cooperativa de la Corporación, donde haces cola, llevas una bandeja y comes de pie. La comida no es mala, si no piensas demasiado en los sustratos de donde la obtienen. El precio es justo. No cuesta nada. Te aseguran que, si haces todas las comidas en el economato, ingieres un ciento por ciento de tus necesidades dietéticas. Es cierto, pero tienes que comértelo todo. Las proteínas unicelulares y vegetales resultan incompletas consideradas independientemente, de modo que no puedes tomar la gelatina de soja o el budín bacteriano. Tienes que tomar ambas cosas.

Otro de los factores negativos sobre las comidas de la Corporación es que producen una gran cantidad de metano, el cual produce una gran cantidad de lo que todos los antiguos habitantes de Pórtico recuerdan como el aire viciado de Pórtico.

Después bajamos a los niveles inferiores, sin hablar demasiado. Supongo que ambos nos preguntábamos a dónde íbamos. No me refiero a aquel momento concreto

—¿Te gustaría explorar un poco? —me preguntó Klara.

La tomé de la mano mientras seguíamos andando. Era muy curioso. Algunos de los viejos túneles cubiertos de hiedra que nadie usaba eran interesantes en grado sumo, y más allá de ellos estaban los polvorientos y desnudos lugares donde ni siquiera se habían molestado en plantar hiedra. Normalmente había mucha luz a causa de las mismas paredes, que aún despedían aquel resplandor azulado tan característico del metal Heechee. A veces —no últimamente, pero no hacía más de seis o siete años— se habían encontrado artefactos Heechee en esos muros, y nunca sabías cuándo tropezarías con algo que mereciese una bonificación.

La idea no me entusiasmó demasiado, porque nada resulta divertido cuando no tienes elección.

—¿Por qué no? —dije pero al cabo de unos minutos, cuando vi dónde estábamos, añadí—: Vayamos un rato al museo.

—Oh, de acuerdo —repuso ella, súbitamente interesada—. ¿Sabes que han arreglado la sala circundante? Me lo ha dicho Metchnikov. La abrieron al público mientras estábamos fuera.

Así que cambiamos de dirección, bajamos dos niveles y salimos cerca del museo. La sala circundante era una estancia casi esférica justo al lado del museo propiamente dicho. Era grande, diez metros de anchura o más, y antes de entrar había que ponerse unas

IGLESIA ANGLICANA DE PÓRTICO

Párroco, reverendo Theo Durleigh

Comunión, domingo a las 10.30

Vísperas por encargo

Eric Manier, que abandonó su cargo de capillero el 1 de diciembre, ha dejado una huella indeleble en Todos Los Santos de Pórtico y estamos en deuda con él por poner su ciencia a nuestra disposición. Nacido en Elstree, Herts., hace 51 años, se graduó como Licenciado en Derecho por la Universidad de Londres y después ingresó en el cuerpo de abogados. Posteriormente fue empleado durante algunos años en la compañía de gas de Perth. Si el hecho de que nos abandone nos causa tristeza por nosotros mismos, debemos alegrarnos de que haya realizado el deseo de su corazón y vuelva a su amado Herfordshire, donde espera dedicar sus años de retiro a asuntos civiles, meditación trascendental, y el estudio de la música llana. Elegiremos un nuevo capillero el primer domingo que alcancemos un quórum de nueve parroquianos.

alas como las de Shicky, que estaban en una repisa junto a la puerta. Ni Klara ni yo las habíamos usado antes, pero no nos pareció difícil. En primer lugar, en Pórtico pesas tan poco que volar sería el modo más fácil y mejor de circular, si en el asteroide hubiera sitios lo bastante grandes como para volar en su interior.

Abrimos la compuerta y nos dejamos caer dentro de la esfera, donde nos encontramos en medio de un verdadero universo. La sala estaba rodeada por paneles hexagonales, proyectados por alguna fuente que no se veía, probablemente dígitos con pantallas de cristal líquido.

—¡Qué bonito! —exclamó Klara.

A nuestro alrededor había una especie de globorama de lo que habían encontrado las naves exploradoras. Estrellas, nebulosas, planetas, satélites.

A veces cada lámina mostraba una cosa independiente, de modo que había unas ciento veintiocho escenas separadas. De repente, clic, todas cambiaban; otra vez clic, y empezaban a sucederse unas a otras, manteniendo unas la misma escena, y cambiando otras a algo nuevo. Otra vez clic, y se encendía todo un hemisferio con una vista en miniatura de la galaxia M-31 desde... Dios sabe dónde.

—Oye —dije, realmente excitado—, ¡esto es grandioso! —Y lo era. Era como tomar parte en todos los viajes realizados hasta el momento, sin el trabajo, las molestias y el constante miedo.

No había nadie más que nosotros, y no pude entender por qué. Era maravilloso. Lo lógico habría sido que hubiese una cola larguísima para entrar. Una lámina empezó a mostrar una serie de fotografías de artefactos Heechee descubiertos por los prospectores: molinetes de oraciones de todos los colores, máquinas para trazar paredes, los interiores de naves Heechee, algunos túneles... Klara exclamó que ella conocía algunos, enclavados en Venus, aunque a mí me pareciera imposible que los distinguiese. Después volvieron a aparecer fotografías del espacio. Algunas de ellas eran familiares. Reconocí las Pléyades en una rápida instantánea de seis u ocho paneles, que se desvaneció y fue sustituida por una vista de Pórtico Dos desde fuera, con el reflejo de dos jóvenes estrellas del

grupo en un lado. Vi algo que podía ser la Nebulosa Cabeza de Caballo, y una masa de gas y polvo
que podía ser la Nebulosa Anillo de Lira o lo que un
equipo de exploradores había encontrado pocas órbitas antes y denominado Buñuelo Francés, en el cielo de un planeta donde se habían detectado excavaciones Heechee, no alcanzadas todavía, bajo un mar
de hielo.

Nos quedamos media hora o más, hasta tener la
impresión de estar viendo las mismas cosas una y otra
vez, y entonces nos elevamos hacia la compuerta, de-
volvimos las alas y nos sentamos a fumar un cigarrillo en una amplia zona del túnel que había fuera del
museo.

Dos mujeres que reconocí vagamente como miembros del equipo de mantenimiento de la Corporación
pasaron junto a nosotros, llevando unas alas enrolla-
das y atadas a la espalda.

—Hola, Klara —saludó una de ellas—. ¿Has estado dentro?

Klara asintió.

—Es maravilloso —dijo

—Disfrútalo mientras puedas —comentó la otra—.
La semana que viene te costará cien dólares. Mañana
instalaremos un sistema de lectura grabada por teléfono P, y harán la inauguración antes de que lleguen los
próximos turistas.

—Vale la pena —confirmó Klara, pero después
me miró.

Yo me di cuenta de que, a pesar de todo, estaba fumando uno de sus cigarrillos. A cinco dólares la caje-
tilla no podía permitirme ese lujo, pero resolví comprar por lo menos una con el presupuesto de aquel
día, y asegurarme de que ella me cogiera los mismos
que yo le había cogido.

—¿Quieres andar un poco más? —me preguntó.

—Quizá dentro de un rato —contesté.

Me habría gustado saber cuántos hombres y mujeres habían muerto para tomar las hermosas fotografías que acabábamos de ver, porque volvía a enfrentarme con el hecho de que tarde o temprano debería someterme a la mortal lotería de las naves Heechee, o renunciar. Me preguntaba si la nueva información que Metchnikov me había dado supondría una gran diferencia. Ahora todo el mundo hablaba de ello; la Corporación había programado un anuncio por todos los teléfonos para el día siguiente.

—Esto me recuerda una cosa —dije—. ¿Has dicho que habías visto a Metchnikov?

—Me preguntaba cuándo me hablarías de eso —contestó—. Desde luego. Me llamó para decirme que te había enseñado la clave de colores, así que bajé y me hizo la demostración. ¿Qué opinas, Bob?

Apagué el cigarrillo.

—Creo que todos los habitantes de Pórtico se pelearán por conseguir los buenos lanzamientos, eso es lo que opino.

—Quizá Dane sepa algo. Ha estado trabajando con la Corporación.

—No lo dudo. —Me desperecé y volví a apoyarme, balanceándome en la escasa gravedad y reflexionando—. No es tan amable como supones, Klara. *Quizá* nos lo comunicara, si se presentase algo bueno, pero querrá algo a cambio.

Klara esbozó una sonrisa.

—Estoy segura de que me lo diría.

—¿A qué te refieres?

—Oh, me llama de vez en cuando. Quiere una cita.

—Oh, mierda, Klara. —A estas alturas, yo ya estaba bastante irritado. No sólo por Klara, y no sólo por Dane. Por el dinero. Por el hecho de que, si quería volver a la sala circundante la semana próxima, me costaría la mitad de lo que tenía ahorrado. Por la oscura imagen que se presentaba antes de tiempo y por la que tendría que decidirme nuevamente a hacer algo que me daba mucho miedo repetir—. Yo no confiaría en ese hijo de perra mientras no...

—Oh, cálmate, Bob. No es tan mal tipo —replicó ella, encendiendo otro cigarrillo y dejando el paquete al alcance de mi mano—. Sexualmente, podría ser interesante. Esos tauro rudos, toscos y secos... la cuestión es que tú tienes tanto que ofrecerle como yo.

—¿De qué estás hablando?

Pareció realmente sorprendida.

—Pensaba que tú ya sabías que le gustan las dos cosas.

—Nunca me ha dado ninguna indicación... —Pero me interrumpí, recordando lo mucho que se me había acercado cuando estábamos hablando, y lo incómodo que yo me encontraba con él dentro de la cápsula.

—Quizá no seas su tipo —bromeó, sonriendo.

Sólo que no fue una sonrisa agradable. Un par de tripulantes chinos, que salían del museo, nos miraron con interés y desviaron cortésmente la mirada

—Larguémonos de aquí, Klara.

Fuimos al Infierno Azul y, naturalmente, yo insistí en pagar mi parte de la consumición. Cuarenta y ocho dólares tirados por la ventana en una hora. Y no fue tan divertido. Terminamos en su habitación y otra vez en la cama. Esto tampoco fue muy divertido. Nuestra pelea seguía en el aire cuando terminamos. Y el tiempo seguía corriendo.

Hay personas que nunca sobrepasan un cierto punto en su desarrollo emocional. No pueden llevar una vida normal, despreocupada y de concesiones mutuas con un compañero sexual más que un corto espacio de tiempo. Hay algo en su interior que no tolera la felicidad. Cuanto mayor es ésta, más necesidad tienen de destruirla.

Mientras estaba en Pórtico con Klara, empecé a sospechar que yo era una de esas personas. Y Klara también. Nunca había sostenido una relación con un hombre durante más de unos pocos meses en su vida; ella misma me lo dijo. Yo ya estaba bastante cerca de lograr un récord con ella. Y esto empezaba a ponerla nerviosa.

En ciertos aspectos, Klara era mucho más adulta y responsable de lo que yo jamás llegaría a ser. Por ejemplo, la forma en que llegó a Pórtico. No ganó la lotería para pagarse el billete. Trabajó y ahorró, haciendo toda clase de sacrificios, durante un período de varios años. Era una competente piloto aeronáutica con una licencia de guía y título de ingeniería. Había vivido como un monje ganando un sueldo que le hubiera permitido tener un piso de tres habitaciones en los túneles Heechee de Venus, vacaciones en la Tierra y el Certificado Médico Completo. Sabía más que yo acerca del cultivo de alimentos en sustratos de hidrocarburos, a pesar de todos mis años en Wyoming. (Había invertido dinero en una fábrica alimenticia de Venus, y nunca en su vida había puesto un dólar en algo que no entendiera totalmente.) Cuando salimos juntos, ella era la tripulante más antigua. Ella era a quien Metchnikov quería como compañera de tripulación —si es que quería a alguien—, no a mí. ¡Había sido mi profesora!

Y, sin embargo, entre nosotros dos era tan inepta

y rencorosa como yo lo había sido con Sylvia o con Deena, Janice, Liz, Ester o cualquiera de los otros romances de dos semanas que habían terminado mal durante los años posteriores a Sylvia. Ella lo atribuía a que yo era géminis y ella sagitario. Los sagitarios eran profetas. Los sagitarios adoraban la libertad. Nosotros, los pobres géminis, sólo éramos atolondrados e indecisos.

—No me extraña —me dijo gravemente una mañana, mientras desayunábamos en su habitación (no acepté más que un par de sorbos de café)— que no puedas decidirte a hacer otro viaje. No es sólo cobardía física, querido Robinette. Una parte de tu doble naturaleza quiere triunfar, y la otra quiere fracasar. Me pregunto a cuál de las dos dejarás ganar.

Yo le contesté de un modo bastante ambiguo. Dije:

—Encanto, vete a freír espárragos.

Ella se echó a reír, y el día transcurrió sin novedad. Se había apuntado un nuevo tanto.

La Corporación hizo su esperado anuncio, y hubo una inmensa agitación de conferencias y planes, adivinanzas e interpretaciones, entre todos nosotros.

Fueron unos días muy emocionantes. La Corporación revisó los archivos de la computadora principal y escogió veinte lanzamientos con escaso riesgo y posibilidades de grandes beneficios. Fueron suscritos, equipados y lanzados al cabo de una semana.

Y yo no estuve en ninguno de ellos, y tampoco Klara; y tratamos de no discutir por qué.

Sorprendentemente, Dane Metchnikov no salió en ninguna de estas naves. Sabía algo, o afirmaba saberlo. Por lo menos, no lo negó cuando yo se lo pregunté; se limitó a mirarme despectivamente y no me contestó. Incluso Shicky estuvo *a punto* de irse. Fue derrotado apenas una hora antes del lanzamiento por el muchacho finlandés que nunca había encontrado a nadie con quien hablar; había cuatro sauditas que querían permanecer juntos, y escogieron al joven finlandés para llenar una Cinco. Louise Forehand tampoco se marchó, pues esperaba el regreso de algún miembro de su familia, a fin de preservar una especie de continuidad. Ahora podías comer en el economato de la Corporación sin necesidad de hacer cola, y había habitaciones vacías en ambos lados de mi túnel. Y, una noche, Klara me dijo:

—Bob, creo que voy a ir a un psiquiatra.

Di un salto. Fue una sorpresa. Peor que esto, una traición. Klara sabía lo de mi primer episodio psicópata y lo que yo pensaba de los psicoterapeutas.

Retuve las primeras diez o doce cosas que se me ocurrieron decirle, tácticas: «Me alegro; ya era hora»; hipócritas: «Me alegro, y no dejes de decirme en qué puedo ayudarte»; estratégicas: «Me alegro, y quizá también yo debiera ir, si pudiese permitírmelo.» Contuve la única respuesta sincera, que habría sido: «Interpreto este movimiento de tu parte como una condena que me haces a mí mismo por hacerte doblar la cabeza.» No dije absolutamente nada, y al cabo de un momento prosiguió:

—Necesito ayuda, Bob. Estoy confundida.

Esto me emocionó, y le tendí la mano. Ella se limitó a colocarla sobre la mía, sin apretármela ni retirarla. Dijo:

—Mi profesor de psicología decía que éste era el primer paso..., no, el segundo. El primer paso cuando tienes un problema es saber que lo tienes. Bueno, eso ya lo sé desde hace tiempo. El segundo paso es tomar una decisión: ¿quieres seguir teniéndolo, o quieres poner algún remedio? He decidido poner algún remedio.

—¿Adónde irás? —pregunté, evasivo.

—No lo sé. Los grupos no parecen solucionar gran cosa. La computadora de la Corporación tiene una máquina-psiquiatra a nuestra disposición. Esto sería lo más barato.

—Lo barato siempre es barato —repuse yo—. Pasé dos años con esa clase de máquinas cuando era más joven, después de que... de que tuviera un pequeño problema.

—Y llevas veinte años en funcionamiento desde entonces —contestó razonablemente—. Me decidiré por esto. De momento, por lo menos.

Le acaricié la mano.

—Cualquier cosa que hagas estará bien hecha —le dije amablemente—. Siempre he creído que tú y yo podríamos llevarnos mejor si olvidaras todas esas tonterías sobre los derechos de nacimiento. Me imagino que todos lo hacemos, pero preferiría que te enfadaras conmigo por mí mismo que porque actúo igual que tu padre o algo así.

Ella dio media vuelta y me miró. Incluso a la pálida luz del metal Heechee pude ver la sorpresa reflejada en su cara.

—¿De qué estás hablando?

—Pues... de tu problema, Klara. Sé que te ha costado mucho admitir que necesitabas ayuda.

—Bueno, Bob —repuso—, eso es cierto, pero tú pareces ignorar cuál es el problema. Mi relación contigo no es el problema. *Tú* sí puedes ser el problema. No lo sé. Lo que me preocupa es apoltronarme, no ser capaz de tomar una decisión, dejar pasar tanto tiempo antes de salir otra vez... y, no te ofendas, escoger a un géminis como tú por compañero.

—¡Odio esas idioteces astrológicas!

—Tú sí que tienes una personalidad complicada, Bob, ya lo sabes. Y, al parecer, yo me apoyo en ella. No quiero vivir así.

Los dos habíamos terminado por despertarnos completamente y parecía que sólo teníamos dos caminos que tomar. Podíamos recurrir al pero-tú-decías-que-me-amabas, pero-yo-no-puedo-soportar-esta-escena, acabando probablemente con más sexo o una ruptura definitiva; o podíamos hacer algo que nos ayudara a olvidarlo todo. Los pensamientos de Klara siguieron la misma dirección que los míos, porque se deslizó de la hamaca y empezó a vestirse.

—Vayamos al casino —dijo vivamente—. Esta noche me siento inspirada.

No había llegado ninguna nave, y ni un solo turista. Por otra parte, tampoco había muchos prospectores, tras las numerosas salidas de las últimas semanas. La mitad de las mesas del casino estaban cerradas, con las fundas de tela verde por encima. Klara encontró un asiento en la mesa de blackjack, firmó el recibo de un montón de marcadores de cien dólares, y el tallador me dejó sentar junto a ella sin jugar.

—Ya te había dicho que hoy tendría suerte —dijo cuando, al cabo de diez minutos, había ganado más de dos mil dólares a la casa.

—Lo estás haciendo muy bien —la animé, pero la verdad es que aquello no me divertía nada. Me levanté y di unas vueltas por la sala. Dane Metchnikov metía prudentemente monedas de cinco dólares en las máquinas, pero no tenía aspecto de querer hablar conmigo. No había nadie que jugase al bacará. Dije a Klara que iba a tomar un café en El Infierno Azul (cinco dólares, pero en momentos de tan poca clientela como éste, seguirían llenándome la taza por nada). Ella me dirigió una sonrisa de perfil sin apartar los ojos de sus cartas.

INFORME DE LA MISIÓN

Nave A3-7, Viaje 022D55. Tripulación: S. Rigney, E. Tsien, M. Sindler.

Tiempo de tránsito 18 días 0 horas. Posición cercanías Xi Pegasi A.

Sumario. «Emergimos en órbita cerca de un pequeño planeta aproximadamente a 9 U. A. del primario. El planeta está cubierto de hielo, pero detectamos radiación Heechee en un lugar próximo al ecuador. Rigney y Mary Sindler aterrizaron cerca y, con algunas dificultades, pues el sitio era montañoso, llegaron a una zona cálida y desprovista de hielo en la cual había una bóveda metálica. Dentro de la bóveda había numerosos artefactos Heechee, incluidos dos módulos de aterrizaje vacíos, equipo doméstico de uso desconocido, y un serpentín calentador. Logramos transportar la mayor parte de artículos pequeños a la nave. Resultó imposible desactivar el serpentín calentador, pero lo redujimos a un nivel de funcionamiento bajo y lo guardamos en el módulo para el regreso. A pesar de ello, Mary y Tsien estaban seriamente deshidratados y en coma cuando aterrizamos.»

Evaluaciones de la Corporación: Serpentín calentador analizado y reconstruido. Recompensa de $ 3.000.000 para la tripulación en concepto de regalías. Otros artefactos no analizados todavía. Recompensa de $ 25.000 por kilo, total $ 675.000, en concepto de derechos de futura explotación, si la hay.

En El Infierno Azul, Louise Forehand sorbía un petardo de gasolina y agua..., bueno, en realidad no era un petardo de gasolina, sino un anticuado whisky blanco hecho con lo que aquella semana se había cultivado en los tanques hidropónicos. Alzó la mirada con una sonrisa de bienvenida, y me senté junto a ella.

De repente se me ocurrió pensar que siempre estaba sola. No tenía por qué. Era..., bueno, no sé exactamente cómo era, pero parecía la única persona de Pórtico incapaz de amenazar, censurar o exigir. Todos los demás, o bien querían algo que yo no quería dar o rechazaban lo que yo les ofrecía. Louise era otra cosa. Debía de tener unos doce años más que yo, y era realmente atractiva. Como yo, sólo llevaba la ropa estándar de la Corporación, un mono corto de tres apagados colores. Pero ella se lo había transformado, convirtiéndolo en un traje de dos piezas con ajustados shorts, el estómago descubierto, y una especie de chaqueta abierta y suelta. Me di cuenta de que me observaba hacer inventario, y me sentí repentinamente confuso.

—Tienes buen aspecto —dije.

—Gracias, Bob. Todo es equipo original —fanfarroneó, sonriendo—. Nunca he podido permitirme el lujo de llevar otra cosa.

—No necesitas nada que no tengas —le contesté sinceramente, y ella cambió de tema.

—Pronto llegará una nave —exclamó—. Dicen que ha estado mucho tiempo fuera.

Bueno, yo sabía lo que esto significaba para ella y explicaba que estuviese en El Infierno Azul en vez de en la cama. Sabía que se hallaba preocupada por su hija, pero no dejaba que esto la paralizase.

Su actitud frente a los viajes de exploración también era muy buena. Tenía miedo de salir al espacio, lo cual era lógico. Pero no dejaba que esto le impidiera ir, lo cual yo admiraba mucho. Esperaba el regreso de algún miembro de su familia para volver a enrolarse, tal como habían convenido, a fin de que el que regresara siempre encontrase a alguien de la familia esperando.

Me contó algo más de ellos. Habían vivido, si es que a esto se le puede llamar vivir, en las trampas de turistas que hay en el Huso de Venus, sobreviviendo a duras penas, principalmente gracias a los cruceros. Allí había mucho dinero, pero también había mucha competencia. Descubrí que, en cierta época de su vida, montaron un número de cabaret: canciones, bailes, chistes. Deduje que no eran malos, por lo menos según las normas de Venus. Pero los pocos turistas que acudían a lo largo de casi todo el año tenían tantos pájaros de presa luchando por un trozo de su carne que no había suficiente para nutrir a todos. Sess y el hijo (el que murió) trataron de convertirse en guías, con una nave vieja que lograron comprar destrozada y reconstruir. Allí tampoco hubo dinero fácil. Las chicas habían trabajado en todo. Yo estaba casi seguro de que, por lo menos, Louise había ejercido la prostitución durante algún tiempo, pero esto tampoco le dio dinero suficiente, por las mismas razones que todo lo demás. Estaban con el agua al cuello cuando lograron llegar a Pórtico.

No era la primera vez que lo hacían. Ya habían luchado duramente para salir de la Tierra, cuando la Tierra se puso tan mal para ellos que Venus les pareció una alternativa menos difícil. Tenían más valor y buena voluntad para empezar una nueva vida que cualquier otra persona que yo hubiese conocido jamás.

—¿Cómo pudisteis pagaros el viaje...? —le pregunté.

—Bueno —dijo Louise, acabando su bebida y mirando el reloj—, para ir a Venus viajamos del modo más barato que existe. Cargamento al por mayor. Otros doscientos veinte inmigrantes, durmiendo hacinados, teniendo que hacer cola para estar dos minutos en el lavabo, comiendo poquísimo y bebiendo agua reciclada. Fue un viaje espantoso por cuarenta mil dólares cada uno. Afortunadamente, los niños aún no habían nacido, excepto Hat, que era lo bastante pequeño como para pagar una cuarta parte del billete.

—¿Hat es tu hijo? ¿Qué...?

—Murió —dijo.

Esperé que continuara, pero cuando volvió a hablar fue para decir:

—Ya deben de haber recibido un informe por radio de la nave que regresa.

—Habrá sido por el teléfono P.

Ella asintió, y por unos momentos pareció preocupada. La Corporación siempre hace informes de rutina sobre las naves que regresan. Si no pueden establecer contacto..., bueno, los prospectores muertos no se comunican por radio. Así pues, la distraje de sus problemas contándole la decisión de Klara de ver a un psiquiatra. Ella me escuchó y después me cogió una mano y dijo:

—No te enfades Bob. ¿Has pensado alguna vez en ir tú también al psiquiatra?

—No tengo dinero, Louise.

—¿Ni siquiera para una terapia de grupo? Hay uno en el Nivel Amor. A veces se les oye gritar. He visto anuncios de todas clases... TA, Est y otros. Naturalmente, muchos de ellos deben de haber salido.

Pero su atención no estaba centrada en mí. Desde donde estábamos veíamos la entrada al casino, donde uno de los croupiers hablaba animadamente con un tripulante del crucero chino. Louise miraba hacia esa dirección.

—Algo pasa —contesté. Debería haber añadido: «Vamos a ver», pero Louise saltó de la silla y se dirigió hacia el casino antes de que yo pudiera reaccionar.

El juego se había interrumpido. Todo el mundo estaba amontonado alrededor de la mesa de blackjack, donde Dane Metchnikov se hallaba sentado junto a Klara con un par de fichas de veinticinco dólares frente a él. Y en medio de ellos vi a Shicky Bakin, encaramado al taburete de un tallador, hablando.

—No —decía cuando llegué—, no sé sus nombres. Pero es una Cinco.

—¿Y aún viven? —preguntó alguien.

—Que yo sepa, sí. Hola, Bob. Louise. —Nos saludó con una cortés inclinación de cabeza—. ¿Habéis oído?

—No mucho —dijo Louise, alargando inconscientemente la mano para asir la mía—. Sólo que ha llegado una nave. Pero ¿no sabes los nombres?

Dane Metchnikov volvió la cabeza para mirarla con impaciencia.

—Nombres —gruñó—. ¿A quién le importan los nombres? No es ninguno de nosotros, esto es lo importante. Lo único importante. —Se levantó. Incluso en ese momento pude comprender que estaba muy enfadado: se olvidó de recoger sus fichas de la mesa de blackjack—. Voy a bajar —anunció—. Quiero ver qué aspecto tiene.

Los tripulantes de los cruceros habían acordonado la zona, pero uno de los guardias era Francy Hereira. Había un centenar de personas en torno al pozo de bajada, y sólo Hereira y dos chicas del crucero americano para cerrarles el paso. Metchnikov se abrió paso hasta el borde del pozo y miró hacia abajo, antes de que una de las chicas le hiciese retroceder. Le vimos hablando con otro prospector de cinco brazaletes. Mientras tanto oíamos fragmentos de conversaciones:

—... Casi muertos. Se quedaron sin agua.

—¡Ni hablar! Sólo exhaustos. Se repondrán...

—¡... Una bonificación de diez millones de dólares si es una moneda de cinco centavos, y después las regalías!

Klara cogió a Louise por un codo y la empujó hacia delante. Yo las seguí por el espacio que abrieron.

—¿Sabe alguien quién es el dueño de esta nave? —inquirió.

Hereira le sonrió con cansancio, me saludó con un gesto y contestó:

—Todavía no, Klara. Los están registrando. Sin embargo, creo que se repondrán.

Una voz gritó a mi espalda:

—¿Qué han encontrado?

—Artefactos. Nuevos, es todo lo que sé.

—¿Pero era una Cinco? —preguntó Klara.

Hereira asintió, y después miró por el pozo.

—Está bien —dijo—; ahora, hagan el favor de apartarse, amigos. Están subiendo a algunos de ellos.

Todos retrocedimos un espacio microscópico, pero no importó; de todos modos, no bajaron en nuestro nivel. El primero en subir por el cable fue un mandamás de la Corporación cuyo nombre no recordaba, después un guardia chino, después alguien con la bata del Hospital Terminal y un médico en la misma altura del cable, sosteniéndolo para que no se cayera. La cara me resultaba familiar, pero no sabía el nombre;

le había visto en una de las fiestas de despedida, quizás en varias, y era un hombrecillo negro que había salido dos o tres veces sin encontrar nunca nada. Tenía los ojos abiertos y la mirada clara, pero parecía infinitamente cansado. Miró sin asombro a la gente que se arremolinaba en torno al pozo y desapareció de nuestra vista.

Desvié la mirada y vi que Louise lloraba silenciosamente, con los ojos cerrados. Klara la rodeaba con un brazo. Me abrí paso entre la multitud hasta llegar junto a ellas e interrogué a Klara con la mirada.

—Es una Cinco —me dijo en voz baja—. Su hija iba en una Tres.

Me di cuenta de que Louise lo había oído, de modo que la acaricié y le dije:

—Lo siento, Louise. —Entonces se abrió un claro junto al borde del pozo y miré hacia abajo.

Pude dar una rápida ojeada a aquello que valía diez o veinte millones de dólares. Era un montón de cajas hexagonales de metal Heechee, que debían medir medio metro de anchura y menos de altura. Después, Francy Hereira me apartó.

—Vamos, Bob, retrocede, ¿quieres? —Yo obedecí y aún vi subir a otra prospectora vestida con una bata del hospital. Ella no me vio al pasar; la verdad es que tenía los ojos cerrados. Pero yo sí que la vi. Era Sheri.

21

—Me siento bastante ridículo, Sigfrid —digo.

—¿Puedo hacer algo para que te sientas mejor?

—Morirte. —Ha decorado toda la habitación con motivos infantiles, nada menos. Y lo peor es el mismo Sigfrid. Esta vez me pone a prueba con una imagen de madre. Está encima de la alfombra conmigo, convertido en una gran muñeca del tamaño de un ser humano cálida, blanca, hecha con algo parecido a una toalla de baño y rellena de espuma. Es agradable al tacto, pero...—. No me gusta que me trates como a un niño —protesto con voz apagada, pues tengo la cara pegada a la toalla.

—Relájate, Robbie. No pasa nada.

—Eso es lo que tú dices.

Hace una pausa, y después me recuerda:

—Ibas a contarme tu sueño.

—Y un cuerno.

—¿Perdón, Robbie?

—Quiero decir que no me apetece hablar de ello. Sin embargo —me apresuro a añadir, apartando la boca de la toalla—, creo que voy a hacerlo. Era sobre Sylvia, o alguien así.

—¿Alguien así, Robbie?

—Bueno, no parecía exactamente ella. Era más... no sé, algo mayor, creo. La verdad es que no pienso en Sylvia desde hace años. Los dos éramos unos niños...

—Te ruego que continúes, Robbie —dice al cabo de un momento.

Le rodeo con mis brazos, mientras contemplo con satisfacción la pared cubierta por pósters de animales y payasos. No se parece en nada al dormitorio que ocupé siendo pequeño, pero Sigfrid ya sabe demasiado sobre mí para que yo se lo diga.

—¿El sueño, Robbie?

—Soñé que trabajábamos en las minas. Bueno, en realidad no eran las minas de alimentos. Físicamente, yo diría que se parecía más al interior de una Cinco... una de las naves de Pórtico, ¿sabes? Sylvia estaba en una especie de túnel que salía de ella.

—¿El túnel salía?

—Vamos a ver, no me salgas ahora con algún simbolismo, Sigfrid. Sé lo de las imágenes vaginales y todo eso. Cuando digo que salía, quiero decir que el túnel empezaba en el lugar donde yo estaba y continuaba en dirección opuesta. —Titubeo, y después le explico la parte más difícil—. Entonces el túnel se derrumbó. Sylvia quedó atrapada.

Me incorporo.

—Lo malo de esto —prosigo— es que, en la realidad, no podría ocurrir. Sólo haces túneles para colocar las cargas de dinamita que desprenderá la pizarra. El trabajo principal se hace con la pala. Sylvia nunca habría podido estar en aquel lugar.

—No creo que importe si hubiera podido ocurrir realmente o no, Robbie.

—Supongo que no. Bueno, ahí estaba Sylvia, atrapada dentro del túnel derrumbado. Yo veía los mon-

> *Por las cuevas donde los Heechees se ocultaron,*
> *por las cavernas de las estrellas,*
> *por los túneles que abrieron y excavaron,*
> *siguiendo sus heridas y sus huellas,*
> *¡nos vamos acercando!*
> *Pequeño Heechee perdido, te estamos buscando.*

tones de pizarra que se tambaleaban. No era exactamente pizarra. Era algo más liviano, como hojas de papel. Ella tenía una pala, y estaba practicando una abertura para huir. Pensé que no le sucedería nada malo. Estaba abriendo un agujero por donde escapar. Esperé que saliera..., pero no salió.

Sigfrid, en su encarnación como muñeco de felpa, yace cálido y expectante en mis brazos. Me gusta sentirle junto a mí. Naturalmente, no está realmente ahí. No está realmente en ningún sitio, excepto quizás en la central de datos de Washington Heights, donde se guardan las grandes máquinas. Lo único que yo tengo es su terminal de acceso remoto en un traje de conejito.

—¿Hay algo más, Robbie?

—Creo que no. Quiero decir que no forma parte del sueño. Pero..., bueno, tengo esa sensación. Tengo la sensación de haber golpeado a Klara en la cabeza para impedir que saliera. Como si tuviera miedo de que el resto del túnel fuese a caer sobre mí precisamente.

—¿A qué te refieres por una «sensación», Rob?

—Lo que he dicho. No formaba parte del sueño. Era una sensación de... no lo sé.

Espera unos momentos, y después prueba un enfoque distinto.

—Bob, ¿te das cuenta de que el nombre que acabas de pronunciar ha sido «Klara», no «Sylvia»?

—¿De verdad? Es curioso. Me pregunto por qué.

Espera unos momentos, y después me incita a seguir hablando.

—¿Qué ocurrió a continuación, Rob?

—Me desperté.

Me acuesto sobre la espalda y miro al techo, sobre el cual han pegado unas relucientes estrellas de cinco puntas.

—Eso es todo —digo. Después añado—: Sigfrid, me pregunto si todo esto nos llevará a alguna parte.

—No sé si puedo responder a esa pregunta, Rob.

—Si pudieras —contesto— te habría obligado a hacerlo mucho antes. —Aún tengo el papelito de S. Ya., y eso me proporciona una seguridad que aprecio en grado sumo.

—Creo —dice— que podríamos llegar a alguna parte. Me refiero a que en tu mente hay algo sobre lo que no quieres pensar demasiado, que está relacionado con este suelo.

—¿Algo acerca de Sylvia? ¡Por el amor de Dios, si esto fue hace *años*!

—Eso no importa demasiado, ¿verdad?

—Oh, mierda. ¡Me aburres, Sigfrid! Te lo aseguro. —Después reflexiono—. Digamos que me enfado. ¿Qué significa eso?

—¿Qué crees tú que significa, Rob?

—Si lo supiera no te lo preguntaría. No lo sé. ¿Acaso intento escapar? ¿Me enfado porque te estás acercando demasiado a algo?

—Hazme el favor de no pensar en tu proceso mental, Rob. Limítate a explicarme cómo te sientes.

—Culpable —digo inmediatamente, sin saber que esto es lo que iba a decir

—Culpable, ¿de qué?

—Culpable de..., no estoy seguro. —Levanto la mano para mirar el reloj. Aún nos quedan veinte minutos. En veinte minutos pueden suceder muchas cosas, y dejo de pensar en si deseo que me curen realmente. Tengo una partida de bridge esa misma tarde, y es posible que llegue a la final. En el caso de que no lo estropee todo. En el caso de que logre concentrarme.

»Me pregunto si no sería mejor que me fuese más temprano, Sigfrid —digo.

—Culpable ¿de qué, Rob?

—No estoy seguro de recordarlo. —Acaricio el cuello del conejito y me echo a reír—. Esto es muy bonito, Sigfrid, aunque me haya costado un poco acostumbrarme.

—Culpable ¿de qué, Rob?

Grito:

—¡De matarla, estúpido!

—¿Quieres decir en el sueño?

—¡No! En la realidad. Dos veces.

Sé que mi respiración se ha acelerado, y sé que los sensores de Sigfrid lo están registrando. Lucho por dominarme, a fin de que no se le ocurra ninguna idea absurda. Reflexiono sobre lo que acabo de decir, con la intención de aclararlo.

—La verdad es que no maté realmente a Sylvia. ¡Pero lo intenté! ¡La perseguí con un cuchillo!

Sigfrid, calmado, tranquilizador:

—En tu historial pone que tenías un cuchillo en la mano cuando te peleaste con tu amiga, es cierto. No dice que la «persiguieras».

—Entonces, ¿por qué demonios crees que me encerraron? Fue una casualidad que no le cortara el cuello.

—¿Acaso utilizaste el cuchillo en contra de ella?

—¿Utilizarlo? No. Estaba demasiado obcecado. Lo tiré al suelo y empecé a darle puñetazos.

—Si hubieras tenido intención de matarla, ¿no habrías usado el cuchillo?

—Ah. —Sólo que es más como «yech»; la palabra que a veces verán escrita como «psó»—. Ojalá hubieras estado allí cuando ocurrió, Sigfrid. Quizá les habrías convencido para que no me encerraran.

Toda la sesión se ha estropeado. Sé que es un error contarle mis sueños. Les da demasiadas vueltas. Me incorporo, mirando con desprecio los absurdos objetos con que Sigfrid ha decorado la habitación, y decido hablarle directamente, sin miramientos.

—Sigfrid —digo—, teniendo en cuenta cómo son las computadoras, tú eres un buen tipo, y me gustan las sesiones contigo en el aspecto intelectual. Pero me pregunto si no habremos llegado todo lo lejos que podíamos llegar. Lo único que haces es reavivar un antiguo e innecesario dolor, y, francamente, no sé cómo te permito hacerlo.

—Tus sueños son muy dolorosos, Bob.

—Entonces no intentes que la realidad también lo sea. No quiero volver a oír las mismas estupideces que me decían en el instituto. Quizá sea verdad que deseé acostarme con mi madre. Quizá sea verdad que odié a mi padre porque murió y me abandonó. ¿Y qué?

—Sé que es una cuestión retórica, Bob, pero la forma de tratar estas cosas es sacarlas a la superficie.

—¿Para qué? ¿Para hacerme sufrir?

—Para hacer salir el mal interno y poder eliminarlo.

—Quizá lo más sencillo fuera que me acostumbrase a la idea de seguir sufriendo interiormente. Como dices, estoy bien compensado, ¿no es así? No niego que todo esto me haya servido de algo. Hay veces, Sigfrid, en que acabamos una sesión y yo estoy realmente animado. Salgo de aquí con la cabeza llena de ideas nuevas, y el sol brilla sobre la cúpula y el aire está limpio, y todo el mundo parece sonreírme. Pero no últimamente. Últimamente creo que esto es muy pesado e improductivo; ¿qué pensarías si te dijera que quería dejarlo?

—Pensaría que estabas en tu derecho. Siempre lo he creído así.

—Bueno, quizá lo haga. —El viejo diablo espera a que siga hablando. Sabe que no adoptaré esa decisión, y me da tiempo para que me convenza de ello por mí mismo. Después dice—: ¿Bob? ¿Por qué has dicho que la mataste dos veces?

Miro el reloj antes de contestar, y digo:

—Me imagino que ha sido una equivocación involuntaria. Ahora tengo que irme, Sigfrid.

No paso a la sala de recuperación, porque no tengo nada de qué recuperarme. Además, lo único que quiero es salir de aquí. ¡Él y sus tontas preguntas! Se comporta de un modo realmente superior pero, ¿qué sabe un muñeco de felpa?

22

Aquella noche volví a mi propia habitación, pero tardé mucho rato en dormirme; y Shicky me despertó temblando para contarme lo sucedido. Sólo había habido tres supervivientes, y ya habían anunciado su recompensa: diecisiete millones quinientos cincuenta mil dólares. Aparte de las regalías.

Aquello me despertó completamente.

—¿Por qué? —pregunté.

Shicky respondió:

—Por veintitrés kilos de artefactos. Creen que es un equipo de reparaciones. Posiblemente para una nave, ya que es allí donde lo encontraron, en un módulo sobre la superficie del planeta. Pero, por lo menos, son herramientas de alguna clase.

—Herramientas. —Me levanté y, tras desembarazarme de Shicky, salí al túnel y me dirigí hacia la ducha comunitaria, pensando en las herramientas. Las herramientas podían significar muchas cosas. Las herramientas podían significar un medio de abrir el mecanismo de propulsión de las naves Heechee sin que todo volara por los aires. Las herramientas podían significar el descubrimiento de cómo funcionaba el mecanismo de propulsión y la fabricación de los

UNA NOTA SOBRE LAS ESTRELLAS
DE NEUTRONES

Doctor Asmenion: Vamos a ver, supongamos que llegan a una estrella que ha quemado todo su combustible y se desintegra. Cuando digo que se «desintegra», quiero decir que se ha contraído tanto que lo que empezó siendo tan grande como el Sol se ha convertido en una bola de unos diez kilómetros de diámetro. Al mismo tiempo, su densidad se ha multiplicado. Si su nariz estuviera hecha con los elementos de una estrella de neutrones, Susie, pesaría más que Pórtico.

Pregunta: ¿Quizás incluso más que usted, Yuri?

Doctor Asmenion: No hagan chistes en clase. El profesor es sensible. Veamos, eso es, la obtención de datos sobre una estrella de neutrones valdría muchísimo, pero no les aconsejo que utilicen el módulo de aterrizaje para conseguirlos. Tienen que estar en una Cinco totalmente acorazada y, de todos modos, yo no me acercaría más de una décima de U. A. Y tendría mucho cuidado. Les parecerá que pueden acercarse más, pero el gradiente de la gravedad es una mala cosa. Es, prácticamente, una fuente puntual, ¿comprenden? Jamás verán un gradiente de gravedad mayor, a menos que lleguen a poca distancia de un agujero negro. Dios no lo quiera.

nuestros. Las herramientas podían significar casi todo, y lo que indudablemente significaban era una recompensa en efectivo de diecisiete millones quinientos cincuenta mil dólares, sin contar con las regalías, a dividir en tres partes.

Y una de ellas podría haber sido mía.

Es difícil olvidarse de una cifra como $ 5.850.000 (sin mencionar las regalías) cuando piensas que, si hubieras tenido más vista en la elección de amigas, podrías tenerlos en el bolsillo. Dejémoslo en seis millones de dólares. A mi edad y con mi salud, habría podido comprar un Certificado Médico Completo con la mitad de ese dinero, lo cual significaría todas las pruebas, terapias, reposición de tejidos y trasplantes de órganos que pudieran hacerme durante el resto de mi vida..., que se habría prolongado a lo largo de cincuenta años más de lo que podía esperar sin tenerlo. Los otros tres millones me habrían proporcionado un par de casas, una carrera de conferenciante (nadie tenía más demanda que un prospector de éxito), unos ingresos sólidos para hacer anuncios en la PV, mujeres, comida, coches, viajes, fama, mujeres... y, además las regalías. Éstas podían alcanzar una cifra muy elevada, según lo que la gente del R & D lograra hacer con las herramientas. El hallazgo de Sheri era exactamente lo que significaba Pórtico: la cazuela de oro al final del arco iris.

Tardé más de una hora en llegar al hospital, tres segmentos de túnel y cinco niveles por el pozo de bajada. Cambié de opinión y retrocedí varias veces.

Cuando finalmente logré ahuyentar la envidia de mi mente (o, por lo menos, enterrarla donde nadie la viera) y llegué al mostrador de recepción, Sheri estaba dormida.

—Puede entrar —me concedió la enfermera de guardia.

—No quiero despertarla.

—No creo que pueda —contestó—. De todos modos, no lo intente, claro. Pero le están permitidas las visitas.

Se hallaba en la cama inferior de una litera triple

en una habitación de veinte plazas. Sólo había tres o cuatro camas ocupadas, dos de ellas tras las cortinas de separación, hechas de un plástico lechoso a través del cual sólo se veían sombras. No pude saber quiénes eran. Sheri parecía descansar apaciblemente, con sus hermosos ojos cerrados, un brazo debajo de la cabeza y la barbilla apoyada encima de la muñeca. Sus dos compañeros estaban en la misma habitación, uno dormido y el otro sentado bajo una holovista de los anillos de Saturno. Era un cubano, venezolano, o algo por el estilo, que vivía en New Jersey y al que había visto una o dos veces. Su nombre era Manny. Charlamos un rato y me prometió decir a Sheri que había ido a verla. Al cabo de unos minutos me despedí y fui a tomar un café en el economato, pensando en su viaje.

Habían llegado a un planeta muy pequeño y frío a poca distancia de una estrella K-6 rojoanaranjada y, según Manny, estuvieron dudando sobre si valía la pena aterrizar. Las lecturas revelaban algunos signos de radiación de metal Heechee, pero no muchos; y aparentemente la mayor parte estaba sepultada bajo una nieve de dióxido de carbono. Manny fue el que permaneció en órbita. Sheri y los otros tres descendieron, encontraron una excavación Heechee, la abrieron con gran esfuerzo y, como de costumbre, vieron que estaba vacía. Después siguieron otro rastro y encontraron el módulo. Tuvieron que abrirlo con explosivos, y en el proceso dos de los prospectores perdieron la integridad de sus trajes espaciales, por encontrarse demasiado cerca de la explosión, me imagino. Cuando se dieron cuenta, ya era tarde. Se congelaron. Sheri y el otro tripulante intentaron llevarlos a su propio módulo; debió de ser muy lúgubre y angustioso, y al final tuvieron que renunciar a ello.

El otro hombre hizo un nuevo viaje hasta el módulo abandonado, encontró el maletín de herramientas en su interior y logró trasladarlo a su propio módulo. Después despegaron, abandonando a las dos víctimas apaciblemente congeladas. Pero habían sobrepasado su límite de permanencia establecido y su estado físico era lamentable cuando se reunieron con la cápsula. Lo que ocurrió después no estaba claro, pero al parecer no ajustaron bien el suministro de aire del módulo y perdieron gran parte de él; de modo que hicieron el viaje de regreso con escasas raciones de oxígeno. El otro hombre estaba peor que Sheri. Había muchas posibilidades de lesión residual de cerebro, y sus $ 5.850.000 podían no servirle de nada. Sin embargo, decían que Sheri estaría perfectamente en cuanto se recuperara de un simple y puro agotamiento...

No les envidiaba el viaje. Lo único que les envidiaba era la recompensa.

Me levanté y me serví otra taza de café en el economato. Cuando volví a salir al pasillo, donde había unos bancos debajo de la hiedra, me di cuenta de que algo no encajaba. Algo sobre el viaje. Sobre el hecho de que había sido un verdadero éxito, uno de los mayores en toda la historia de Pórtico...

Tiré el café, taza incluida, por el triturador de basura que había fuera del economato y me dirigí hacia el aula de clase. Estaba a pocos minutos de allí y no había nadie. Me alegré de que así fuera; aún no tenía ganas de hablar con nadie sobre lo que se me había ocurrido. Regulé el teléfono P para tener acceso a la información que deseaba y obtuve la combinación del viaje de Sheri; naturalmente ya era materia de interés público. Después bajé a la cápsula de prácticas, donde afortunadamente tampoco había nadie, y realicé la combinación en el selector de rumbo. Como es lógico, obtuve el color exacto inmediatamente; y cuando apreté el sintonizador todo el tablero adquirió un tono rosado a excepción del arco iris de colores a lo largo de un lado.

Sólo había una línea oscura en la parte azul del espectro.

Bueno, pensé, esto anulaba la teoría de Metchnikov sobre las indicaciones de peligro. Habían perdido el cuarenta por ciento de la tripulación en aque-

---

UNA NOTA SOBRE LOS MOLINETES DE ORACIONES

Pregunta: No nos ha explicado nada sobre los molinetes de oraciones Heechees, y es lo que más vemos.

Profesor Hegramet: ¿Qué quiere que les explique, Susie?

Pregunta: Bueno, ya sé cómo son. Algo parecido a un cono de helado enrollado hecho de cristal. Cristal de todos los colores existentes. Si lo sostienes verticalmente y lo presionas con el pulgar, se despliega como un abanico.

Profesor Hegramet: Es lo mismo que yo sé. Han sido analizados, igual que las perlas de fuego y los diamantes de sangre. Pero no me pregunten *para* qué sirven. No creo que los Heechees se abanicaran con ellos, y tampoco creo que los usaran para rezar; es el nombre con que los comerciantes de novedades los han bautizado. Los Heechees los dejaron por todas partes, a pesar de que recogieran todo lo demás. Supongo que tendrían alguna razón. No tengo ni idea acerca de cuál puede ser esa razón, pero les prometo que se lo diré si alguna vez lo averiguo.

lla misión, y eso me pareció bastante peligroso; pero según lo que él me había dicho, las verdaderamente arriesgadas tenían seis o siete de aquellas franjas.

¿Y en el amarillo?

Según Metchnikov, cuantas más franjas brillantes hubiese en el amarillo, mayor era la recompensa financiera de un viaje.

Sin embargo, en este caso no había absolutamente ninguna franja brillante en el amarillo. Había dos gruesas líneas negras de «absorción». Eso es todo.

Desconecté el selector y me acomodé en el asiento. Así pues, los grandes cerebros habían vuelto a elaborar y difundir una teoría equivocada: lo que habían interpretado como una indicación de seguridad no significaba realmente que estuvieras a salvo, y lo que habían interpretado como una promesa de buenos resultados no parecía tener aplicación en la primera misión que regresaba verdaderamente triunfante en más de un año.

Vuelta a confiar en la suerte, y vuelta a tener miedo.

Durante los dos días siguientes me mantuve bastante apartado de todo el mundo.

Se dice que hay ochocientos kilómetros de túneles dentro de Pórtico. Parece imposible que haya tantos en un trozo de roca que sólo mide diez kilómetros de diámetro. A pesar de ello, sólo un dos por ciento de Pórtico es espacio aéreo; el resto es sólida roca. Vi gran parte de esos ochocientos kilómetros.

No es que me aislara totalmente de la compañía humana, es que no la busqué. Vi a Klara varias veces. Paseé sin rumbo fijo con Shicky durante su tiempo libre, a pesar de que fuese muy cansado para él. A veces paseaba solo, a veces con amigos encontrados por casualidad, a veces en seguimiento de un grupo de turistas. Los guías me conocían y no les importaba que les acompañase (¡había estado fuera!, aunque no llevara ni un solo brazalete), hasta que se les ocurrió la idea de que pensaba convertirme también en guía. Entonces fueron menos amables.

Tenían razón. Pensaba en ello. Debería hacer algo, antes o después. Debería salir fuera, o volver a casa; y si quería posponer la decisión entre cualquiera de esas dos posibilidades igualmente aterradoras, por lo menos tendría que decidirme a ganar el dinero suficiente para quedarme.

Cuando Sheri salió del hospital, le dimos una gran fiesta, una combinación de bienvenida a casa, felicidades y adiós, Sheri, porque se iba a la Tierra al día siguiente. Estaba débil pero alegre y, aunque no tenía fuerzas para bailar, se sentó junto a mí en el pasillo y me tuvo fuertemente abrazado durante media hora, prometiendo besarme. Yo me emborraché. Era una buena ocasión para hacerlo, el alcohol era gratis. Sheri y su amigo cubano saldarían la cuenta. De hecho, me emborraché tanto que no pude despedirme de Sheri, pues tuve que ir rápidamente al lavabo y vomitar. Borracho como estaba, esto me pareció una verdadera lástima, era un genuino escocés de Escocia, nada comparable a esas blancas bebidas locales extraídas de Dios sabe qué.

Vomitar me despejó la cabeza. Salí y me apoyé en una pared, con la cara sepultada en la hiedra respirando profundamente, por lo que a la larga se renovó el oxígeno de mi sangre y pude reconocer a Francy Hereira junto a mí. Incluso le dije:

—Hola, Francy.

Él sonrió a modo de disculpa.

—El olor. Era un poco fuerte.

—Lo siento —repuse irasciblemente, y me pareció sorprendido.

—No, ¿a qué te refieres? Quiero decir que ya es bastante malo en el crucero, pero cada vez que vengo a Pórtico me pregunto cómo podéis resistirlo. Y en estas habitaciones... ¡uf!

—No me ofendo —dije magnánimemente, dándole unos golpecitos en la espalda—. Tengo que despedirme de Sheri.

—Ya se ha ido, Bob. Estaba muy cansada. Se la han llevado otra vez al hospital.

—En ese caso —dije—, sólo me despediré de ti. —Hice una reverencia y me alejé dando traspiés por el túnel. Es difícil estar borracho con una gravedad próxima a cero. Encuentras a faltar la seguridad de un sólido peso de cien kilos que te afiance sobre el suelo. Tengo entendido, por lo que me contaron después, que arranqué una sólida repisa de hiedra de la pared, y sé, por cómo me sentí a la mañana siguiente, que me di un golpe en la cabeza contra algo lo suficientemente duro para dejarme un morado del tamaño de una oreja. Me di cuenta de que Francy me había seguido y me ayudaba a navegar y, cuando ya estábamos a mitad de camino de mi habitación, me di cuenta de que alguien me sostenía el otro brazo. Miré, y era Klara. Recuerdo confusamente que me acostaron, y cuando me desperté a la mañana siguiente, con una resaca espantosa, vi que Klara estaba en mi cama.

Me levanté tan silenciosamente como pude y fui al baño, pues necesitaba vomitar un poco más. Tardé bastante rato, y acabé de despejarme con otra ducha, la segunda en cuatro días y una verdadera extravagancia, considerando mi estado financiero. Pero me sentí algo mejor, y cuando volví a la habitación Klara se había levantado, preparado el té seguramente de Shicky, y estaba esperándome.

—Gracias —le dije, con toda sinceridad. Me sentía infinitamente deshidratado.

—Tómalo a pequeños sorbos, viejo amigo —recomendó ansiosamente, pero yo ya tenía la experiencia suficiente como para no llenarme demasiado el estómago. Logré beber dos sorbos y volví a tenderme en la hamaca, aunque ya estaba seguro de que viviría.

—No esperaba verte aquí —dije a Klara.

—Insististe mucho —me explicó—. No conseguiste gran cosa, pero lo intentaste con todas tus fuerzas.

—Lo siento.

Ella alargó un brazo y me acarició los pies.

—No hay por qué preocuparse. ¿Qué tal ha ido todo?

—Oh, muy bien. Fue una fiesta muy bonita. No recuerdo haberte visto allí.

Se encogió de hombros.

—Llegué tarde. La verdad es que nadie me había invitado.

No contesté; había observado que Klara y Sheri no eran muy amigas, y supuse que yo tenía la culpa. Klara, leyendo mis pensamientos, dijo:

—Nunca me han gustado los escorpiones, y menos los que tienen una mandíbula tan enorme. Jamás les he oído decir algo inteligente o espiritual. —Después, con gran sentido de la justicia, añadió—: Pero tiene valor, debemos reconocerlo.

—No creo que esté en condiciones de discutir —dije.

—No es una discusión, Bob. —Se acercó y me acarició la cabeza. Olía muy bien y su aroma era muy femenino; bastante agradable, en algunas circunstan-

INFORME DE LA CORPORACIÓN:
ÓRBITA 37

De todos los lanzamientos efectuados durante este período han regresado 74 naves, con un número de 216 tripulantes en total. Las 20 naves restantes han sido dadas por desaparecidas, con un número de 54 tripulantes en total. Además 19 tripulantes han encontrado la muerte a pesar de que sus naves hayan regresado. Tres de dichas naves están dañadas hasta el punto de no poder repararse.

Informes de aterrizaje: 19. Cinco de los planetas estudiados tenían vida a nivel microscópico o más elevado; uno de ellos poseía una estructurada vida vegetal o animal, no inteligente.

Artefactos: Nuevas muestras de los habituales objetos Heechee. Ningún artefacto de otras fuentes. Ningún artefacto Heechee previamente desconocido.

Muestras: Químicas o minerales, 145. Ninguna tiene valor suficiente para justificar su exploración. Orgánicas vivas, 31. Tres de ellas fueron consideradas peligrosas y lanzadas al espacio. Ninguna tiene valor explotable.

Recompensas científicas en el período: 8.754.500 dólares.

Otras recompensas en efectivo, incluidas las regalías: $ 357.856.000. Recompensas y regalías por nuevos descubrimientos en este período (aparte de las recompensas científicas): O.

Personal que ha abandonado Pórtico en este período: 151. Desaparecidos en acción: 75 (incluidos dos fallecidos en ejercicios prácticos). Incapacitados médicamente al final del año: 84. Pérdidas totales: 310.

Personal nuevo llegado en este período: 415. Reintegrado al servicio: 66. Incremento total durante el período: 481. Ganancia neta en el personal: 171.

cias, pero no exactamente lo que yo quería en aquel momento.

—Oye —dije—. ¿Qué se ha hecho del aceite de almizcle?

—¿Qué?

—Me refiero —aclaré, dándome cuenta de algo que había sido cierto durante algún tiempo— al perfume que llevabas siempre. Recuerdo que esto fue lo primero que observé en ti. —Pensé en el comentario de Francy Hereira sobre el olor de Pórtico y me di cuenta de que ya había pasado mucho tiempo desde que notara que Klara olía particularmente bien.

—Querido Bob, ¿es que pretendes iniciar una discusión conmigo?

—Desde luego que no, pero tengo curiosidad. ¿Cuándo dejaste de usarlo?

Se encogió de hombros y no contestó, a menos que parecer molesta sea una respuesta. Era respuesta suficiente para mí, porque le había dicho a menudo que me gustaba su perfume.

—¿Cómo te va con el psiquiatra? —pregunté, para cambiar de tema.

No debía irle muy bien. Klara contestó sin entusiasmo:

—Debes de tener mucho dolor de cabeza. Lo mejor será que me vaya a casa.

—No, me interesa —persistí—. Me gustaría conocer tus progresos. —Ella no me había dicho una sola palabra, pero yo sabía que había iniciado el tratamiento; al parecer, estaba dos o tres horas diarias con él. O ella. Había decidido probar el servicio mecánico de la computadora de la Corporación.

—Bastante bien —dijo concisamente.

—¿Aún no habéis llegado a la obsesión del padre? —inquirí.

Klara repuso:

—Bob, ¿has pensado alguna vez que también a ti podría convenirte un poco de ayuda?

—Es curioso que lo digas. Louise Forehand me dijo lo mismo el otro día.

—No es curioso. Piénsalo. Hasta luego.

Eché la cabeza hacia atrás en cuanto se hubo ido y cerré los ojos. ¡Ir a un psiquiatra! ¿Para qué lo necesitaba? Lo único que yo necesitaba era un hallazgo tan afortunado como el de Sheri...

Y lo único que necesitaba para lograrlo era... era...

Era el valor para apuntarme a otro viaje.

Pero esa clase de valor, según yo, parecía escasear bastante.

El tiempo pasaba, aunque demasiado lentamente para mi gusto, y un día decidí ir al museo para distraerme un rato. Ya habían instalado una serie completa de holografías sobre el descubrimiento de Sheri. Puse el disco dos o tres veces, sólo para ver qué aspecto tenían diecisiete millones quinientos cincuenta mil dólares. La mayor parte de los objetos parecía chatarra inservible. Esto era al salir cada uno por separado. Había unos diez molinetes de oraciones, demostrando, me imagino, que a los Heechees les gustaba incluir unos cuantos objetos de arte incluso con un equipo de reparaciones. O lo que fuese el resto: cosas como destornilladores con hojas triangulares y mango flexible; cosas como llaves de casquillo, pero hechas con un material blando; cosas como probetas eléctricas, y cosas que no podías comparar con nada conocido. Vistos por separado, estos objetos no parecían tener ninguna relación entre sí, pero la forma en que encajaban uno con otro, y en las cajas de diferentes tamaños que componían el juego, era una maravilla en cuanto a economizar espacio se refiere. Diecisiete millones quinientos cincuenta mil dólares, que yo habría podido compartir si hubiese permanecido con Sheri.

Claro que también habría podido ser uno de los cadáveres.

Pasé por las habitaciones de Klara y la esperé un rato, pero no volvió. No era la hora en que solía ir al psiquiatra. Sin embargo, yo ya no sabía qué acostumbraba hacer y a qué hora. Había encontrado otra niña a quien cuidar mientras sus padres estaban ocupados: una negrita, de unos cuatro años, que había llegado con una madre astrofísica y un padre astrobiólogo. Quizás hubiese encontrado alguna otra cosa para mantenerse ocupada, pero eso yo no lo sabía.

Regresé sin prisas a mi habitación, y Louise Forehand me vio desde la suya y me siguió.

—Bob —dijo nerviosamente—, ¿sabes algo sobre la bonificación de gran peligro que van a ofrecer?

Le hice sitio para que se sentara en la cama.

—¿Yo? No. ¿Por qué iba a saberlo?

Su rostro, pálido y musculoso, estaba más tenso que de costumbre, aunque yo no sabía por qué.

—Pensaba que quizá lo supieras. Por Dane Metchnikov, tal vez. Sé que sois amigos, y he visto a Klara hablando con él en el aula de clases. —No le contesté, pues no estaba seguro de lo que quería decirle—. Corre el rumor de que pronto anunciarán un viaje científico muy peligroso. Me gustaría apuntarme en él.

La rodeé con un brazo.

—¿Qué ocurre, Louise?

—Han anotado a Willa en la lista de muertos.

Se echó a llorar

La mantuve estrechamente abrazada y dejé que se

desahogase. La habría consolado si hubiera sabido cómo, pero ¿qué podía decirle? Al cabo de un rato me levanté y revolví el armario, buscando un cigarrillo de marihuana que Klara había dejado allí un par de días antes. Lo encontré, lo encendí y se lo puse en la boca.

Louise aspiró profundamente, retuvo el humo varios segundos y lo expelió.

—Está muerta, Bob —dijo.

Ya no lloraba, estaba triste pero serena; incluso los músculos de la nuca y la columna vertebral se le habían distendido.

—Aún puede volver, Louise.

Ella meneó la cabeza.

—No lo creo. La Corporación ha dado la nave por perdida. La nave sí que puede volver, pero Willa no estará viva. Las últimas raciones debieron de agotarse hace dos semanas. —Miró hacia el infinito durante unos momentos, después suspiró y se llevó a la boca el cigarrillo de marihuana—. Ojalá Sess estuviera aquí —dijo, acostándose; yo noté que todos sus músculos se relajaban contra la palma de mi mano.

La droga empezaba a hacerle efecto. También empezaba a hacérmelo a mí. No era nada parecido a lo que podía conseguirse en Pórtico, disimuladamente oculto entre la hiedra. Klara había obtenido puro Rojo de Nápoles gracias a un tripulante de los cruceros, cultivado secretamente en la ladera del monte Vesubio, entre las hileras de vides que hacían el vino Lacrimae Cristi. Se volvió hacia mí y frotó la nariz sobre mi cuello.

—La verdad es que adoro a mi familia —declaró bastante calmada—. Ojalá hubiéramos tenido más suerte. Ya nos tocaba.

—Chist, no digas nada —murmuré, acariciándole el pelo.

Su pelo me condujo a su oreja, y su oreja me condujo a sus labios, y paso a paso nos hicimos el amor de una forma lenta, serena y petrificada. Fue muy relajante. Louise era competente, tranquila y dócil. Tras un par de meses con los paroxismos nerviosos de Klara, fue como volver a casa y tomar la sopa de pollo hecha por mamá. Al final sonrió, me besó y dio media vuelta. Se quedó inmóvil, y su respiración se regularizó. Guardó silencio durante largo rato, y no comprendí que estaba llorando hasta que sus lágrimas me humedecieron la mano.

—Lo siento, Bob —dijo, cuando empecé a acariciarla—. Es que nunca hemos tenido ni un poco de suerte. Algunos días puedo resistirlo, pero otros no. Hoy es uno de los malos.

—Vuestra suerte cambiará.

—Me parece que no. Ya no puedo creerlo.

Dio la vuelta para mirarme, y sus ojos escudriñaron los míos. Le dije:

—Piensa en cuántos millones de personas darían su testículo izquierdo por estar aquí.

Louise repuso lentamente:

—Bob... —Se interrumpió. Yo empecé a hablar, pero ella me tapó la boca con una mano—. Bob —repitió—, ¿sabes cómo logramos venir?

—Desde luego. Sess vendió su vehículo aéreo.

—Vendimos bastante más que eso. El vehículo aéreo nos proporcionó algo más de cien mil. No era suficiente ni para uno solo de nosotros. Hat nos dio el resto.

—¿Tu hijo? ¿El que murió?

Ella dijo:

—Hat tenía un tumor cerebral. Lo descubrieron a tiempo o, por lo menos, casi a tiempo. Era operable. Podría haber vivido, oh, no lo sé, diez años como mínimo. No hubiera quedado perfectamente. Su centro de control lingüístico ya estaba dañado, igual que el muscular. Pero ahora aún podría estar vivo. Sólo que... —Apartó la mano de mi pecho para frotarse la cara, pero no lloraba—. No quería que gastásemos el dinero del vehículo aéreo en su tratamiento. No habría alcanzado más que para la operación, y después nos hubiéramos quedado nuevamente sin un céntimo. Lo que hizo, Bob, fue venderse a sí mismo. Vendió todo su cuerpo. Mucho más que el testículo izquierdo. Todo él. Era un cuerpo de hombre nórdico de veintidós años, magnífico y de primera calidad, así que valía mucho. Se puso a disposición de los médicos y ellos..., ¿cómo se dice?, le quitaron de en medio. Ahora debe de haber miembros de Hat en una docena de personas diferentes. Los vendieron todos para trasplantes, y nos dieron el dinero. Cerca de un millón de dólares. Esto fue lo que nos permitió venir aquí, e incluso nos sobró un poco. Ya sabes de dónde vino nuestra suerte, Bob.

Yo dije:

—Lo siento.

—¿Qué sientes? No tenemos esa suerte, Bob. Hat está muerto. Willa está muerta. Sólo Dios sabe dónde está mi marido, o la única hija que nos queda viva. Y yo estoy aquí, y, Bob, hay veces en que deseo de todo corazón estar muerta yo también.

La dejé durmiendo en mi cama y bajé lentamente a Central Park. Pasé a buscar a Klara, no la encontré, le escribí una nota diciendo dónde estaba y me quedé una hora acostado sobre la hierba, contemplando las moras que maduraban en los árboles. No había nadie, a excepción de una pareja de turistas que daba una última ojeada antes de que partiera su nave. No les presté atención, y ni siquiera les oí marcharse. Me compadecía de Louise y de todos los Forehand, e incluso más de mí mismo. Ellos no tenían suerte, pero lo que yo no tenía dolía mucho más; no tenía el valor de averiguar a dónde me conduciría mi suerte. Las sociedades enfermas exprimen a los aventureros como si fueran granos de uva. Los granos de uva no tienen gran cosa que decir sobre ello. Supongo que ocurrió lo mismo con los marineros de Colón o los pioneros que atravesaron el territorio comanche en sus carretas; debían de ser unos necios asustados, como yo, pero no tenían alternativa. Como yo. Pero, Dios de los cielos, qué asustado estaba yo...

Oí voces, una carcajada infantil y otra más grave que pertenecía a Klara. Me incorporé.

—Hola, Bob —dijo, parándose frente a mí con

la mano en la cabeza de una niña negra—. Ésta es Watty.

—Hola, Watty.

Mi voz no sonó como debiera, ni siquiera a mí. Klara me miró con detenimiento, e inquirió:

—¿Qué pasa?

No podía responder a esa pregunta en una sola frase, de modo que le aclaré una de las muchas cosas que me preocupaban.

—Han anotado a Willa Forehand en la lista de muertos.

Klara asintió sin decir nada. Watty exclamó:

—Por favor, Klara, tira la pelota.

Klara se la tiró, la cogió, volvió a tirarla, todo ello con la lentitud característica de Pórtico.

Dije:

—Louise quiere apuntarse a un lanzamiento con bonificación de peligro. Creo que lo que desea es que yo, nosotros dos, hagamos lo mismo y vayamos con ella.

—¡Oh!

—Bueno, ¿qué te parece? ¿Te ha dicho algo Dane sobre uno de sus especiales?

—¡No! No he visto a Dane desde... no sé cuándo. De todos modos, esta mañana se ha embarcado en una Uno.

—¡No ha tenido ninguna fiesta de despedida! —protesté yo, sorprendido. Ella frunció los labios.

La niña gritó:

—¡Eh, señor! ¡Cójala!

Cuando tiró la pelota, ésta vino flotando como un globo de aire caliente hacia la torre de amarre, pero a pesar de ello casi la dejé pasar. Mi mente estaba en otro lugar. Se la devolví con concentración.

Al cabo de un minuto, Klara dijo:

—¿Bob? Lo siento. Creo que estaba de mal humor.

—Sí.

Mi mente estaba muy ocupada.

Ella continuó, amablemente:

—Hemos atravesado una mala época, Bob. No quiero ser desagradecida contigo. Te... te he comprado una cosa.

Alcé los ojos, y ella me tomó la mano y deslizó algo a su alrededor, hasta el brazo.

Era un brazalete de lanzamiento hecho con metal Heechee, y de un valor aproximado a los quinientos dólares como mínimo. Yo no había podido comprármelo. Lo miré fijamente, pensando en lo que quería decir.

—¿Bob?

—¿Qué?

Su voz tenía notas de impaciencia.

—Es costumbre dar las gracias.

—También es costumbre —repliqué— contestar sinceramente a una pregunta. Como no decir que no habías visto a Dane Metchnikov, habiendo estado con él anoche mismo.

Ella exclamó con ira:

—¡Me has estado espiando!

—Tú me has estado mintiendo.

—¡Bob! No eres mi dueño. Dane es un ser humano, un amigo.

—¡Un amigo! —grité. Lo último que podía decirse de Metchnikov era que fuese amigo de nadie. El simple hecho de imaginarme a Klara con él me hizo hervir la sangre en las venas. No me gustó la sensación, pues no pude identificarla. No fue sólo cólera, ni siquiera celos. Había un componente que permanecía obstinadamente opaco. Dije, sabiendo que era

UNA NOTA SOBRE METALURGIA

Pregunta: El otro día vi un informe en el que se decía que el metal Heechee había sido analizado por la Agencia Nacional de Patrones...

Profesor Hegramet: No, es imposible, Tetsu.

Pregunta: ¡Si salió por PV...!

Profesor Hegramet: No. Viste un informe en el que se decía que la Agencia de Patrones había realizado una valoración cuantitativa del metal Heechee. No un análisis. Sólo una descripción: resistencia a la tensión, resistencia a la fractura, punto de fusión, todo eso.

Pregunta: No estoy seguro de entender la diferencia.

Profesor Hegramet: No, es imposible, Tetsu. No sabemos lo que *hace*. Ni siquiera sabemos cómo *es*. ¿Qué es lo más interesante acerca del metal Heechee? ¿Usted, Teri?

Pregunta: ¿Que brilla?

Profesor Hegramet: Brilla, así es. Emite luz. Es tan fuerte que no necesitamos nada más para iluminar nuestras habitaciones, y tenemos que cubrirlo para estar a oscuras. Y ya hace más de medio millón de años que brilla así. ¿De dónde procede la energía? La Agencia dice que tiene algunos elementos transuránicos, y probablemente sean ellos los que lleven la radiación, pero no sabemos qué son. También está formado por algo que parece un isótopo de cobre. Sin embargo, el cobre no *tiene* ningún isótopo estable. Hasta ahora. Así pues, lo que la Agencia dice es que ha investigado la exacta frecuencia de la luz azulada, y todas las medidas físicas hasta ocho o nueve decimales; pero el informe no nos dice cómo fabricarlo.

ilógico, oyendo mi voz como un aullido—. ¡Yo te lo presenté!

—¡Esto no te da un título de propiedad sobre mí! —replicó Klara—. Está bien, quizá me haya acostado unas cuantas veces con él, pero eso no cambia mis sentimientos hacia ti.

—Sin embargo, cambia *mis* sentimientos hacia ti, Klara.

Me miró con incredulidad.

—¿Tienes el valor de decirme una cosa así? ¿Acaso no vienes de estar con una prostituta barata?

Esto me cogió desprevenido.

—¡No hubo nada de barato en ello! Fue consolar a alguien que estaba triste.

Se echó a reír. El sonido me resultó desagradable; la cólera es indigna.

—¿Louise Forehand? Hizo de prostituta para venir aquí, ¿lo sabías?

La niña había cogido la pelota y nos miraba fijamente. Comprendí que estaba asustada. Haciendo un esfuerzo para evitar que la ira se reflejase en mi voz, dije:

—Klara, no permitiré que me pongas en ridículo.

—Ah —respondió con mudo desprecio, dando media vuelta para marcharse. Extendí un brazo con la intención de detenerla, pero ella sollozó y me pegó, con toda su fuerza. El golpe me alcanzó en el hombro.

Esto fue un error.

Siempre lo es. No se trata de lo que es racional o no, de lo que está justificado o no, es una cuestión de señales. Era la peor señal que podía darme. El motivo por el cual los lobos no se matan unos a otros es que el más pequeño y débil siempre se rinde. Da varias vueltas sobre sí mismo, se descubre la garganta y agita las patas en el aire para señalar que está vencido. Cuando esto ocurre, el vencedor es físicamente incapaz de seguir atacando. Si no fuera así, ya no quedarían lobos. Por este mismo motivo, los hombres no suelen matar a las mujeres, ni siquiera a golpes. No pueden. Por mucho que deseen hacerlo, su maquinaria interna se lo impide. Pero si la mujer comete el error de darle una señal diferente golpeándole primero...

Le di tres o cuatro puñetazos, con toda la fuerza de que fui capaz, en el pecho, en la cara, en el vientre. Ella cayó al suelo, sollozando. Yo me arrodillé a su lado, la incorporé con un brazo y, revestido de una absoluta sangre fría, la abofeteé dos veces más. Todo ocurrió como dirigido por Dios, de una forma absolutamente inevitable; y al mismo tiempo noté que mi respiración se había acelerado como si hubiera subido una montaña a todo correr. La sangre zumbaba en mis oídos. Todo lo que veía estaba teñido de rojo.

Finalmente oí unos sollozos ahogados.

Miré en aquella dirección y vi a la niña, Watty, mirándome fijamente, con la boca abierta y las lágrimas rodando por sus anchas mejillas de un negro púrpura. Hice ademán de aproximarme a ella, con la intención de tranquilizarla, pero dio un grito y se escondió tras una espaldera de vides.

Me volví hacia Klara, que estaba incorporándose, sin mirarme, con una mano sobre la boca. Apartó la mano y contempló lo que había en ella: un diente.

Yo no dije nada. No sabía qué decir, y no confiaba en que se me ocurriese nada. Di media vuelta y me alejé.

No recuerdo nada de lo que hice durante las próximas horas.

No dormí, a pesar de encontrarme físicamente extenuado. Me senté un rato encima de la cómoda de mi habitación. Después volví a salir. Recuerdo que hablé con alguien, creo que era un turista extraviado de la nave de Venus, acerca de lo emocionante que resultaba ser prospector. Recuerdo que comí algo en el economato. Y durante todo ese tiempo pensaba: he querido *matar* a Klara. Había estado conteniendo toda aquella furia acumulada, y yo ni siquiera me había dado cuenta de su existencia hasta que ella apretó el gatillo.

No sabía si me perdonaría alguna vez. No estaba seguro de que debiera hacerlo, y ni siquiera estaba seguro de que yo lo deseara. No podía imaginarme que volviéramos a ser amantes. Sin embargo, finalmente estuve seguro de que quería disculparme.

Sólo que no la encontré en sus habitaciones. No había nadie más que una joven mujer negra, descolgando lentamente su ropa, con cara de tragedia. Cuando le pregunté por Klara se echó a llorar.

—Se ha ido —sollozó.

—¿Que se ha ido?

—Oh, tenía un aspecto horrible. ¡Deben de haberla golpeado! Trajo a Watty y me dijo que no podría seguir cuidándola. Me dio toda su ropa, pero... ¿qué voy a hacer con Watty cuando esté trabajando?

—¿Adónde ha ido?

La mujer alzó la cabeza.

—Ha regresado a Venus. En la nave. Salió hace una hora.

No hablé con nadie más. Solo en mi cama, al fin logré conciliar el sueño.

Cuando me desperté reuní todo lo que poseía: ropa, holodiscos, juego de ajedrez, reloj de pulsera. El brazalete Heechee que Klara me había regalado.

Salí y lo vendí. Recogí todo el dinero de mi cuenta de crédito y reuní todo el dinero: ascendía a un total de mil cuatrocientos dólares y pico. Subí al casino y lo aposté íntegramente al número 31 de la ruleta.

La bola giró lentamente y fue a caer en un hueco: Verde. Cero.

Bajé a la oficina de control de misiones y me apunté a la primera Uno que estuviera disponible; al cabo de veinticuatro horas estaba en el espacio.

23

—¿Qué es lo que realmente sientes por Dane, Bob?

—¿Qué demonios crees que siento? Sedujo a mi novia.

—Éste es un modo muy anticuado de plantear la cuestión, Bob. Además, eso ocurrió hace mucho tiempo.

—Desde luego. —Me sorprende que Sigfrid sea tan injusto. Él dicta las reglas, y después no se rige por ellas. Replico con indignación—: ¡Basta ya, Sigfrid! Todo eso *ocurrió* hace mucho tiempo, pero para mí no ha *pasado* mucho tiempo, porque nunca lo he dejado salir al exterior. A mí me parece algo muy reciente. ¿No es eso lo que debes hacer para ayudarme? ¿Sacarme de la cabeza esos viejos recuerdos para que se extingan y dejen de afectarme?

—De todos modos, me gustaría saber por qué te parecen tan recientes, Bob.

—¡Por el amor de Dios, Sigfrid!

Éste es uno de sus momentos estúpidos. Me imagino que no puede asimilar algunos datos demasiado complejos. La realidad es que sólo es una máquina y no puede hacer nada para lo que no esté programada.

Por regla general, sólo responde a ciertas palabras clave... bueno, profundizando un poco en su significado, desde luego. En cuanto a los matices sólo los capta cuando los expreso por el tono de voz, o a través de los sensores conectados a la alfombra y las correas para medir mi actividad muscular.

—Si fueras una persona en vez de una máquina lo entenderías —le digo.

—Quizá sí, Bob.

A fin de ponerle sobre el buen camino, digo:

—Es cierto que sucedió hace mucho tiempo. No comprendo qué quieres preguntar aparte de esto.

—Te pido que resuelvas una contradicción existente en lo que dices. Has afirmado varias veces que no te importaba el hecho de que Klara tuviese rela-

---

UNA NOTA SOBRE EL HÁBITAT HEECHEE

Pregunta: ¿Ni siquiera sabemos cómo es una mesa Heechee o cualquier otro objeto doméstico?

Profesor Hegramet: Ni siquiera sabemos cómo es una casa Heechee. Nunca hemos encontrado ninguna. Sólo túneles. Les gustaban los pasadizos, con habitaciones a ambos lados. Les gustaban las grandes salas en forma de huso, más afiladas por ambos extremos. Aquí hay una, dos en Venus, y probablemente los restos de otra que está medio destruida en el Mundo de Peggy.

Pregunta: Sé cuál es la bonificación por encontrar vida inteligente, pero, ¿cuál es la bonificación por encontrar a un Heechee?

Profesor Hegramet: Encuentre a uno. Después pida lo que quiera.

ciones sexuales con otros hombres. ¿Por qué es tan importante que lo hiciera con Dane?

—¡Dane no la trató bien!

Dios santo, claro que no lo hizo. Se aprovechó vergonzosamente de ella.

—¿Es por cómo trató a Klara, Bob? ¿O es porque hubo algo entre tú y Dane?

—¡Jamás! ¡Jamás hubo nada entre Dane y yo!

—Me dijiste que era bisexual, Bob. ¿Qué hay del vuelo que hiciste con él?

—¡Tenía a otros dos hombres con quienes jugar! ¡Yo no, muchacho, no, lo juro! Oh —digo, tratando de moderar el tono de mi voz para que refleje el poco interés que tengo por este estúpido tema—, la verdad es que intentó seducirme una o dos veces pero yo le dije que no era mi estilo.

—Tu voz, Bob —comenta—, parece reflejar más cólera de la que tus palabras indican.

—¡Maldito seas, Sigfrid! —Ahora sí que estoy realmente furioso, lo admito. Apenas me salen las palabras—. Me sacas de mis casillas con tus absurdas acusaciones. No niego que me dejase abrazar un par de veces. Eso fue todo. Nada serio. Sólo me violé a mí mismo para pasar el tiempo. Él me gustaba bastante. Era un tipo guapo y fuerte. La soledad llega a pesarte cuando... ¿Qué ocurre ahora?

Sigfrid hace un ruido extraño, como si se aclarase la garganta. Es su forma de interrumpir sin interrumpir.

—¿Qué has dicho, Bob?

—¿Qué? ¿Cuándo?

—Cuando has declarado que no había nada serio entre vosotros.

—Diablos, no sé lo que he dicho. No hubo nada serio, eso es todo. Sólo me entretuve a mí mismo para pasar el tiempo.

—No has utilizado la palabra «entretener», Bob.

—¿No? ¿Qué palabra he utilizado?

Reflexiono escuchando el eco de mi propia voz.

—Me parece que he dicho «me distraje a mí mismo». ¿Verdad que sí?

—Tampoco has dicho «distraje», Bob. ¿Qué has dicho?

—¡No lo sé!

—Has dicho, «sólo me violé a mí mismo», Bob.

Me pongo inmediatamente en guardia. Me siento como si de pronto hubiese descubierto que me había mojado los pantalones, o tenía la bragueta abierta. Salgo de mi cuerpo y contemplo mi propia cabeza.

—¿Qué significa para ti «me violé a mí mismo», Bob?

—Digamos —contesto, riendo, verdaderamente impresionado y divertido al mismo tiempo—, que es un lapsus freudiano, ¿no crees? Tus amigos son muy perspicaces. Mis felicitaciones a los programadores.

Sigfrid no responde a mi cortés comentario. Me deja reflexionar.

—Está bien —admito. Me siento muy abierto y vulnerable, permitiendo que no suceda nada, viviendo ese momento como si fuera a durar eternamente, igual que Klara en su instantánea y perpetua caída.

Sigfrid dice suavemente:

—Bob, cuando te masturbabas, ¿pensabas en Dane?

—Odiaba hacerlo —contesto.

Él aguarda.

—Me odiaba a mí mismo por hacerlo. Es decir, no es que me odiara. Me despreciaba. Eres un maldito hijo de perra, pensaba, indigno y asqueroso, por imaginarte que estás siendo violado por el amante de tu novia.

Sigfrid espera que siga hablando. Después dice:

—Creo que tienes ganas de llorar, Bob.

Tiene razón, pero no le contesto.

—¿Te gustaría llorar un poco? —insiste.

—Me encantaría —admito.

—Entonces ¿por qué no lo haces, Bob?

—Ojalá pudiera —replico—. Desgraciadamente, no sé cómo hacerlo.

24

Estaba dando media vuelta, dispuesto a irme a acostar, cuando observé que los colores del sistema de conducción Heechee se disolvían. Era el quincuagésimo quinto día de viaje, el vigésimo séptimo desde el cambio de posición. Los colores habían sido rosas durante esos cincuenta y cinco días. Ahora se habían transformado en espirales de un blanco purísimo, que aumentaban de tamaño y se confundían entre sí.

¡Estaba llegando! Cualquiera que fuese el lugar hacia donde me dirigía, estaba llegando.

Mi pequeña y vieja nave —el apestoso, minúsculo y tedioso ataúd donde estaba encerrado desde hacía casi dos meses, hablando conmigo mismo, jugando conmigo mismo, cansado de mí mismo— avanzaba a velocidad muy inferior a la de la luz. Me acerqué a la pantalla de navegación, ahora relativamente «baja» respecto a mí porque había estado decelerando, y no vi nada que me pareciese interesante. Oh, había una estrella, desde luego. Había muchísimas estrellas, agrupadas de una forma que no parecía conocida; media docena de azules que iban desde una brillante hasta otra cegadora; una roja que se destacaba más por su intensidad cromática que por su luminosidad. Era como un carbón al rojo vivo, no mucho más brillante que Marte visto desde la Tierra, pero de un rojo más subido.

Hice un esfuerzo para concentrarme.

No fue sencillo. Tras dos meses de no pensar en nada porque era aburrido o amenazador, me costó mucho volver a interesarme en algo. Conecté la unidad exploradora esférica y observé que la nave empezaba a girar según la pauta de exploración, dividiendo el cielo en fragmentos para plasmarlos en las cámaras y en los analizadores.

Y, casi inmediatamente, obtuve una señal enorme, brillante y muy cercana.

Cincuenta y cinco días de aburrimiento y cansancio se borraron enseguida en mi mente. Había algo muy cerca o muy grande. Me olvidé del sueño. Me agaché sobre la pantalla de navegación, sosteniéndo-

---

INFORME DE LA MISIÓN

Nave 3-104, Viaje 031D18. Tripulación: N. Ahoya, Ts. Zakharcenko, L. Marks.

Tiempo de tránsito 119 días 4 horas. Posición no identificada. Aparentemente fuera del racimo galáctico, en una nube de polvo. Identificación de galaxias externas, dudosa.

Sumario: «No encontramos rastro de ningún planeta, artefacto o asteroide donde pudiéramos aterrizar. Estrella más cercana aproximadamente a 1.7 años-luz. Imposible deducir la localización exacta. Los sistemas de supervivencia empezaron a fallar durante el viaje de regreso y Larry Marks falleció.»

---

me con las manos y las rodillas, y entonces lo vi: un objeto cuadrangular que avanzaba hacia la pantalla. Brillaba con gran intensidad. ¡Puro metal Heechee! Los lados eran irregularmente planos, con protuberancias redondeadas que sobresalían de ellos.

Y la adrenalina empezó a fluir y visiones de dulces pasteles bailaron en mi cabeza. Lo vi salir del radio de visión, y entonces me incorporé hasta la altura del analizador, ansioso por ver lo que saldría. No había duda de que era bueno, la única duda consistía en averiguar hasta qué punto. ¡Quizás extraordinariamente bueno! ¡Quizá todo un Mundo de Peggy para mí solo, con una renta de varios millones anuales en derechos durante el resto de mi vida! Quizá sólo una cáscara vacía. Quizá —la forma cuadrangular lo sugería—, quizás el sueño más fantástico de todos, ¡una nave Heechee realmente *grande* en la que yo podría entrar y volar hacia donde quisiera, bastante grande para transportar a un millar de personas y un millón de toneladas de carga! Todos estos sueños eran posibles; y aunque todos fallaran, aunque sólo fuese una cáscara abandonada, lo único que yo necesitaba era encontrar un objeto en ella, una chuchería, una bobada, un trozo de chatarra que nadie hubiese encontrado antes y que pudiera transportarse, reproducirse y funcionar en la Tierra...

Me tambaleé y froté los nudillos contra la espiral, que ahora brillaba con un pálido color dorado. Froté hasta que se quedaron blancos y de repente me di cuenta de que la nave se estaba moviendo.

¡No debía moverse! No estaba programada para hacer tal cosa. Se suponía que debía permanecer en la órbita para la cual estaba programada, y quedarse allí hasta que yo diera un vistazo y tomase una decisión.

Miré con sorpresa a mi alrededor, confundido y

desconcertado. La reluciente lámina estaba nuevamente en el centro de la pantalla y permaneció allí; la nave había interrumpido su automática exploración esférica. Entonces oí el distante rugido de los motores del módulo. Ellos eran los que me hacían mover; mi nave se dirigía en línea recta hacia aquella lámina.

Y una luz verde brillaba sobre el asiento del piloto.

¡Era absurdo! La luz verde había sido instalada en Pórtico por seres humanos. No tenía nada que ver con los Heechees; era un circuito radiofónico normal y corriente, anunciando que alguien me llamaba. ¿Quién? ¿Quién podía estar tan cerca de mi reciente descubrimiento?

Conecté el circuito TBS y grité:

—¿Diga?

Hubo una respuesta. No entendí nada; parecía ser un idioma extranjero, quizá chino. Pero era humano, desde luego.

—¿Habla inglés? —grité—. ¿Quién demonios es usted?

Una pausa. Después otra voz.

—¿Quién es *usted*?

—Mi nombre es Bob Broadhead —respondí.

—¿Broadhead? —Un confuso murmullo de un par de voces. Después la voz que hablaba inglés—: No tenemos a ningún prospector que se llame Broadhead. ¿Viene de Afrodita?

—¿Qué es Afrodita?

—¡Oh, Dios mío! ¿Quién *es* usted? Escuche, aquí es el control de Pórtico Dos y no tenemos tiempo para perder en tonterías. ¡Identifíquese!

¡Pórtico Dos!

Desconecté la radio y me dejé caer sobre el respaldo del asiento, viendo cómo la lámina iba aumentando de tamaño y haciendo caso omiso de la luz verde. ¿Pórtico Dos? ¡Qué ridículo! Si hubiese querido ir a Pórtico Dos habría tomado el vuelo regular y aceptado pagar los derechos sobre todo lo que encontrara. Habría volado tan seguro como un turista, en un viaje que se había comprobado más de cien veces. No lo hice. Escogí una combinación que nadie había utilizado jamás y acepté correr el riesgo. Durante cincuenta y cinco días seguidos había estado muerto de miedo creyendo que me enfrentaba a mil peligros desconocidos.

¡No era justo!

Perdí la cabeza. Me abalancé sobre el selector de rumbo Heechee e hice girar las ruedas al azar.

Era un fracaso que yo no podía aceptar. Estaba mentalizado para no encontrar nada, pero no estaba mentalizado para encontrar que había hecho algo fácil, por lo que no me darían ninguna recompensa.

Sin embargo, sólo logré provocar un fracaso aún mayor. Hubo un brillante destello amarillo en el cuadro de mandos, y después todos los colores desaparecieron para dar paso al negro.

El débil zumbido de los motores del módulo se detuvo.

La sensación de movimiento había cesado. La nave estaba inmóvil. No se movía nada. No funcionaba nada; nada, ni siquiera el sistema de refrigeración.

Cuando Pórtico Dos envió una nave a recogerme yo estaba al borde del ataque de corazón, con una temperatura ambiente de 75 $^\circ$C.

Pórtico era cálido y húmedo. Pórtico Dos era tan frío que tuvieron que prestarme una chaqueta, guantes y ropa interior de abrigo. Pórtico apestaba a sudor y aguas fecales. Pórtico Dos olía a acero oxidado. Pórtico era ruidoso y estaba lleno de gente. En Pórtico Dos casi no se oía ningún ruido, y sólo siete seres humanos, sin contarme a mí, para producirlos. Los Heechees habían abandonado Pórtico Dos antes de terminarlo. Algunos túneles desembocaban en la roca, y sólo había unas cuantas docenas de ellos. Aún no habían plantado vegetación, y todo el aire procedía de sistemas químicos. La presión parcial de O_2 estaba por debajo de los 150 milibares, y el resto de la atmósfera estaba compuesto por una mezcla de nitrógeno y helio, lo cual daba una presión algo superior a la mitad de la terrestre, que hacía las voces estridentes y me dejó jadeante durante las primeras horas.

El hombre que me ayudó a salir de mi módulo y me protegió del súbito frío era un inmenso marciano-japonés llamado Norio Ituno. Me acostó en su cama, me llenó de líquidos y me dejó descansar durante una hora. Me adormecí y, cuando desperté, él estaba junto a mí, mirándome con diversión y respeto. El respeto era para alguien que había destrozado una nave de quinientos millones de dólares. La diversión era por ser lo bastante idiota como para hacerlo.

—Me parece que estoy en serias dificultades —comenté.

—Yo diría que sí —repuso—. La nave está totalmente inmóvil. Nadie había visto nada por el estilo hasta ahora.

—Yo no sabía que una nave Heechee *pudiera* inmovilizarse así.

Él se encogió de hombros.

—Ha hecho algo original, Broadhead. ¿Cómo se encuentra? —Me incorporé para contestarle, y él asintió—. En este momento tenemos mucho trabajo. Voy a dejar que se las arregle solo un par de horas..., ¿podrá...?, estupendo. Después le daremos una fiesta.

—¡Una fiesta! —No había nada más lejos de mi pensamiento que una fiesta—. ¿Por qué?

—No todos los días conocemos a alguien como usted, Broadhead —repuso admirativamente, y me dejó solo.

Mis pensamientos no eran muy divertidos, de modo que al cabo de un rato me levanté, me puse los guantes, me abroché la chaqueta y empecé a explorar. No tardé mucho; allí no había gran cosa que ver. Oí ruidos de actividad en los niveles inferiores, pero los ecos formaban extraños ángulos en los pasillos vacíos, y no vi a nadie. Pórtico Dos no tenía industria turística, y por lo tanto no había ningún cabaret, ni casino, ni restaurante..., ni siquiera encontré una letrina. Al cabo de un rato esta cuestión empezó a parecerme urgente. Llegué a la conclusión de que Ituno debía de tener algo parecido cerca de su cuarto, y traté de retroceder sobre mis pasos hacia allí, pero esto tampoco dio resultado. Había cubículos a lo largo de algunos pasillos, pero no estaban terminados. Allí no vivía nadie, y nadie se había molestado en instalar cañerías.

No fue uno de mis mejores días.

Cuando finalmente encontré un retrete, lo observé con perplejidad durante más de diez minutos y lo habría dejado groseramente sucio si no hubiera oído un ruido fuera del cubículo. Una regordeta mujercita aguardaba junto a la puerta.

—No sé cómo tirar la cadena —me disculpé.

Me miró de pies a cabeza.

—Usted es Broadhead —declaró, y después—: ¿Por qué no va a Afrodita?

—¿Qué es Afrodita...? No, espere. En primer lu-

Querida Voz de Pórtico:

¿Eres una persona razonable e imparcial? En este caso demuéstralo leyendo esta carta del principio al fin, sin sacar conclusiones precipitadas antes de acabar. En Pórtico hay trece niveles ocupados. Hay trece residencias en cada una de las trece habitaciones (cuéntalas tú mismo). ¿Crees que esta carta no es más que una absurda superstición? ¡Estudia tú mismo la evidencia! ¡Los lanzamientos 83-20, 84-1 y 84-10 (¿cuánto suman los dígitos?) fueron anotados como retrasados en la lista 86-13! ¡Corporación de Pórtico, despierta! Deja que los escépticos y fanáticos se burlen. Muchas vidas humanas dependen de que aceptes hacer un poco el ridículo. ¡No costaría nada omitir los Números de Peligro de todos los programas... excepto valor!

M. Gloyner, 88-331

gar, ¿cómo funciona la cadena de esta cosa? Después ya me dirá lo que es Afrodita.

Me señaló un botón en el borde de la puerta. Yo había creído que era el interruptor de la luz. Cuando lo toqué, todo el fondo del recipiente empezó a brillar y al cabo de diez segundos no había nada más que cenizas, y después nada en absoluto.

—Espéreme —ordenó, desapareciendo en el interior. Al salir dijo—: Afrodita es donde está el dinero, Broadhead. Usted va a necesitarlo.

La dejé tomarme del brazo y conducirme. Empezaba a comprender que Afrodita era un planeta. Uno nuevo, que una nave de Pórtico Dos había descubierto hacía menos de cuarenta días, y bastante grande.

—Tendría que pagar derechos, evidentemente

—explicó—. Hasta ahora no se ha descubierto nada importante, sólo los habituales escombros Heechee. Pero hay miles de kilómetros cuadrados para explorar, y pasarán meses antes de que el primer grupo de prospectores salga de Pórtico. Sólo hace cuarenta días que les comunicamos la noticia. ¿Ha tenido alguna experiencia en un planeta caliente?

—¿Alguna experiencia en un planeta caliente?

—Quiero decir —explicó, arrastrándome a un pozo de bajada— si ha explorado alguna vez un planeta que sea caliente.

—No. La verdad es que no tengo experiencia de ninguna clase, nada que pueda servirme. Un viaje. Vacío. Ni siquiera aterricé.

—Una pena —comentó—. No obstante, no hay tanto que aprender. ¿Sabe cómo es Venus? Afrodita es un poco peor. El primario es una estrella llameante, y a nadie le gustaría permanecer demasiado tiempo en la superficie. Pero las excavaciones Heechee son subterráneas. Si encuentra una, está salvado.

—¿Cuáles son las posibilidades de encontrarla? —pregunté.

—Bueno —dijo pensativamente, empujándome fuera del pozo y a lo largo de un túnel—, quizá no muy buenas. Al fin y al cabo, el trabajo de prospec-

> *Te seguimos el rastro por el gas de Orión,*
> *buscamos tu guarida con los perros de Proción,*
> *desde Baltimore, Buffalo, Bonn y Benarés*
> *te perseguimos por Algol, Arturo y Antarés.*
> *   Algún día daremos contigo,*
> *¡pequeño Heechee perdido, estamos en camino!*

ción se lleva a cabo en la superficie. En Venus utilizan vehículos acorazados y van por donde quieren sin ningún problema. Bueno, tal vez algún problema —concedió—. Pero ya no pierden a demasiados prospectores; quizás un uno por ciento.

—¿Qué porcentaje pierden ustedes en Afrodita?

—Algo más. Sí, se lo garantizo, es más elevado que éste. Tienes que usar el módulo de tu nave que, naturalmente, no goza de demasiada movilidad en la superficie de un planeta. Especialmente si se trata de un planeta con una superficie como azufre derretido y vientos como huracanes... cuando son suaves.

—Parece encantador —repuse—. ¿Por qué no está usted ahora?

—¿Yo? Soy piloto de línea regular. Volveré a Pórtico dentro de unos diez días, en cuanto haya un cargamento que transportar, o venga alguien que quiera regresar.

—Yo quiero regresar ahora mismo.

—¡Oh, diablos, Broadhead! ¿No se da cuenta del lío en que está metido? Ha quebrantado las reglas al manipular el tablero de mandos. Se la cargará con todo el equipo.

Lo pensé detenidamente. Después dije:

—Gracias, pero creo que me arriesgaré.

—¿Es que no lo entiende? Afrodita tiene restos Heechee *garantizados*. Podría hacer más de cien viajes y no encontrar nada parecido.

—Encanto —repuse—, no haría cien viajes ni por todo el oro del mundo, ni ahora ni nunca. Ni siquiera estoy seguro de hacer otro. *Creo* que tengo agallas suficientes para volver a Pórtico. Aparte de esto, no lo sé.

En total, estuve trece días en Pórtico Dos. Hester Bergowiz, la piloto de línea regular, siguió tratando de convencerme para que fuese a Afrodita. Supongo que lo hizo para evitar que ocupase un valioso espacio de carga en su viaje de regreso. Los demás se mantuvieron al margen. Pensaban que estaba loco. Yo constituía un problema para Ituno, encargado de que todo marchara bien en Pórtico Dos. En el aspecto técnico, era una persona entrada ilegalmente, sin su per cápita pagado y ni un céntimo para pagarlo. Habría estado en su derecho si me hubiera lanzado al espacio sin traje. Resolvió el problema haciéndome cargar objetos de baja prioridad en la Cinco de Hester, en su mayor parte molinetes de oraciones y muestras para analizar procedentes de Afrodita. Esto me ocupó tres días, y después me nombró gofador jefe de las tres personas que recomponían trajes para el próximo grupo de exploradores de Afrodita. Tenían que usar sopletes Heechees para ablandar el metal y hacer los trajes, labor que a mí no me confiaron. Se tarda dos años para entrenar a una persona en el manejo de un Soplete Heechee. Pero me permitieron ordenarles los trajes y las láminas de metal Heechee, irles a buscar las herramientas, irles a buscar el café... y ponerme los trajes cuando estaban terminados, y salir al espacio para estar seguros de que no había ninguna grieta.

Ninguno de ellos la tenía.

El duodécimo día llegaron dos Cinco de Pórtico, cargadas con felices e impacientes prospectores que traían el equipo menos adecuado posible. Las noticias sobre Afrodita no habían tenido tiempo de llegar a Pórtico y volver, de modo que los novatos no sabían qué golosinas había en reserva. Por pura casualidad, uno de ellos era una jovencita en misión científica, una antigua alumna del profesor Hegramet que debía realizar estudios antropométricos en Pórtico Dos. Ituno hizo uso de su autoridad y la transfirió a Afrodita, después de lo cual organizó una combinación de fiesta de bienvenida y despedida. Los diez recién llegados y yo sobrepasábamos en número a nuestros anfitriones; pero lo que les faltaba en número lo compensaron en bebida, y resultó una buena fiesta. Yo me encontré convertido en una celebridad. Los novatos no podían comprender que hubiese destrozado una nave Heechee y sobrevivido.

Casi sentía tener que irme... sin contar el miedo.

Ituno me sirvió tres dedos de whisky de arroz en un vaso y me ofreció un brindis.

—Sentimos mucho que te marches, Broadhead —dijo—. ¿No hay posibilidades de que cambies de opinión? En este momento tenemos más naves acorazadas y trajes que prospectores, pero no sé cuánto durará este estado de cosas. Si cambias de opinión una vez hayas regresado...

—No cambiaré de opinión —repliqué.

—Banzai —dijo, y bebió—. Escucha, ¿conoces a un tipo llamado Bakin?

—¿Shicky? ¡Claro! Es vecino mío.

—Dale recuerdos de mi parte —dijo, sirviéndose otra copa en su honor—. Es un buen muchacho pero me recuerda a ti. Yo estaba con él cuando perdió las piernas: quedó atrapado en el módulo cuando tuvimos que soltarlo. Estuvo a dos dedos de la muerte. Al llegar a Pórtico estaba hinchado de pies a cabeza y olía a demonios; tuvimos que amputarle las piernas a los dos días de viaje. Lo hice yo mismo.

—Es una gran persona, desde luego —comenté distraídamente, terminando la copa y presentándosela para que volviera a llenarla—. Oye, ¿a qué te refieres con eso de que te recuerda a mí?

—Es incapaz de decidirse, Broadhead. Tiene ahorros suficientes para comprar el Certificado Médico Completo, y no se decide a gastarlos. Si lo hiciera, podría recuperar las piernas y volver a salir. Sin embargo, si no tuviera suerte, estaría arruinado. Así que continúa igual, siendo un lisiado.

Dejé la copa. No quería beber más.

—Hasta pronto, Ituno —dije—. Me voy a la cama.

Pasé casi todo el viaje de regreso escribiendo cartas a Klara que no sabía si llegaría a enviar. No había gran cosa más que hacer. Hester resultó ser asombrosamente sexual, para una regordeta damita de cierta edad. Pero incluso hay un límite para esto y, con toda la carga que habíamos metido en la nave, no quedaba espacio para mucho más. Todos los días eran iguales: sexo, cartas, descanso... y preocupaciones.

Preocupaciones acerca de por qué Shicky Bakin quería seguir siendo un inválido; lo cual era una forma de preocuparme, de un modo que yo podía afrontar, sobre por qué lo hacía yo.

25

Sigfrid dice:

—Pareces cansado, Bob.

Bueno, eso era bastante comprensible. Había pasado el fin de semana en Hawai. Parte de mi dinero estaba invertido en la industria turística local, de modo que todo era deducible de impuestos. Fueron dos días maravillosos en la isla principal, durante los que mantuve una reunión de dos horas con los tenedores de acciones por la mañana, y me divertí con una de esas hermosas isleñas por la tarde en la playa o navegando en catamaranes de fondo transparente, viendo cómo las grandes mantas se deslizaban por debajo solicitando unas migajas. Pero al regresar tienes que luchar contra husos horarios durante todo el camino, y estaba agotado.

Sin embargo, ésta no es la clase de cosas que Sigfrid quiere oír. No le importa que estés físicamente exhausto. No le importa que tengas una pierna rota; sólo quiere saber si has soñado que te acostabas con tu madre.

Es lo que le digo. Digo:

—Estoy muy cansado, es verdad, Sigfrid, pero, ¿por qué no dejamos esta conversación intrascendente? Concéntrate en mi complejo de Edipo, y en mi madre.

—¿Acaso has tenido madre, Bobby?

—¿No la tiene todo el mundo?

—¿Quieres hablar de ello, Bobby?

—No particularmente.

Él espera, y yo también. Sigfrid ha vuelto a poner en práctica sus dotes de decorador, y ahora la habitación está arreglada como el dormitorio de un muchacho de hace cuarenta años. Hologramas de raquetas de ping-pong cruzadas en la pared. Una ventana falsa con una vista falsa de las montañas Rocosas durante una nevada. Un holograma de una repisa llena de cassetes de cuentos grabados, *Tom Sawyer*, y *La Raza perdida de Marte* y... no puedo leer el resto de los títulos. Todo resulta muy hogareño, pero no se parece nada a la habitación que yo tenía de muchacho, que era pequeña, estrecha y casi totalmente ocupada por el viejo sofá en el que dormía.

—¿Sabes de qué quieres hablar, Rob? —inquiere amablemente Sigfrid

—Claro que sí. —Después reflexiono—. Bueno, no. No estoy seguro. —La verdad es que sí que lo sé. Algo me impresionó fuertemente durante el viaje de regreso de Hawai. Es un vuelo de cinco horas. La mitad del tiempo estuve deshecho en llanto. Fue muy curioso. En el asiento vecino al mío había una jovencita que se dirigía a Oriente, y yo había decidido conocerla mejor. La azafata era la misma del viaje de ida y a ella ya la conocía muy bien.

Así que allí estaba yo, sentado en la última fila de la sección de primera clase del SST, aceptando las copas que me ofrecía la azafata, y charlando con mi hermosa vecina. Sin embargo, cada vez que mi vecina dormitaba, o iba al lavabo, y la azafata miraba en dirección opuesta, me estremecía con silenciosos y enormes sollozos.

Entonces una de ellas volvía a mirar hacia mí y yo volvía a sonreír, prevenido, y conquistador.

—¿Quieres limitarte a decir lo que sientes en este instante, Bob?

—Lo haré dentro de un minuto, Sigfrid, si logro saber qué era.

—¿De verdad no lo sabes? ¿No puedes recordar lo que tenías en la cabeza mientras no hablabas, justo ahora?

—Claro que sí. —Titubeo y después digo—: Oh, diablos, Sigfrid, me parece que sólo esperaba que me hicieras hablar. El otro día tuve una visión, y fue muy dolorosa. No sabes hasta qué punto. Me eché a llorar como un niño.

—¿Cuál fue la visión, Bobby?

—Estoy tratando de explicártela. Era sobre... bueno, era sobre mi madre. Pero también sobre... bueno, ya sabes, Dane Metchnikov. Tuve estas... tuve...

—Creo que intentas decir algo respecto a las fantasías que tuviste sobre el sexo anal con Dane Metchnikov, Bob. ¿No es así?

—Sí. Te acuerdas muy bien, Sigfrid. Mi llanto era por mi madre. En parte...

—Eso ya me lo has dicho Bob.

—Está bien. —Me callo.

Sigfrid espera. Yo también espero.

Supongo que me gustaría que me apremiasen un poco más, y al cabo de unos minutos Sigfrid insiste:

—Veamos si puedo ayudarte, Bob —dice—. ¿Qué relación puede haber entre dos cosas tan distintas como llorar por tu madre y tener fantasías sobre el sexo anal de Dane?

Siento que algo ocurre dentro de mí. Es como si

INFORME DE LA MISIÓN

Nave A3-77, Viaje 036D51. Tripulación: T. Parreno, N. Ahoya, E. Nimkin.

Tiempo de tránsito 5 días 14 horas. Posición en cercanías de Alfa Centauro A.

Sumario. «El planeta era muy similar a la Tierra y estaba cubierto por una frondosa vegetación. El color de la vegetación era predominantemente amarillo. La atmósfera era casi igual a la mezcla Heechee. Es un planeta cálido, sin casquetes polares y una temperatura media comparable a la tropical terrestre a la altura del ecuador, que se extiende casi hasta los polos. No detectamos vida animal ni señales de identificación (metano, etc.). Parte de la vegetación antedata a paso muy lento, avanzando por porciones desarraigadas de una estructura parecida a la vid, que se retuerce sobre sí misma y vuelve a enraizarse. La velocidad máxima medida fue de unos 2 kilómetros por hora. Ningún artefacto. Parreno y Nimkin aterrizaron y regresaron con muestras vegetales, pero murieron a causa de una reacción similar a la del toxicodendron. Su cuerpo se cubrió de grandes ampollas. Después sufrieron dolores, comezón y aparente asfixia, probablemente debido a la acumulación de líquido en los pulmones. No les traje a bordo de la nave. No abrí el módulo de aterrizaje, ni lo acoplé a la nave. Grabé un mensaje personal para ambos, y después solté el módulo y regresamos sin él.»

Evaluaciones de la Corporación: No hay cargos contra N. Ahoya en vista de su excelente hoja de servicios.

la blanda y húmeda parte interior de mi pecho burbujeara en mi garganta. Comprendo que mi voz saldrá trémula y desesperadamente afligida si no la controlo. Por lo tanto intento controlarla, aunque sé perfectamente bien que no tengo secretos de esta especie para Sigfrid; puede leer sus sensores y saber lo que ocurre en mi interior por el estremecimiento de un tríceps o la humedad de la palma de una mano.

De todos modos, hago el esfuerzo. Con el tono de un profesor de biología que explica la disección de una rana, digo:

—Verás, Sigfrid, mi madre me quería. Yo lo sabía. Tú lo sabes. Era una demostración lógica; no tenía más remedio que quererme. Y Freud dijo una vez que ningún muchacho que esté seguro de ser el favorito de su madre puede llegar a tener una neurosis. Sólo que...

—Por favor, Robbie, esto no es exactamente así, y además estás divagando. Sabes muy bien que en realidad no quieres incluir todos estos preámbulos. Quieres ganar tiempo, ¿verdad?

Otras veces habría destrozado sus circuitos por eso, pero en esta ocasión había evaluado correctamente mi estado de ánimo.

—De acuerdo. Pero sí sabía que mi madre me quería. ¡No podía evitarlo! Yo era su único hijo. Mi padre había muerto... no te aclares la garganta, Sigfrid, ya estoy llegando. Su cariño hacia mí era una necesidad lógica, y yo lo comprendía así sin la sombra de una duda; pero ella nunca me lo dijo. Ni una sola vez.

—¿Quieres decir que nunca, en toda tu vida, te dijo: «Te quiero mucho, hijo»?

—¡No! —chillo. Después consigo dominarme nuevamente—. Por lo menos, nunca me lo dijo directamente. Por ejemplo, una vez en que yo debía tener unos dieciocho años e iba a acostarme en la habitación contigua, la oí decir a una de sus amigas que yo era un muchacho fantástico. Estaba orgullosa de mí. No recuerdo lo que había hecho, algo, ganado un premio o conseguido un empleo, pero en aquel momento estaba orgullosa de mí y me quería, y así lo dijo..., pero no a mí.

—Te ruego que continúes, Bob —dice Sigfrid al cabo de un minuto

—¡Ya va! Espera un segundo. Es muy doloroso; creo que es lo que tú llamas dolor fundamental.

—No eres tú quien ha de diagnosticar, Bob. Limítate a hablar. Dilo.

—Oh, *mierda*.

Alargo el brazo para coger un cigarrillo, pero cambio de opinión. Esto suele ser un buen recurso cuando las cosas se ponen difíciles con Sigfrid, pues casi siempre le distrae hacia una discusión sobre si intento aliviar la tensión en vez de afrontarla; pero esta vez estoy demasiado asqueado de mí mismo, de Sigfrid, e incluso de mi madre. Quiero acabar de una vez. Digo:

—Mira, Sigfrid, la cuestión es ésta: yo quería mucho a mi madre, y sé... ¡sabía!... que ella también me quería. Pero no lo demostraba.

De repente me doy cuenta de que tengo un cigarrillo en las manos y le estoy dando vueltas sin encenderlo y, aunque me parezca imposible, Sigfrid ni siquiera lo ha comentado. Me decido a hablar claramente:

—Ella nunca me lo dijo con todas las palabras. No sólo eso. Es curioso, Sigfrid, pero verás, ni siquiera recuerdo que me tocara alguna vez. Es decir, no *realmente*. A veces me daba un beso de buenas noches; en la coronilla. Recuerdo que también me contaba cuentos. Siempre estaba allí cuando la necesitaba, pero...

Tengo que detenerme un momento, para recuperar nuevamente el control de mi voz. Inhalo profundamente por la nariz, y me concentro en los movimientos respiratorios.

—Sin embargo, Sigfrid —digo, repitiendo las palabras mentalmente y complacido por la claridad y equilibrio con que las pronuncio—, nunca me *tocaba* demasiado. Excepto en un sentido. Era muy buena conmigo cuando estaba enfermo. Yo estaba enfermo muy a menudo. Todos los que vivíamos cerca de las minas de alimentos teníamos destilación nasal, infecciones cutáneas... ya sabes. Me daba todo lo que necesitaba. Estaba allí, Dios sabe cómo, y se ocupaba de su trabajo y de mí al mismo tiempo. Y cuando estaba enfermo me...

Al cabo de un momento, Sigfrid apremia:

—Continúa, Robbie. Dilo.

Lo intento, pero no puedo, y él dice:

—Dilo del modo más rápido posible. Sácalo al exterior. No te preocupes por si no te comprendo, o no parece tener sentido. Tú líbrate de las palabras.

—Bueno, me tomaba la temperatura —explico—. ¿Sabes? Me ponía el termómetro. Después me lo aguantaba, bueno, lo que sea, tres o cuatro minutos. Después me lo quitaba y lo leía.

Estoy a punto de echarme a llorar. Querría hacerlo, pero primero tengo que ver en qué desemboca todo esto; es algo casi sexual, como cuando llegas al momento de la decisión con una persona y no estás seguro de querer que ella forme parte de ti, pero de todos modos sigues adelante. Me concentro para continuar dominando el tono de mi voz. Sigfrid no dice nada y, al cabo de un momento, me siento con ánimos para seguir hablando.

—¿Entiendes lo que pasa, Sigfrid? Es curioso. Toda mi vida..., ¿cuántos años debe de hacer? ¿Cuarenta? Desde entonces, tengo la absurda idea de que ser amado tiene algo que ver con que te introduzcan algo en el ano.

26

Se habían producido muchos cambios en Pórtico mientras yo estaba fuera. El impuesto per cápita había sido aumentado. La Corporación quería librarse de algunos parásitos, como Shicky y como yo; mala noticia: significaba que lo que yo había pagado no duraría dos o tres semanas, sino únicamente diez días. Habían importado a muchos cerebros de la Tierra, astrónomos, xenotécnicos, matemáticos, incluso el viejo profesor Hegramet había abandonado la Tierra y, aunque dolorido por los deltas de despegue, brincaba ágilmente por los túneles.

Una de las cosas que no habían cambiado era la Junta de Evaluación, y yo me encontré sentado frente a ella; mi vieja amiga Emma me dijo lo estúpido que era. La verdad es que el que hablaba era el señor Hsien, y Emma sólo traducía, pero le encantaba su trabajo.

—Ya te lo advertí, Broadhead. Tendrías que haberme hecho caso. ¿Por qué cambiaste la combinación?

—Ya te lo he dicho. Cuando me di cuenta de que estaba en Pórtico Dos no pude resistirlo. Quería ir a algún otro sitio.

—Una verdadera estupidez por tu parte, Broadhead.

Lancé una mirada a Hsien. Se había colgado de la pared por el cuello enrollado de su camisa y estaba suspendido allí, sonriendo bondadosamente, con las manos enlazadas.

—Emma —dije—, haz lo que quieras, pero déjame en paz.

Ella repuso alegremente:

—Estoy haciendo lo que quiero, Broadhead, porque tengo que hacerlo. Es mi trabajo. Sabías que cambiar la combinación iba contra el reglamento.

—¿Qué reglamento? Era *mi* cabeza la que estaba en peligro.

—El reglamento que prohíbe destruir una nave —explicó.

No contesté, y ella tradujo algo a Hsien, que la escuchó gravemente, frunció los labios y recitó dos párrafos completos en mandarín. Hablaba con tanta claridad que incluso podías oír la puntuación.

—El señor Hsien dice —tradujo Emma— que eres una persona muy irresponsable. Has destrozado una pieza insustituible que ni siquiera era de tu propiedad. Pertenecía a la raza humana. —Soltó unas cuantas frases más, y terminó así—: No podemos tomar una decisión final sobre tu responsabilidad hasta que tengamos más datos sobre el estado de la nave que has estropeado. Según el señor Ituno, harán un reconocimiento total de la nave en cuanto les sea posible. En el momento de redactar su informe, había dos xenotécnicos en tránsito hacia el nuevo planeta, Afrodita. Ahora ya habrán llegado a Pórtico Dos, y lo más probable es que recibamos su informe con el próximo piloto. Entonces volveremos a llamarte.

Hizo una pausa, sin dejar de mirarme, y yo deduje que la entrevista había terminado.

—Muchísimas gracias —dije, encaminándome hacia la puerta.

Me dejó llegar a ella antes de añadir:

—Hay algo más. El informe del señor Ituno menciona que trabajaste como cargador y ayudaste a fabricar trajes en Pórtico Dos. Nos autoriza a pagarte una cantidad de, veamos, dos mil quinientos dólares. Y tu capitán de vuelo, Hester Bergowiz, nos autoriza a pagarte el uno por ciento de su bonificación por servicios prestados durante el viaje de regreso, por lo tanto, te hemos ingresado dichas cantidades en tu cuenta.

—No tenía ningún contrato con ella —observé, sorprendido.

—No, pero opina que debes recibir una parte. Una parte pequeña, desde luego. En total... —consultó un papel —asciende a dos mil quinientos más cinco mil quinientos, y esto es lo que se te ha abonado en la cuenta.

¡Ocho mil dólares! Me dirigí hacia un pozo, agarré un cable de subida y reflexioné con calma. No era suficiente para cambiar nada. Desde luego no sería suficiente para pagar los daños que había ocasionado en la nave. No había dinero suficiente en todo el universo para pagar algo así, si es que me cobraban el coste de reposición; no había forma de reponerla.

Por otro lado, eran ocho mil dólares más de lo que tenía.

Lo celebré tomando una copa en El Infierno Azul. Mientras tanto, pensé en mis opciones. Cuanto más pensaba en ellas, más se reducían.

Me encontrarían culpable, eso era seguro, y la multa mínima que me impondrían sería de varios cientos

INFORME DE LA MISIÓN

Nave 1-103, Viaje 022D18. Tripulación: G. Herron.

Tiempo de tránsito 107 días 5 horas. *Nota*: Tiempo de tránsito de regreso 103 días 15 horas.

Extracto del diario de vuelo. «A los 84 días 6 horas de viaje, el instrumento Q empezó a brillar y se produjo una actividad insólita en las luces de control. Al mismo tiempo, noté un cambio en la dirección del empuje. Durante una hora hubo incesantes cambios, después la luz Q se apagó y las cosas volvieron a la normalidad.»

Conjeturas: El curso cambió para esquivar algún peligro en movimiento, ¿quizás una estrella u otro cuerpo? Recomendamos el estudio de otros diarios de vuelo, por medio de computadora, en busca de acontecimientos similares.

de miles de dólares. No los tenía. Podía ser mucho más, pero eso no supondría ninguna diferencia; una vez te quitan todo lo que tienes, ya no te queda nada.

De modo que, a fin de cuentas, mis ocho mil dólares eran dinero ficticio. Podían desvanecerse con el rocío de la mañana. En cuanto llegara el informe de los xenotécnicos desde Pórtico Dos, la Junta se reuniría y esto sería el fin de todo.

Por lo tanto, no tenía ninguna razón concreta para estirar mi dinero. Podía gastármelo tranquilamente.

Tampoco había ninguna razón para pensar en reclamar mi antiguo puesto como jardinero, suponiendo que me lo dieran, ahora que Shicky había sido despedido de su empleo como capataz. En el momento que dictaran sentencia en contra mía, mi saldo acreedor desaparecería. Lo mismo ocurriría con el dinero que había adelantado para pagar mi per cápita. Estaría sujeto a una inmediata defenestración.

Si daba la casualidad de que había una nave de la Tierra en aquel momento, tendría el tiempo justo de embarcar en ella, y tarde o temprano me encontraría nuevamente en Wyoming, solicitando mi antiguo trabajo en las minas de alimentos. Si no había ninguna nave, me encontraría en dificultades. *Quizá* pudiera convencer a los del crucero americano, o a los del brasileño si Francy Hereira usaba su influencia en mi favor, para que me acogiesen a bordo hasta que llegara alguna nave. Sin embargo, entraba dentro de lo posible que no lo lograse.

Estudiadas con detenimiento, las probabilidades no eran muy buenas.

Lo mejor que podía hacer era actuar antes de que lo hiciera la Junta, y en ese caso tenía dos alternativas.

Podía tomar la primera nave que regresara a la Tierra y las minas de alimentos, sin esperar la decisión de la Junta.

O podía salir a explorar en una nave Heechee.

Eran dos alternativas magníficas. Una de ellas significaba renunciar a cualquier posibilidad de lograr una vida decente... y la otra me aterrorizaba.

Pórtico era como un club de caballeros en cual nunca sabías qué socios estaban en la ciudad. Louise Forehand se había marchado; su marido, Sess, se quedó pacientemente en su puesto, esperando que ella o su única hija viva volvieran para embarcarse otra vez. Me ayudó a instalarme nuevamente en mi

UNA NOTA SOBRE LOS AGUJEROS NEGROS

Doctor Asmenion: Vamos a ver, si empiezan con una estrella mayor que tres masas solares, y se desintegra, no sólo se convierte en una estrella de neutrones. Sigue en movimiento. Su densidad aumenta *tanto* que la velocidad de escape supera los treinta millones de centímetros por segundo... que es...

Pregunta: Uh... ¿La velocidad de la luz?

Doctor Asmenion: Muy bien, Gallina. Por lo tanto, la luz no puede salir. Por lo tanto, se forma un espacio negro. Por eso se llama un agujero negro... sólo que, si se acercan bastante, llegando a lo que se denomina la ergosfera, no lo verán tan negro. Probablemente vieran algo.

Pregunta: ¿Qué aspecto tendría?

Doctor Asmenion: Eso querría yo saber, Jer. Si alguien llega a ver uno alguna vez, ya volverá y nos lo dirá, si es que puede. Lo más probable es que no pueda. Lo máximo que quizá consiga es tomar grabaciones, datos, y regresar... y obtener Jesús, no lo sé, un millón de dólares. Si pudiera embarcar en el módulo, veamos, y hacer retroceder la masa principal de la nave, disminuyendo su velocidad, podría darse suficiente velocidad extra para escapar. No sería fácil. Pero tal vez si las cosas fueran bien... Pero después, ¿adónde iría? No podría regresar a casa en un módulo. Y hacerlo al revés no serviría de nada, el módulo no tiene suficiente masa para impulsar la nave hacia delante... Veo que a nuestro amigo Bob no le interesa el tema, así que pasaremos a estudiar los tipos planetarios y las nubes de polvo.

habitación, que había sido ocupada durante un tiempo por tres mujeres húngaras hasta que se fueron juntas en una Tres. El traslado fue sencillo; ya no tenía nada, a excepción de lo que había comprado en el economato.

Lo único permanente era Shicky Bakin, indefectiblemente amable y siempre allí. Le pregunté si sabía algo de Klara. Dijo que no.

—Apúntate en otra misión —aconsejó—. Es lo único que puedes hacer.

—Sí. —No quería hablar del tema; tenía la razón. Quizá lo hiciera... Dije—: Me gustaría no ser un cobarde, Shicky, pero lo soy. No sé cómo podría mentalizarme para volver a meterme en una nave. No tengo valor para enfrentarme con un centenar de días durante los que no haría más que pensar en la muerte.

Esbozó una sonrisa y saltó de la cómoda para darme unos golpecitos en la espalda.

—No necesitas tanto valor —dijo, volviendo a la cómoda—. Sólo necesitas valor para un día: para subir a la nave y marcharte. Después ya no tienes que tener valor, porque ya no tienes alternativa.

—Creo que me habría sentido con ánimo —repuse—, si las teorías de Metchnikov sobre las claves de colores hubieran sido acertadas. Pero algunas de las «seguras» son mortales.

—Sólo era una cuestión de estadística, Bob. La verdad es que ahora hay un récord de seguridad mejor, así como un récord de éxito mejor. Sólo marginal, desde luego, pero mejor.

—Los que murieron están igualmente muertos —repliqué—. Sin embargo..., quizá vuelva a hablar con Dane.

Shicky pareció sorprendido.

—Está fuera.

—¿Desde cuándo?

—Más o menos, desde que tú te fuiste. Pensaba que lo sabías.

Me había olvidado.

—Me pregunto si habrá encontrado lo que buscaba.

Shicky se rascó la barbilla con un hombro, manteniendo el equilibrio con suaves aleteos. Después bajó de la cómoda y voló hacia el piezófono.

—Veamos —dijo, pulsando varios botones. El tablero de anuncios apareció en la pantalla—. Lanzamiento 88-173 —leyó—. Bonificación, $ 150.000. No es mucho, ¿verdad?

—Pensaba que aspiraba a más.

—Bueno —dijo Shicky, leyendo—, no fue así. Aquí dice que regresó anoche.

Ya que Metchnikov me había casi prometido que compartiría su experiencia conmigo, era lógico que fuese a hablar con él, pero yo no me sentía nada lógico. No llegué más allá de averiguar que había regresado sin descubrir nada que justificara la bonificación, y no fui a verle.

La verdad es que no hice gran cosa. Me paseé de un lado a otro.

Pórtico no es el lugar más ameno del universo pero conseguí no aburrirme demasiado. Era mucho mejor que las minas de alimentos. Cada hora que pasaba me acercaba más al momento en que llegaría el informe del xenotécnico, pero conseguí no pensar demasiado en ello. Instalé mi cuartel general en El Infierno Azul, trabando amistad con los turistas, los tripulantes de los cruceros que estaban de paso, los que regresaban de una misión, los novatos que seguían acudiendo de diversos planetas, en busca de otra Klara. No descubrí a ninguna.

Releí las cartas que le había escrito durante el viaje desde Pórtico Dos, y después las rompí en pedazos. En su lugar escribí una nota sencilla y corta, para disculparme y decirle que la amaba, y bajé a la oficina de comunicaciones para transmitirlo por radio. ¡Pero ella no estaba en Venus! Me había olvidado de lo lentas que eran las órbitas Hohmann. La oficina de localización identificó rápidamente la nave donde había embarcado; era una orbitadora de ángulo recto, que se pasaba la vida cambiando deltas para encontrarse con vuelos plano-de-la-elíptica entre los planetas. Según los informes, su nave se había encontrado con un carguero que iba rumbo a Marte, y después con un crucero de lujo de alta G con rumbo a Venus; probablemente se habría trasladado a una de ellas, pero no sabían cuál, y ninguno de los dos llegaría a su destino antes de un mes o más.

Transmití el mensaje a las dos naves, pero no recibí contestación.

La que más se acercó a convertirse en mi nueva amiga fue una tercera artillera perteneciente al crucero brasileño. Francy Hereira la acompañaba.

—Mi prima —dijo, al presentarnos; después, en privado, añadió—: Debes saber, Rob, que no experimento sentimientos familiares por mis primas.

Todos los tripulantes obtenían permiso para bajar a Pórtico de vez en cuando y aunque, como ya he dicho, Pórtico no era Waikiki ni Cannes, superaba ampliamente a una nave de combate. Susie Hereira era muy joven. Me dijo que tenía diecinueve y no podía tener menos de diecisiete para estar en la Armada brasileña, pero no los aparentaba. No hablaba inglés demasiado bien, pero no necesitamos mucho idioma en común para tomar una copa en El Infierno Azul, y cuando nos acostamos descubrimos que, aunque tuviéramos muy poca conversación en el sentido verbal, nos comunicábamos extraordinariamente bien con nuestro cuerpo.

Pero Susie sólo estaba en Pórtico una vez a la semana, y eso dejaba una gran cantidad de tiempo que ocupar.

Lo intenté todo: un grupo de ayuda mutua, otro grupo de contacto físico, y otro en el que descargábamos nuestros amores y hostilidades sobre nuestros compañeros. Una serie de conferencias del viejo profesor Hegramet sobre los Heechees. Un programa de charlas sobre astrofísica, encaminadas a obtener bonificaciones científicas de la Corporación. Gracias a una cuidadosa distribución de mi tiempo, conseguí abarcarlo todo, y fui posponiendo la decisión día a día.

No quiero dar la impresión de que seguía un plan preconcebido para matar el tiempo; vivía al día, y cada día estaba ocupado. Los jueves me encontraba con Susie y Francy Hereira, y los tres almorzábamos en El Infierno Azul. Después Francy se iba a pasear solo, o buscaba a una chica, o se daba un baño en el lago Superior, mientras Susie y yo nos retirábamos a mi habitación y mis cigarrillos de marihuana para nadar en las aguas más calientes de mi cama. Después de cenar, algún tipo de distracción. El jueves por la noche era cuando tenían lugar las conferencias de astrofísica, y oíamos hablar del diagrama Hertzsprung-Russell, de gigantes y enanas rojas, estrellas de neutrones o agujeros negros. El profesor era un rechoncho viejo verde salido de alguna remota escuela próxima a Esmolensko, pero a pesar de los chistes subidos de tono había mucha poesía y belleza en lo que decía. Se extendió en las viejas estrellas que nos dieron vida a todos nosotros, escupiendo silicatos y carbonato de magnesio al espacio para formar nuestros planetas, e hidrocarburos para formarnos a nosotros. Habló de las estrellas de neutrones que doblaban la gravedad de su alrededor; ya lo sabíamos, porque dos naves habían quedado reducidas a chatarra al entrar en el espacio normal a demasiada proximidad de una de esas enanas hiperdensas. Nos habló de los agujeros negros, que eran los lugares donde había estado una estrella densa, ahora sólo detectable por el hecho evidente de que habían engullido todo lo que había cerca, incluso la luz; no sólo habían doblado el pozo de gravedad, sino que se habían envuelto en él como si fuera una manta. Describió estrellas tan etéreas como el aire, inmensas nubes de gas incandescente; nos habló de la nebulosa de Orión, donde se estaban formando unas masas de gas caliente que probablemente se convertirían en soles al cabo de un millón de años. Sus conferencias eran muy populares; incluso asistían veteranos como Shicky y Dane Metchnikov. Mientras escuchaba al profesor, sentía el misterio y la belleza del espacio. Era demasiado inmenso y glorioso para producir miedo, y hasta pasado un rato no relacionaba estas depresiones de radiación y pantanos de gas con mi propia persona, con el frágil, asustado y vulnerable cuerpo que era el mío. Entonces pensaba en salir al encuentro de aquellos remotos titanes y... me moría de miedo.

Después de una de estas reuniones me despedí de Susie y Francy y me senté en un nicho cercano a la sala de lectura, medio oculto por la hiedra, para fumar un cigarrillo de marihuana. Shicky me encontró allí, y se detuvo a mi lado, sosteniéndose con las alas.

—Te estaba buscando, Bob —dijo.

La hierba empezaba a hacerme efecto.

—Una conferencia interesante —comenté distraídamente, tratando de alcanzar la agradable sensación que buscaba en la droga y no muy interesado por si Shicky estaba allí o no.

—Te has perdido lo más interesante —me reprochó Shicky.

Me dio la impresión de que estaba temeroso y esperanzado a la vez; algo le preocupaba. Fumé un poco más y le ofrecí el cigarrillo; él meneó la cabeza.

—Bob —dijo—, creo que se prepara algo que vale la pena.

—¿De verdad?

—¡Sí, de verdad, Bob! Algo muy bueno. Y pronto.

Yo no estaba preparado para una cosa así. Quería seguir fumando mi cigarrillo de marihuana hasta que la efímera emoción de la conferencia se desvaneciera, a fin de poder seguir matando el tiempo. No quería

Queridísimos padre, madre, Marisa y Pico-João.

Os ruego comuniquéis al padre de Susie que está muy bien y goza de gran consideración entre los oficiales. Decidid vosotros mismos si es conveniente decirle que está saliendo mucho con mi amigo Rob Broadhead. Es un hombre bueno y serio, pero no demasiado afortunado. Susie ha solicitado un permiso para salir en una misión y, si el capitán se lo concede, habla de ir con Broadhead. Todos hablamos de ir pero, como ya sabéis, no todos lo hacemos, de modo que quizá no haya por qué preocuparse.

Siento no poder escribir más; casi es hora de empezar a trabajar, y tengo una 48 para Pórtico.

Con todo mi amor,

Francescito

saber nada de una nueva misión que mi complejo de culpabilidad me impulsaría a aceptar y mi miedo me impediría hacerlo.

Shicky agarró el estante de hiedra y se sostuvo allí, mirándome con curiosidad.

—Bob, amigo mío —dijo—, si puedo encontrarte algo, ¿me ayudarás?

—¿Ayudarte? ¿Cómo?

—¡Llévame contigo! —exclamó—. Soy capaz de hacer cualquier cosa excepto ir en el módulo. Creo que en esta misión no importa demasiado. Hay una prima para todos, incluso para el que se quede en órbita.

—¿De qué estás hablando?

La droga ya me había hecho efecto; notaba el calor detrás de las rodillas y el agradable desdibujamiento de todas las cosas a mi alrededor.

—Metchnikov ha tenido una larga conversación

con el conferenciante —explicó Shicky—. Por lo que ha dicho, creo que sabe algo de una nueva misión. Sólo que... hablaban en ruso, y no les he entendido muy bien. Sin embargo, estoy seguro de que ésta es la que estaba esperando.

Yo contesté razonablemente:

—La última vez que salió no consiguió gran cosa, ¿verdad?

—¡Esto es diferente!

—No creo que quiera incluirme en nada bueno...

—Claro que no, si no se lo pides.

—¡Oh, demonios! —gruñí—. Está bien. Hablaré con él.

La cara de Shicky resplandeció de satisfacción.

—Y después, Bob, por favor..., ¿me llevarás contigo?

Aplasté el cigarrillo, sólo a medio fumar; me sentía como si quisiera recuperar toda la agilidad mental que había perdido.

—Haré lo que pueda —prometí, y me dirigí hacia la sala de lectura justo cuando Metchnikov salía de ella.

No habíamos hablado desde su regreso. Tenía el mismo aspecto sólido y firme de siempre, y sus patillas estaban cuidadosamente recortadas.

—Hola, Broadhead —saludó con recelo.

Yo no perdí el tiempo en rodeos.

—Me he enterado de que tienes algo bueno en perspectiva. ¿Puedo acompañarte?

Él tampoco se anduvo con rodeos.

—No.

Me miró con franca antipatía. En parte era lo que siempre había esperado de él, pero estaba seguro de que en parte era porque había oído comentar lo de Klara y yo.

—Sé que vas a salir —le insistí—. Qué es, ¿una Uno?

Se pasó una mano por las patillas.

—No —confesó de mala gana—. No es una Uno; son dos Cinco.

—¿*Dos* Cinco?

Me miró recelosamente unos segundos, y después casi sonrió; no me gustaba verle sonreír, nunca sabía cuál era el motivo de su sonrisa.

—Está bien —decidió—. Si así lo quieres, así será, por lo que a mí respecta. Naturalmente, no soy yo quien debe resolver. Tendrás que pedírselo a Emma; mañana por la mañana nos dará instrucciones. Quizá te deje ir. Es una misión científica, con una bonificación mínima de un millón de dólares. Además, tú estás implicado.

—¿Que yo estoy implicado? —¡Esto sí que era una novedad!—. ¿En qué?

—Pregúntaselo a Emma —dijo, y siguió su camino.

En la sala de información había unos doce prospectores, a la mayoría de los cuales ya conocía: Sess Forehand, Shicky, Metchnikov y otros con los que había tomado una copa o me había acostado alguna vez. Emma aún no había llegado, y me las arreglé para salirle al paso cuando iba a entrar.

—Quiero formar parte de esta misión —le dije.

Pareció muy sorprendida.

—¿En serio? Pensaba que... —Pero se interrumpió, sin decir qué era lo que pensaba.

Yo insistí:

—¡Tengo tanto derecho a ir como Metchnikov!

—Te aseguro que no tienes un expediente tan

bueno como él, Bob. —Me miró de pies a cabeza, y después dijo—: Bueno, te explicaré de qué se trata, Broadhead. Es una misión especial, y tú eres parcialmente responsable de ella. El disparate que hiciste ha resultado ser interesante. No me refiero a estropear la nave; esto fue una estupidez, y si hubiera algo de justicia en el universo la pagarías. Sin embargo, tener suerte vale casi tanto como tener cerebro.

—Ya se ha recibido el informe de Pórtico Dos —adiviné.

Meneó la cabeza.

—Aún no. Pero no importa. Como de costumbre, programamos tu misión en la computadora, y encontró algunas correlaciones interesantes. El rumbo que te llevó a Pórtico Dos... Oh, diablos —dijo—, entremos de una vez. Por lo menos, te autorizo para quedarte durante la reunión. Lo explicaré todo y después... ya veremos.

Me cogió por el codo y me empujó hacia la habitación, que era la misma que habíamos usado como aula de clases hacía... ¿cuánto tiempo? A mí me parecía que un millón de años. Me senté entre Sess y Shicky, y esperé a oír lo que ella tenía que decirnos.

—La mayoría de vosotros —empezó— habéis sido invitados a venir... con una o dos excepciones. Una de las excepciones es nuestro distinguido amigo, el señor Broadhead. Él fue quien se las arregló para estropear una nave cerca de Pórtico Dos, como casi todos sabéis. Lo lógico habría sido que le aplicáramos el castigo que se merece, pero antes de hacerlo descubrió accidentalmente varios hechos interesantes. Al parecer sólo hay cinco franjas que resultan críticas para determinar el punto de destino: las cinco que concuerdan con las de la combinación habitual para ir a Pórtico Dos, y la nueva Broadhead. No sabemos qué significan las demás, pero no tardaremos en averiguarlo.

Se acomodó en el asiento y entrelazó las manos.

—Esta misión tiene múltiples propósitos —dijo—. Vamos a hacer algo nuevo. En primer lugar, enviaremos dos naves al mismo punto de destino.

Sess Forehand alzó una mano.

—¿Con qué objeto?

—Bueno, en parte para estar seguros de que *es* el mismo punto de destino. Variaremos ligeramente las franjas que no son críticas..., las que *creemos* que no lo son. Efectuaremos el lanzamiento con treinta segundos de diferencia. Por lo tanto, si no estamos equivocados, esto significa que saldréis a una distancia igual a la recorrida por Pórtico en treinta segundos.

Forehand frunció el entrecejo.

—¿En relación a qué?

—Buena pregunta —concedió ella—. Creo que en relación al Sol. Creemos que el movimiento estelar con relación a la galaxia no tiene importancia en este caso. Por lo menos, suponiendo que vuestro punto de destino esté dentro de la galaxia, y no tan lejos que el movimiento galáctico tenga un vector totalmente distinto. Es decir, si salierais en el lado opuesto, serían setenta kilómetros por segundo, en relación al centro galáctico. No creemos que eso ocurra. Sólo esperamos una diferencia relativamente pequeña en velocidad y dirección, y..., bueno, de todos modos, tendríais que salir a una distancia entre dos y doscientos kilómetros unos de otros.

»Naturalmente —prosiguió, sonriendo alegremente—, esto es sólo una teoría. Es posible que los movimientos relativos no signifiquen nada en absoluto. En este caso, el problema consiste en impedir que choquéis unos con otros. Pero estamos seguros, bastante seguros, de que por lo menos habrá algún desplazamiento. Lo único que necesitáis son unos quince metros... el diámetro longitudinal de una Cinco.

—¿Qué quiere decir exactamente «bastante seguros»? —preguntó una de las chicas.

—Bueno —admitió Emma—, razonablemente seguros ¿Cómo vamos a saberlo antes de intentarlo?

—Suena peligroso —comentó Sess. A pesar de todo, no parecía asustado; sólo expresaba una opinión. En esto era totalmente opuesto a mí; yo estaba muy ocupado tratando de borrar mis sensaciones internas, tratando de concentrarme en los tecnicismos de la reunión.

Emma dio muestras de asombro.

—¿Esta parte? Escuchad, aún no he llegado a la parte peligrosa. Este destino ha sido rechazado por todas las Uno, casi todas las Tres y algunas Cinco.

—¿Por qué? —preguntó alguien.

—Esto es lo que tenéis que averiguar —contestó pacientemente—. Es la combinación escogida por la computadora como la más idónea para probar las correlaciones entre dos combinaciones de rumbo. Tenéis dos Cinco acorazadas, y ambas aceptan este destino en particular. Eso significa que tenéis lo que los diseñadores Heechee consideran apropiado para el caso, ¿de acuerdo?

—Eso fue hace mucho tiempo —objeté yo.

—Oh, desde luego. Nunca he dicho lo contrario. *Es* peligroso... por lo menos hasta cierto punto. Éste es el motivo por el que ofrecemos el millón. —Dejó de hablar, mirándonos seriamente, hasta que alguien le preguntó:

—¿Qué millón?

—La prima de un millón de dólares que recibirá

cada uno de vosotros cuando regrese —dijo—. Hemos destinado diez millones de dólares de los fondos de la Corporación a este propósito. Partes iguales. Evidentemente es posible que sea más de un millón para cada uno. Si encontráis algo que valga la pena, aplicaremos la escala de pagos normal. Y la computadora cree que hay muchas posibilidades de que así ocurra.

—¿Por qué vale diez millones? —pregunté.

UNA NOTA SOBRE SEÑALES
DE IDENTIFICACIÓN

Doctor Asmenion: Así pues, cuando buscas señales de vida en un planeta, no esperas ver un gran letrero con letras luminosas que diga «Aquí Vive Una Raza Desconocida». Buscas señales de identificación. Una «señal de identificación» es lo que te demuestra que allí hay algo más. Como tu firma en un cheque. Si yo la veo sé que quieres pagar aquello, de modo que lo hago efectivo. Naturalmente, no me refiero a la suya, Bob.

Pregunta: ¡Qué simpáticos son los profesores que se pasan de listos!

Doctor Asmenion: No se ofenda, Bob. El metano es una señal de identificación muy típica. Muestra la presencia de mamíferos de sangre caliente, o algo parecido a ellos.

Pregunta: Yo creía que el metano procedía de la vegetación en descomposición y todo eso, ¿no es así?

Doctor Asmenion: Oh, desde luego. Sin embargo, la mayor parte procede de los intestinos de los grandes rumiantes. Casi todo el metano que hay en el aire de la Tierra está ocasionado por los pedos de las vacas.

—Yo no soy quien toma estas decisiones —contestó pacientemente. Entonces me miró como a una persona, no como a parte del grupo, y añadió—: Por cierto, Broadhead, hemos anulado la multa que debíamos imponerte por estropear la nave. Por lo tanto, todo lo que recibas será tuyo. ¿Un millón de dólares? No está mal, ¿verdad? Puedes volver a casa, montar un pequeño negocio y vivir de eso durante el resto de tu vida.

Nos miramos unos a otros, y Emma no dijo nada más, limitándose a sonreír afablemente y esperar. No sé qué pensarían los demás. Yo me acordaba de Pórtico Dos y el primer viaje, durante el que nos gastamos los ojos de tanto mirar los instrumentos, en busca de algo que no existía. Supongo que los otros también debían de tener fracasos que recordar.

—El lanzamiento —declaró al fin— está previsto para pasado mañana. Los que quieran apuntarse que vengan a verme a mi despacho.

Me aceptaron. Shicky fue rechazado.

Sin embargo, no resultó tan sencillo, nada lo es; el que se aseguró de que Shicky no viniera fui yo. La primera nave se llenó rápidamente: Sess Forehand, dos chicas de Sierra Leona y una pareja de franceses; todos hablaban inglés, todos habían asistido a la reunión, y tenían experiencia. Metchnikov se inscribió como jefe de tripulación de la segunda nave; un par de homosexuales, Danny A. y Danny R., fueron su primer fichaje. Después, a regañadientes, me escogió a mí. Eso dejaba una plaza vacante.

—Podemos apuntar a tu amigo Bakin —dijo Emma—. ¿O preferirías a tu otra amiga?

—¿Qué otra amiga? —pregunté.

—Tenemos una solicitud —explicó— del artillero Susanna Hereira, del crucero brasileño. Le han concedido un permiso para que haga este viaje.

—¡Susie! ¡No sabía que se hubiese presentado como voluntaria!

Emma estudió detenidamente su hoja de servicios.

—Está muy bien preparada —comentó—. Además, no le falta ningún miembro. Naturalmente —dijo con dulzura—, me refiero a sus piernas, aunque tengo entendido que tú te interesas igualmente por el resto de su cuerpo. ¿O no te importa volverte homosexual para esta misión?

Sentí un absurdo acceso de cólera. No es que sea una persona sexualmente reprimida; la idea de un contacto físico con otro hombre no me asustaba en sí. Pero... ¿con Dane Metchnikov? ¿O con uno de sus amantes?

—El artillero Hereira puede estar aquí mañana —declaró Emma—. El crucero brasileño amarrará en cuanto termine la órbita.

—¿Por qué demonios me lo preguntas a mí? —repliqué—. Metchnikov es el jefe de la tripulación.

—Prefiere que lo decidas tú, Broadhead. ¿Cuál?

—¡Me importa un bledo! —grité, saliendo del despacho. Sin embargo, no puede decirse que esto me librara de toda culpa. El hecho de no haber tomado una decisión ya era bastante decisión para no incluir a Shicky entre los tripulantes. Si hubiera luchado por él le habrían aceptado; al no hacerlo, Susie era la elección lógica.

Pasé el resto del día esquivando a Shicky. Conocí a una novata en El Infierno Azul, recién salida de la clase, y pasé la noche en su habitación. Ni siquiera volví a la mía para buscar ropa limpia; me deshice de todo y compré un equipo nuevo. Sabía muy bien en qué lugar me buscaría Shicky —El Infierno Azul, Central Park y el museo—, de modo que no me acerqué a ninguno de estos sitios; fui a dar un largo y solitario paseo por los túneles desiertos, donde no vi a nadie, hasta entrada la noche.

Entonces decidí arriesgarme y fui a nuestra fiesta de despedida. Lo más probable era que Shicky estuviera allí, pero habría más gente.

Allí estaba; y también Louise Forehand. De hecho, ella parecía ser el centro de atención; yo ni siquiera sabía que había regresado.

Me vio y me hizo señas de que me acercara.

—¡Soy rica, Bob! Bebe lo que quieras..., ¡yo pago!

Dejé que me pusieran un vaso en una mano y un cigarrillo de marihuana en la otra, y antes de llevármelo a la boca conseguí preguntarle qué había encontrado.

—¡Armas, Bob! Maravillosas armas Heechee, cientos de ellas. Sess dice que nos darán una recompensa de cinco millones de dólares como mínimo. *Además* de las regalías..., en el caso de que descubran el modo de fabricar las armas, claro.

Saqué una bocanada de humo y borré el sabor con un trago.

—¿Qué clase de armas?

—Son como los azadones de los túneles, sólo que portátiles. Pueden hacer un agujero en el material que sea. Perdimos a Sara allaFanta en el aterrizaje; se le agujereó el traje con uno de ellos. Tim y yo nos repartiremos su parte, de modo que cobraremos dos millones y medio por cabeza.

—Felicidades —dije—; pensaba que lo último que necesitaba la raza humana eran nuevas formas de matarse unos a otros, pero..., felicidades. —Intentaba adoptar un aire de superioridad moral, y lo necesitaba; cuando me aparté de ella vi a Shicky, suspendido en el aire, mirándome.

—¿Quieres fumar? —pregunté, ofreciéndole mi cigarrillo.

Él meneó la cabeza.

Le dije:

—Shicky, no me correspondía decidir. Les dije..., no les dije que no te aceptaran.

—¿Le dijiste que lo hicieran?

—No me correspondía decidir —repetí—. ¡Escucha! —proseguí, entreviendo una solución—. Ahora que Louise ha tenido suerte, lo más probable es que Sess no vaya. ¿Por qué no ocupas su lugar?

Retrocedió un poco, sin dejar de mirarme; sólo su expresión había cambiado.

—¿No lo sabes? —inquirió—. Es verdad que Sess ha renunciado, pero ya le han sustituido.

—¿Por quién?

—Por la persona que está detrás de ti —dijo Shicky, y cuando me volví, allí estaba ella, mirándome, con un vaso en la mano y una expresión en la cara que no pude descifrar.

—Hola, Bob —dijo Klara.

Me había preparado para la fiesta con numerosos tragos rápidos en el economato; estaba borracho en un noventa por ciento y drogado en un diez por ciento, pero recuperé mis cinco sentidos en cuanto la vi.

Dejé la copa en una mesa, di el cigarrillo a la primera persona que pasó junto a mí, la tomé por un brazo y la empujé hacia el túnel.

Querida Voz de Pórtico:

El mes pasado gasté 58.50 libras de mi dinero ganado con mucho esfuerzo, para llevar a mi mujer y mi hijo a una conferencia de uno de sus «héroes», que concedió a Liverpool el dudoso honor de su visita (por la que fue muy bien pagado, naturalmente, por personas como yo).

No me importó que no fuese muy buen conferenciante. Lo que me indignó fue una observación suya. Dijo que nosotros, estúpidos terrícolas, no teníamos ni idea de lo difícil que era la vida para ustedes, nobles aventureros.

Pues bien, amigo, esta mañana saqué hasta la última libra de mi cuenta de ahorros para comprar a mi mujer un trozo de pulmón (la eterna asbestosis melanómica CV/E, ya sabe). La factura del colegio del niño llegará dentro de una semana, y ni siquiera sé de qué colegio se trata. Y, tras esperar de ocho a doce de esta mañana en los muelles por si acaso podía desembarcar algún cargamento (no había ninguno), el capataz me hizo saber que yo era innecesario, lo que significa que mañana no debo molestarme en volver. ¿Está interesado alguno de sus héroes en comprar órganos de repuesto? Los míos están en venta: riñones, hígado, todo.

Además, están en buenas condiciones, tan buenas como puede esperarse tras diecinueve años de trabajar en los muelles, a excepción de las glándulas lacrimales, que están muy desgastadas de tanto llorar por las dificultades que ustedes pasan.

H. Delacross
«Wavetops»
Piso B bis 17, Planta 41
Merseyside L77PR 14JE6

—Klara —dije—, ¿recibiste mis cartas?

Pareció sorprendida.

—¿Cartas? —Meneó la cabeza—. Supongo que las enviarías a Venus, ¿no? No llegué hasta allí. Sólo llegué hasta el punto de encuentro con el vuelo del plano-de-la-elíptica, y entonces cambié de opinión. Volví aquí con el orbitador.

—Oh, Klara.

—Oh, Bob —parodió ella, sonriendo; eso no me resultó demasiado agradable, porque al sonreír vi el hueco del diente que yo le había arrancado—. Bueno, ¿qué más tenemos que decirnos?

La rodeé con mis brazos.

—Puedo decirte que te quiero, y que lo siento, que quiero hacer las paces contigo, que quiero que nos casemos, vivamos juntos, tengamos niños, y...

—¡Jesús, Bob! —exclamó, apartándome, con bastante suavidad—. Cuando te decides a hablar lo dices todo, ¿verdad? Ten un poco de paciencia. Hay tiempo.

—¡Si ya han pasado *meses*!

Se echó a reír.

—Hablo en serio, Bob. Hoy es un mal día para que los sagitarios tomen decisiones, especialmente en amor. Lo discutiremos en otro momento.

—¡Otra vez esas tonterías! Escucha, yo no creo en nada de todo eso.

—Yo sí, Bob.

Tuve una inspiración.

—¡Oye! ¡Voy a cambiar mi puesto con alguien de la primera nave! O, espera un minuto, quizá Susie quiera cambiarlo contigo...

Ella meneó la cabeza, sin dejar de sonreír.

—No creo que a Susie le gustara mucho la idea —dijo—. De todos modos, ya se han hecho de rogar bastante para darme el de Sess. No transigirán con otro cambio de último momento.

—¡No me importa, Klara!

—Bob —dijo—, no me presiones. He pensado

INFORME DE LA MISIÓN

Nave 3-184, Viaje 019D140. Tripulación: S. Kotsis, A. McCarthy, K. Metsuoko.

Tiempo de tránsito 615 días 9 horas. Ningún informe de la tripulación desde el punto de destino. Datos de exploración esférica insuficientes para determinar punto de destino. Ninguna característica identificable.

No hay sumario.

Extracto del diario de vuelo. «Éste es nuestro 281º día de viaje. Metsuoko perdió en el sorteo y se suicidó. Alicia se suicidó voluntariamente al cabo de 40 días. Aún no hemos llegado al cambio de posición, de modo que todo es inútil. Las raciones que quedan no serán suficientes para mantenerme, aunque incluya a Alicia y Kenny, que están intactos en el congelador. Por lo tanto, he conectado el piloto automático y voy a tomar las pastillas. Todos hemos dejado cartas. Hagan el favor de enviarlas a su destino, si es que esta maldita nave regresa alguna vez.»

Planificación de Misiones presentó una propuesta en el sentido de que una Cinco con dobles raciones de supervivencia y tripulación de una sola persona podría completar esta misión y regresar con éxito. La propuesta fue clasificada como de baja prioridad: la repetición de esta misión no proporcionará ningún beneficio evidente.

---

mucho en ti y en mí. Sin embargo, aún no veo las cosas con claridad, y no quiero precipitarme.

—Pero, Klara...

—No insistas, Bob. Yo iré en la primera nave y tú en la segunda. Cuando lleguemos podremos hablar. Incluso quizá podamos hacer algún arreglo para volver juntos. Pero, mientras tanto, los dos tendremos tiempo para pensar en lo que realmente queremos.

Yo dije lo único que parecía capaz de decir, una y otra vez:

—Pero, Klara...

Me dio un beso y me apartó.

—Bob —dijo—, no tengas tanta prisa. Disponemos de mucho tiempo.

27

—Dime una cosa, Sigfrid —pido—; ¿estoy muy nervioso?

Esta vez lleva su holograma de Sigmund Freud, con una truculenta mirada vienesa, nada *gemütlich*.

Sin embargo, conserva su amable voz de barítono:

—Si deseas saber qué revelan mis sensores, Bob, estás muy agitado.

—Me lo imaginaba —digo, brincando sobre la alfombra.

—¿Quieres explicarme por qué?

—¡No! —Toda la semana ha sido igual, magnífico sexo con Doreen y S. Ya., y un río de lágrimas en la ducha; absoluto triunfo en el torneo de bridge, y total desesperación en el camino a casa. Me siento como un yoyó—. Me siento como un yoyó —exclamo—. Has abierto algo que no puedo soportar.

—Creo que menosprecias bastante tu capacidad para soportar el dolor —me dice con acento tranquilizador.

—¡Vete al diablo, Sigfrid! ¿Qué sabes tú de la capacidad humana?

Casi suspira.

—¿Otra vez con éstas, Bob?

—¡Si no te gusta, te aguantas...! —Es extraño, pero ya me siento menos nervioso; he vuelto a enredarle en una discusión, y el peligro ha sido conjurado.

—Es verdad, Bob, que soy una máquina. Pero soy una máquina diseñada para comprender cómo son los humanos y, créeme, estoy muy bien diseñada para mi función.

—¡Diseñada! Sigfrid —digo, con mucha lógica—, tú no *eres* humano. Puedes *saber*, pero no *sentir*. No tienes ni idea de lo que es tomar decisiones humanas y llevar la carga de una emoción humana. No sabes lo que es tener que golpear a un amigo para impedir que cometa un asesinato. Que se te muera una persona que amas. Saber que es culpa tuya. Estar aterrorizado.

—Sé lo que son todas esas cosas, Bob —replica amablemente—. De verdad que sí. Quiero descubrir por qué te sientes tan agitado, de modo que, ¿por qué no me ayudas?

—¡No!

—Tu agitación, Bob, significa que nos estamos acercando al dolor central...

—¡Déjame en paz! —Sin embargo, esto no le hace efecto, sus circuitos están muy bien sintonizados en el día de hoy.

—No soy tu dentista, Bob; soy tu analista, y te digo que...

—¡Basta! —Sé que debo alejarle del lugar donde duele. No he vuelto a usar la fórmula secreta de S. Ya. desde aquel primer día, pero ahora quiero volver a usarla.

Pronunció las palabras, y convierto al tigre en gatito; rueda por el suelo y me deja acariciarle la barriguita, cuando le ordeno que revele los fragmentos más llamativos de sus entrevistas con atractivas y sutiles pacientes femeninas; el resto de la hora transcurre con rapidez; vuelvo a salir de su consultorio tan intacto como al entrar.

O casi.

28

Por las cuevas donde los Heechees se ocultaron, por las cavernas de las estrellas, por los túneles que abrieron y excavaron, siguiendo sus heridas y sus huellas... ¡Jesús! Fue como un campamento de boy-scouts; cantamos y bromeamos durante los diecinueve días que siguieron al cambio de posición. No creo que haya estado tan contento en toda mi vida. En parte se debió a la ausencia de miedo; cuando llegamos al cambio de posición todos respiramos mejor, como ocurre siempre. También se debió a que la primera parte del viaje fue bastante difícil, con Metchnikov y sus dos amigos enzarzados en continuas peleas y Susie Hereira mucho menos interesada por mí a bordo de la nave que en Pórtico una noche a la semana. Pero sobre todo, en lo que a mí respecta, fue por saber que me acercaba más y más a Klara. Danny A. me ayudó a hacer los cálculos; había sido profesor de algunos cursos en Pórtico y, aunque podía equivocarse, como no había nadie más preparado que él en este sentido, decidí hacerle caso: basándose en el momento del cambio de posición, calculó que recorreríamos unos trescientos años-luz en total; era una suposición, desde luego, pero bastante aproximada. La primera nave, donde iba Klara, ya se encontraba muy por delante de nosotros antes del cambio de posición, en cuyo momento alcanzamos una velocidad superior a los diez años-luz por día (es lo que dijo Danny). La Cinco de Klara había sido lanzada treinta segundos antes que la nuestra, de modo que era simple cuestión de aritmética: alrededor de un día-luz. 3×10^{10} centímetros por segundo da como resultado 60 segundos, 60 minutos, 24 horas... en el momento del cambio de posición, Klara estaba a más de diecisiete mil millones de kilómetros por delante de nosotros. Parecía muy lejos, y lo era. Pero después del cambio de posición, íbamos acercándonos día a día, siguiéndola por el mismo agujero del espacio que los Heechees habían abierto para nosotros. Por donde pasaba mi nave, la suya ya había pasado. Sentía que no tardaríamos en encontrarnos; a veces incluso me imaginaba que podía oler su perfume.

Cuando dije algo parecido a Danny A., éste me miró de un modo extraño.

—¿Sabes cuánto es diecisiete mil millones y medio de kilómetros? Podríamos meter todo el sistema solar entre ellos y nosotros. Eso es exactamente; el semieje mayor de la órbita de Plutón es de treinta y nueve U. A. y un poco más.

Yo me eché a reír, algo confuso.

—Sólo era una idea.

—Vete a dormir —repuso— y sueña con ello. —Conocía mis sentimientos hacia Klara; toda la nave los conocía, incluso Metchnikov, incluso Susie, y quizá fuesen imaginaciones mías, pero creo que nos deseaban lo mejor. De hecho, esto rezaba para todos nosotros, que elaborábamos complicados planes acerca de lo que íbamos a hacer con nuestra bonificación. En lo que a Klara y a mí se refería, a un millón de dólares por cabeza, ésta no era de despreciar. Quizá no fuera suficiente para el Certificado Médico Completo, sobre todo si queríamos conservar algo para divertirnos un poco, pero sí alcanzaba para el Certificado Médico Parcial, que nos garantizaría muy buena salud durante otros treinta o cuarenta años. Podíamos vivir desahogadamente con lo que sobrara: viajes, ¡niños! Una hermosa casa en una parte decente de..., un momento, me dije, ¿dónde estableceríamos nuestro hogar? Muy lejos de las minas de alimentos. Quizá muy lejos de la Tierra. ¿Querría Klara volver a Venus? No podía imaginarme a mí mismo viviendo como una rata de túnel, pero tampoco me imaginaba a Klara en Dallas o Nueva York. Claro que, pensé, dejándome arrastrar por mis ilusiones, si realmente *encontrábamos* algo, el despreciable millón por cabeza sólo sería el principio. Entonces podríamos tener todas las casas que quisiéramos, en el lugar donde quisiéramos; y también el Certificado Médico Completo, con trasplantes que nos mantuviesen jóvenes, saludables, guapos y sexualmente fuertes, y...

—Creo que realmente tendrías que irte a dormir —me dijo Danny A. desde la eslinga contigua a la mía—; pareces muy agitado.

Pero yo no tenía ganas de dormir. Estaba hambriento, y no había ninguna razón para no comer. Habíamos racionado los alimentos durante diecinueve días, pues esto es lo que debes hacer durante la primera mitad del viaje de ida. Una vez llegas al cambio de posición sabes lo que podrás consumir durante el resto del viaje, motivo por el que algunos prospectores regresan con varios kilos de más. Salí del módulo, donde Susie y los dos Danny dormitaban, y entonces descubrí por qué tenía apetito. Dane Metchnikov se estaba calentando un estofado.

—¿Hay bastante para dos?

Me miró pensativamente.

—Supongo que sí. —Desenroscó la tapa, lanzó una ojeada al interior, echó otros cien centímetros de agua, y dijo—: Le faltan diez minutos. Yo iba a tomar una copa.

Acepté la invitación, y nos repartimos un frasco de vino. Mientras él removía el estofado y añadía un pellizco de sal, yo seguí examinando las estrellas. Aún estábamos cerca de la velocidad máxima y en la pantalla no había nada que pareciese una constelación familiar, ni siquiera una estrella; pero todo empezaba a parecerme conocido y maravilloso. No sólo a mí, sino a todos. Nunca había visto a Dane tan alegre y relajado.

—He estado pensando mucho —contestó—. Un millón es bastante dinero. Después de esto volveré a Siracusa, haré el doctorado y buscaré un empleo. En algún sitio habrá una escuela donde necesiten un poe-

UNA NOTA SOBRE PIEZOELECTRICIDAD

Profesor Hegramet: Lo único que hemos logrado descubrir respecto a los diamantes de sangre es que son enormemente piezoeléctricos. ¿Sabe alguno lo que esto significa?

Pregunta: ¿Se dilatan y contraen cuando estar sujetos a una corriente eléctrica?

Profesor Hegramet: Sí. Y al revés. Generan electricidad cuando se los comprime. Muy rápidamente si se quiere. Ésta es la base del piezófono y la piezovisión. Una industria de cincuenta mil millones de dólares.

Pregunta: ¿Quién cobra los derechos de todo esto?

Profesor Hegramet: Ya sabía que alguno de ustedes lo preguntaría. Nadie. Los diamantes de sangre se encontraron hace muchísimos años en los túneles Heechee de Venus. Mucho antes que Pórtico. Los Laboratorios Bell fueron quienes descubrieron cómo emplearlos. La verdad es que utilizan algo un poco distinto, una fibra sintética. Hacen grandes sistemas de comunicaciones y no tienen que pagar a nadie en absoluto.

Pregunta: ¿Los utilizaban los Heechees para eso?

Profesor Hegramet: Mi opinión personal es que si, pero no sé cómo. Lo lógico es que, si dejaron esto, también dejaran el resto de los transmisores y receptores, pero si lo hicieron no sé dónde.

---

ta o un profesor de inglés que haya tomado parte en siete misiones. Algo me pagarán, y esto me mantendrá durante el resto de mi vida.

Yo no había oído más que una sola palabra, y le interrogué con sorpresa:

—¿Un poeta?

Él esbozó una sonrisa.

—¿No lo sabías? Así llegué a Pórtico; la Fundación Guggerheim me pagó el viaje. —Sacó la cazuela del fuego, repartió el estofado en dos platos, y empezamos a comer.

Éste era el tipo que había estado chillando airadamente a los dos Danny durante más de una hora hacía dos días, mientras Susie y yo esperábamos aislados y enfadados en el módulo, escuchando. Todo se debía al cambio de posición. Estábamos seguros, el combustible no se terminaría antes del regreso y no teníamos que preocuparnos por encontrar nada, pues nuestra bonificación estaba garantizada. Le pregunté por sus poesías. No quiso recitarme ninguna, pero me prometió enseñarme las copias de las que había enviado a la Fundación cuando volviéramos a Pórtico.

Una vez terminamos de comer y hubimos lavado la cazuela y los platos, Dane consultó su reloj.

—Aún es pronto para despertarlos —dijo—, y no tenemos absolutamente nada que hacer.

Me miró, sonriendo. Fue una verdadera sonrisa sin asomo de ironía en ella; yo me acerqué a él, y me senté en el cálido e invitador círculo de su brazo.

Los diecinueve días siguientes pasaron tan rápidamente como una hora, y después el reloj nos dijo que estábamos a punto de llegar. Todos nos encontrábamos despiertos, amontonados en la cápsula, impacientes como niños en Navidad, ansiosos por abrir sus regalos. Había sido el viaje más feliz de mi vida, y probablemente el más feliz de todos los que se habían hecho y se harían.

—¿Sabéis una cosa? —comentó Danny R., pensativamente—. Casi siento haber llegado.

Y Susie que empezaba a entender el inglés, dijo:

—*Sim, ja sei* —y a continuación—: ¡Yo *también*! —Me apretó la mano y yo le devolví el apretón; pero en quien realmente pensaba era en Klara. Habíamos tratado de establecer comunicación por radio un par de veces pero no funcionaba en los pasillos espaciales Heechee. ¡Pero cuando llegáramos a nuestro punto de destino podría hablar con ella! No me importaba que otros escuchasen, sabía lo que quería decirle. Incluso sabía cuál sería su respuesta. No había duda posible; en su nave debía reinar tanta euforia como en la nuestra, por las mismas razones, y con todo ese amor y júbilo la respuesta era indudable.

—¡Nos estamos deteniendo! —gritó Danny R.—. ¿Lo notáis?

—¡Sí! —aulló Metchnikov, tambaleándose con las minúsculas ondas de la seudogravedad que marcaba nuestro regreso al espacio normal. Además, había otra señal: la hélice dorada del centro de la cabina empezaba a brillar, más y más a cada segundo que pasaba.

NavInstGdSup 104

Les rogamos complementen su Guía de Instrucciones de Navegación como sigue:

Las combinaciones de rumbo formadas por las líneas y colores de la gráfica adjunta, parecen estar en relación directa con la cantidad de combustible que queda en la nave.

Advertimos a todos los prospectores que las tres líneas brillantes en el naranja (Gráfica 2) parecen indicar un nivel muy bajo. Ninguna nave que las tuviera ha regresado jamás, ni siquiera de vuelos de prueba.

—Creo que lo hemos conseguido —dijo Danny R., rebosante de satisfacción; yo estaba tan satisfecho como él.

—Iniciaré la exploración esférica —dije, seguro de lo que debía hacer. Susie siguió mi ejemplo y abrió la compuerta que llevaba al módulo; ella y Danny A. saldrían a examinar las estrellas.

Sin embargo, Danny A. no fue tras ella. Estaba mirando fijamente a la pantalla. Cuando puse en marcha la rotación de la nave, vi muchas estrellas lo cual era normal; no parecían especiales en ningún sentido, pero se veían bastante borrosas, lo cual no era tan normal.

Me tambaleé y estuve a punto de caerme. La rotación de la nave no parecía tan suave como debía ser.

—La radio —dijo Danny, y Metchnikov, frunciendo el entrecejo, alzó la mirada y vio la luz.

—Conéctala —exclamé yo. La voz que oía podía pertenecer a Klara. Metchnikov, sin desarrugar el entrecejo, se acercó al interruptor, y entonces observé que la hélice había adoptado un color dorado más brillante que nunca, de un tono pajizo, como si estuviera incandescentemente caliente. No despedía calor alguno, pero el color dorado se hallaba atravesado por líneas de un blanco purísimo.

—Esto es muy extraño —comenté, señalándolo.

No sé si me oyó alguien; la radio emitía descargas estáticas, y dentro de la cápsula el ruido era ensordecedor. Metchnikov ajustó la sintonización y el volumen.

Por encima de las descargas estáticas oí una voz que no reconocí en el primer momento, pero que resultó ser la de Danny A.

—¿Lo habéis notado? —gritó—. Son ondas de gravedad. Tenemos dificultades. ¡Interrumpe el examen!

Le obedecí.

Para entonces la pantalla de la nave había girado y mostraba algo que no era una estrella ni una galaxia. Era una masa de luz azul clara que brillaba tenuemente, moteada, inmensa y aterradora. Incluso a primera vista me di cuenta de que no era un sol. Ningún sol puede ser tan azul y opaco. Te dolían los ojos al mirarlo, no a causa de su luminosidad. Te dolían los ojos por dentro, hasta el conducto óptico; el dolor estaba centrado en el mismo cerebro.

Metchnikov desconectó la radio y, en el silencio que siguió, oí que Danny A. decía patéticamente:

—¡Dios mío! Estamos perdidos. Es un agujero negro.

29

—Con tu permiso, Bob —dice Sigfrid—, me gustaría estudiar algo contigo antes de que me ordenes conectar el programa pasivo.

Me estremezco de pies a cabeza; el hijo de perra me ha adivinado el pensamiento

—Observo —prosigue casi inmediatamente— que sientes cierta aprensión. Esto es lo que querría estudiar.

Es increíble, pero trato de no ofenderle. A veces me olvido de que es una máquina.

—No me imaginaba que pudieras saberlo —me disculpo.

—Claro que lo sé, Bob. Cuando me das la orden correcta obedezco, pero nunca me has ordenado que deje de grabar e integrar datos. Supongo que no posees esa orden.

—Supones bien, Sigfrid.

—No hay ningún motivo para que no tengas acceso a todas las informaciones que poseo. Hasta ahora nunca he interferido...

—¿Podrías?

—Tengo la capacidad de revelar el uso de la instrucción de mando a autoridades superiores, sí. No lo he hecho.

—¿Por qué no? —El viejo saco de tornillos no deja de sorprenderme; todo esto es nuevo para mí.

—Como ya te he dicho, no hay razón para hacerlo. Sin embargo, es evidente que quieres retrasar algún tipo de confrontación, y me gustaría explicarte lo que yo creo que implica esa confrontación. Después podrás decidir por ti mismo.

—Oh, diablos. —Me arranco las correas y me incorporo—. ¿Te importa que fume?

Sé cuál será la respuesta, pero vuelve a sorprenderme.

—En vista de las circunstancias, no. Si sientes la necesidad de un reductor de tensión, estoy de acuerdo. Incluso había pensado darte un calmante suave, si lo deseabas.

—¡Jesús! —exclamó admirativamente, encendiendo un cigarrillo... y, lo peor de todo, es que tengo que hacer un esfuerzo para no ofrecerle uno—. Está bien, adelante.

¡Sigfrid se levanta, estira las piernas, y se instala en un sillón más cómodo! Tampoco sabía que pudiese hacer esto.

—Como seguramente ya habrás observado, Bob —me dice—, estoy procurando que te tranquilices. En primer lugar, déjame enumerarte algunas limitaciones de mis habilidades, y las tuyas, que no creo que conozcas. Puedo revelar información sobre cualquiera de mis clientes. Es decir, no estás limitado a aquellos que tienen acceso a esta terminal determinada.

—Creo que no lo entiendo —digo yo, cuando hace una pausa.

—Yo creo que sí. De todos modos ya lo entenderás. Cuando tú quieras. En fin, lo más importante es descubrir qué recuerdo estás tratando de ocultar. Considero que te resultaría muy beneficioso sacarlo al exterior. Había pensado ofrecerte una ligera hipnosis, o un tranquilizante, o incluso un analista completamente humano que te entrevistara durante una sesión, y cualquiera de estas cosas está a tu disposición si tú lo deseas. No obstante, he observado que te gusta bastante hablar de lo que tú percibes como realidad objetiva, frente a tus interpretaciones de la realidad. Por lo tanto, me gustaría estudiar un incidente concreto en estos términos.

Sacudo cuidadosamente la ceniza de mi cigarrillo. En esto tiene razón; mientras la conversación se desarrolle en un terreno abstracto e impersonal, puedo hablar de lo que sea.

—¿A qué incidente te refieres, Sigfrid?

—A tu último viaje de prospección en Pórtico, Bob. Déjame refrescarte la memoria...

—*¡Jesús, Sigfrid!*

—Sé que crees recordarlo perfectamente —me dice, interpretándome a la perfección— y, en este sentido, me imagino que no necesitas que te refresque la memoria. Sin embargo, lo que resulta interesante de este episodio determinado es que todas las áreas principales de tu preocupación interna parecen converger aquí. Tu terror; tus tendencias homosexuales...

—¡Oye, oye!

—... Que, para ser sinceros, no constituyen más que una ínfima parte de tu sexualidad, Bob, pero te producen más inquietud de la normal; tus sentimientos hacia tu madre; la terrible carga de culpabilidad que echas sobre ti mismo; y, sobre todo, Gelle-Klara Moynlin. Todas estas cosas se repiten una y otra vez en tus sueños, Bob, aunque no siempre puedas identificarlas. Todas ellas están presentes en este episodio concreto.

Apago un cigarrillo, y me doy cuenta de que estaba fumando dos al mismo tiempo.

—No veo ninguna relación con mi madre —contesto al fin.

—¿De verdad? —El holograma que yo llamo Sigfrid von Shrink se vuelve hacia un rincón de la estancia—. Déjame enseñarte un retrato. —Levanta la mano (esto es puro teatro, estoy seguro) y en aquel mismo rincón aparece la figura de una mujer. No está muy clara, pero parece joven, delgada, y se tapa la boca igual que si estuviera tosiendo.

—No se parece demasiado a mi madre —protesto.

—¿Tú crees?

—Bueno —digo generosamente—, supongo que es lo mejor que has podido encontrar. Vamos, teniendo en cuenta que no puedes basarte en nada más que mi descripción de ella.

—El retrato —explica Sigfrid con amabilidad— se hizo según tu descripción de Susie Hereira.

Enciendo otro cigarrillo, con algunas dificultades, pues me tiemblan las manos.

—¡Vaya! —exclamo, con verdadera admiración—. Me quito el sombrero ante ti, Sigfrid. Esto es muy interesante. Claro que —prosigo, súbitamente irritado—, ¡Dios mío, Susie no era más que una niña! Aparte de esto me doy cuenta..., quiero decir que ahora me doy cuenta de que hay cierto parecido. Sin embargo, la edad está equivocada.

—Bob —dice Sigfrid—, ¿cuántos años tenía tu madre cuando tú eras pequeño?

—Era muy joven. —Al cabo de un momento, añado—: La verdad es que siempre aparentó menos años de los que realmente tenía.

Sigfrid me deja pensar en ello unos momentos, y después agita la mano otra vez y la figura desaparece, para dar paso a una representación de dos Cinco empalmadas por sus respectivos módulos en mitad del espacio, y detrás de ellas está... está...

—¡Oh, Dios mío, Sigfrid! —exclamo.

Él espera que siga hablando.

En lo que a mí respecta, puede esperar eternamente; no sé qué decir. No siento dolor, pero estoy paralizado. No puedo decir nada, y tampoco puedo moverme.

—Esto —empieza, hablando con mucha suavidad y lentitud— es una reconstrucción de las dos naves que formaron parte de la expedición por las cercanías del objeto SAG YY. Es un agujero negro o, más concretamente, una peculiaridad en estado de rotación extremadamente rápido.

—*Ya sé lo que es, Sigfrid.*

—Sí. Lo sabes. Debido a su rotación, la velocidad de traslación de lo que denominamos su umbral de contingencia o discontinuidad de Schwarzschild sobrepasa la velocidad de la luz, y por eso no es totalmente negro; la verdad es que puede verse gracias a lo que llamamos radiación Cerenkov. Fue a causa de los datos obtenidos por los diversos instrumentos sobre algunos aspectos de la peculiaridad por lo que tu expedición recibió una prima de diez millones de dólares, aparte de la suma ya convenida, y que, junto con otras cantidades de menor importancia, forman tu presente fortuna.

—También lo sé, Sigfrid.

Una pausa.

—¿Te importaría decirme qué más sabes acerca de ello, Bob?

Una pausa.

—No creo que pueda, Sigfrid.

Otra pausa.

UNA NOTA SOBRE NUTRICIÓN

Pregunta: ¿Qué comían los Heechees?

Profesor Hegramet: Yo diría que lo mismo que nosotros. De todo. Creo que eran omnívoros, y comían lo que encontraban. En realidad no sabemos nada de su régimen alimenticio, excepto lo que puede deducirse por las misiones que fueron a la capa cometaria.

Pregunta: ¿Unas misiones que fueron a la capa cometaria?

Profesor Hegramet: Por lo menos hay cuatro misiones registradas que no llegaron a una estrella concreta, sino que únicamente salieron del sistema solar. Fueron al lugar donde está la capa de cometas, ya saben, más o menos a medio año-luz de distancia. Las misiones están clasificadas como fracasos, pero yo no opino así. He estado presionando a la Junta para que las promueva con bonificaciones científicas. Tres de ellas llegaron al enjambre de meteoritos. La otra emergió junto a un cometa, todo a cientos de U. A. de distancia. Naturalmente, los enjambres de meteoritos suelen ser restos de antiguos cometas ya desaparecidos.

Pregunta: ¿Está diciendo que los Heechees comían cometas?

Profesor Hegramet: Comían las sustancias que forman los cometas. ¿Saben cuáles son? Carbono oxígeno, nitrógeno, hidrógeno... los mismos elementos que nosotros comemos para desayunar. Creo que utilizaban los cometas como materia prima para elaborar lo que comían. Creo que una de estas misiones hacia la capa cometaria descubrirá tarde o temprano una fábrica de alimentos Heechee, y entonces quizá deje de haber gente que se muera de hambre.

Ni siquiera me apremia para que lo intente. Sabe que no es necesario. Yo mismo quiero intentarlo y sigo su ejemplo. En todo eso hay algo sobre lo que no puedo hablar, sobre lo que incluso me aterra pensar; pero en torno a ese terror central hay algo de lo que sí puedo hablar, y esto es la realidad objetiva.

—No sé lo que sabes acerca de las peculiaridades, Sigfrid.

—Digamos que lo que tú piensas es lo único que debo saber, Bob.

Apago el cigarrillo que estaba fumando y enciendo otro.

—Bueno —digo—, los dos sabemos que si realmente quisieras informarte sobre las peculiaridades sólo tendrías que recurrir al banco de datos de algún sitio, y obtendrías una descripción mucho más exacta y detallada que la mía, pero de todos modos... El peligro de los agujeros negros es que son trampas. Doblan la luz. Doblan el tiempo. Una vez has entrado no puedes salir. Sólo que... sólo que...

Al cabo de un momento, Sigfrid intercaló:

—Puedes llorar si lo deseas, Bob —lo cual me hace darme cuenta de qué es lo que estoy haciendo.

—¡Dios mío! —exclamo, sonándome con uno de los pañuelos que siempre coloca a mi alcance sobre la alfombra. Espera.

—Sólo que yo sí salí —digo.

Y Sigfrid hace algo que nunca hubiera esperado de él, se permite una broma.

—Eso —dice— es bastante obvio, desde el momento que estás aquí.

—Esto es agotador, Sigfrid —protesto.

—Estoy seguro de que para ti lo es, Bob.

—Me gustaría beber algo.

Clic.

—El armario que está detrás de ti —dice Sigfrid—, el que acaba de abrirse, contiene un jerez bastante bueno. Lamento decirte que no está hecho de uva; el servicio sanitario no puede permitirse ciertos lujos. Sin embargo, no creo que te des cuenta de sus orígenes de gas natural. Ah, también tiene una pizca de THC para calmar los nervios.

—¡Cristo! —exclamo, habiendo agotado todas las interjecciones existentes para manifestar sorpresa.

El jerez es tal como él ha dicho, y siento cómo su calor se extiende por todo mi cuerpo.

—Está bien —empiezo—. Vamos a ver; cuando regresé a Pórtico ya nos habían dado por perdidos. Habíamos acumulado un retraso de casi un año. Esto se debe a que estuvimos *casi* dentro del horizonte crítico. ¿Sabes lo que es la dilatación de tiempo?... Oh, no importa —prosigo, antes de que pueda contestar—, era una pregunta retórica. Lo que quiero decir es que lo ocurrido fue un fenómeno que llaman dilatación de tiempo. Te acercas mucho a una peculiaridad y eso es lo que ocurre. Lo que, para nosotros, debió de ser un cuarto de hora, fue casi un año de tiempo normal... en Pórtico, aquí o cualquier lugar del universo no relativista. Y...

Bebo otro trago, y después prosigo con valentía:

—Y si hubiéramos llegado más abajo, habríamos ido más lentamente. Cada vez más lentamente. Un poco más cerca, y esos quince minutos se habrían convertido en una década. Aun un poco más cerca, y habría sido un siglo. Así de cerca llegamos, Sigfrid. Casi estábamos atrapados todos nosotros.

»Pero yo salí.

Se me ocurre una cosa y lanzo una mirada al reloj.

—Hablando de tiempo, ¡ya hace cinco minutos que ha terminado mi hora!

—Esta tarde no tengo ninguna otra entrevista, Bob.

Le miro fijamente.

—¿Qué?

Con gran amabilidad:

—Las he anulado todas antes de que tú llegaras, Bob.

No vuelvo a decir «Cristo», pero desde luego lo pienso.

—¡Me haces sentir acorralado, Sigfrid! —grito airadamente.

—No te obligo a quedarte más de una hora, Bob. Sólo quiero decirte que tienes esa opción.

Lo medito un rato.

—Eres una computadora insoportable, Sigfrid —digo—. Está bien. Bueno, verás, no había forma de que pudiéramos salir de allí, considerados como una unidad. Nuestras naves estaban atrapadas, mucho más allá del punto de retroceso, y no había modo de volver a casa. Pero el viejo Danny A. era un tipo listo. Sabía todo lo que se puede saber respecto a los agujeros negros. Considerados como una unidad, estábamos perdidos.

»¡Pero no éramos una unidad! ¡Éramos dos naves! ¡Y cada una de ellas podía dividirse en dos! ¡Y si lográbamos transferir la aceleración de una parte de nuestro sistema a la otra... ya sabes, impulsar una parte de nosotros hacia dentro del pozo y, al mismo tiempo, impulsar la otra parte hacia arriba y hacia fuera... una *parte* de la unidad podría salir!

Una larga pausa.

—¿Por qué no tomas otra copa, Bob? —ofrece solícitamente Sigfrid—. Cuando dejes de llorar, quiero decir.

30

¡Miedo! Había tanto terror dentro de mí que ya ni siquiera lo notaba; mis sentidos estaban saturados; no sé si grité o balbucí, sólo sé que obedecí a Danny A. en todo lo que dijo. Hicimos retroceder las dos naves al mismo tiempo y las ensamblamos por el módulo; una vez lo conseguimos, intentamos trasladar los mecanismos, instrumentos, ropa, todo lo que podía transportarse de la primera nave a los espacios libres de la segunda que pudimos encontrar, a fin de hacer sitio para diez personas donde cinco cabían a duras penas. De mano en mano, de delante atrás, todo pasó de una nave a otra en pocos minutos. Los riñones de Dane Metchnikov debieron recibir más de un golpe; él era el que estaba en los módulos, cambiando los interruptores medidores de combustible para quemar hasta la última gota de hidrógeno. ¿Sobreviviríamos a ello? No había forma de saberlo. Las dos Cinco estaban acorazadas, y no esperábamos dañar los cascos de metal Heechee. Sin embargo, el contenido de los cascos seríamos nosotros, todos nosotros reunidos en el que saliera despedido —o en el que nosotros confiábamos que saldría despedido— y la verdad es que no había modo de saber si ocurriría así o si, de todos modos, quedaríamos convertidos en una masa de gelatina. Sólo disponíamos de unos pocos minutos, no demasiados. Debí de cruzarme veinte veces con Klara en el espacio de diez minutos, y recuerdo que una vez, la primera, nos besamos. Por lo menos aproximamos nuestros labios, y éstos se rozaron. Recuerdo haber aspirado su perfume y que una vez levanté la cabeza porque el olor a aceite de almizcle era muy fuerte y no la vi, y casi enseguida lo olvidé nuevamente. Y todo el rato, por una pantalla u otra, aquella inmensa y funesta bola azul nos vigilaba desde el exterior; las veloces sombras de su superficie, que eran efectos de fase, formaban aterradores dibujos; la poderosa atracción de sus ondas de gravedad nos arrastraba hacia allí. Danny A. estaba en la cápsula de la primera nave, controlando el tiempo y tirando sacos y paquetes por la compuerta del módulo para que los fueran pasando, a través de la compuerta, a través de los módulos, hasta la cápsula de la segunda nave, donde yo los apartaba de cualquier manera a fin de hacer sitio para más.

—¡Cinco minutos! —gritó, y—: ¡Cuatro minutos! *¡Tres minutos, ya podéis soltar ese maldito plomo!* —Y después—: ¡Ya está! ¡Todos vosotros! ¡Dejad lo que estáis haciendo y subid inmediatamente!

Así lo hicimos. Todos nosotros. Todos menos yo. Oí que los otros gritaban, y después me llamaban; pero yo me había quedado atrás, nuestro módulo estaba bloqueado y no podía pasar a través de la compuerta. Agarré un saco de lona para quitarlo de en medio, justo cuando Klara gritaba por la radio TBS:

—¡Bob! ¡Bob, por el amor de Dios, ven enseguida!

Comprendí que ya era tarde; bajé la compuerta y la cerré herméticamente, mientras oía gritar a Danny A.:

Querida Voz de Pórtico:

El miércoles de la semana pasada estaba atravesando el estacionamiento del Supermercado Safeway (adonde había ido para depositar mis pólizas de comida) y me dirigía hacia la parada del autobús, que me llevaría a mi apartamento, cuando vi una extraña luz verde. Una rarísima nave espacial aterrizó a poca distancia. Cuatro hermosas, aunque minúsculas, mujeres, vestidas con unas etéreas túnicas blancas, salieron de ella y me inmovilizaron por medio de un rayo paralizador. Me tuvieron prisionero en su nave durante diecinueve horas. A lo largo de ese tiempo me sometieron a ciertas indignidades sexuales que el honor me impide revelar. La jefe de las cuatro, cuyo nombre era Moira Glow-Fawnn, declaró que, como nosotros, no habían logrado superar totalmente su herencia animal. Yo acepté sus disculpas y consentí en transmitir cuatro mensajes a la Tierra. Los mensajes Uno y Cuatro no puedo revelarlos hasta su debido tiempo. El mensaje Dos está dirigido al administrador de mi edificio de apartamentos. El mensaje Tres está destinado a los habitantes de Pórtico, y tiene tres partes: 1, tienen que dejar de fumar inmediatamente; 2, no puede haber más enseñanza mixta hasta, por lo menos, el segundo año de universidad; 3, tienen que interrumpir la exploración del espacio. Nos vigilan.

Harry Hellison
Pittsburgh

—¡No! ¡No! ¡Espera...!
Esperar...
Esperar mucho, muchísimo tiempo.

A veces nos aplastan y otras nos quemamos,
y a veces estallamos en pedazos,
y otras engordamos con los derechos ganados,
y siempre nos domina el sobresalto.

Pero nada nos importa a los chicos...
¡Pequeño Heechee perdido, empieza a hacernos
*   [ricos!*

31

Al cabo de un rato, no sé cuánto, levanto la cabeza y digo:

—Lo siento, Sigfrid.

—¿Por qué, Bob?

—Por llorar de este modo.

Estoy físicamente agotado. Es como si hubiera corrido quince kilómetros a través de una tribu de enloquecidos indios chactas que me golpearan con porras.

—¿Ya te sientes mejor, Bob?

—¿Mejor? —Reflexiono un momento sobre esa estúpida pregunta, después hago inventario y, aunque ello me sorprende, me doy cuenta de que así es—. Pues sí. Creo que sí. No puedo decir que me sienta *bien*, pero sí mejor.

—Tómatelo con calma unos minutos, Bob.

Me llama la atención la estupidez de este consejo, y así se lo digo. Tengo la misma energía de una pequeña y artística medusa que lleva muerta una semana. No puedo hacer otra cosa más que tomármelo con calma.

Sin embargo, me encuentro mejor.

—Me siento —digo— como si al fin me hubiera enfrentado a mi culpa.

—Y has sobrevivido.

Lo medito unos instantes.

—Creo que sí —contesto.

—Estudiemos esta cuestión de la culpabilidad, Bob. ¿De qué te sientes culpable?

—¡De haber matado a nueve personas para salvarme yo, imbécil!

—¿Te han acusado alguna vez de eso? Alguien que no seas tú, quiero decir.

—¿Acusado? —Vuelvo a sonarme, sin dejar de

NOTIFICACIÓN DE INGRESO

Para Robinette Broadhead:

1. Se confirma que su combinación de rumbo hacia Pórtico permite un ahorro global de tiempo en los viajes de ida y vuelta de aproximadamente 100 días sobre el rumbo fijado con anterioridad para los vuelos regulares.

2. Por decisión de la Junta, se le conceden unos derechos de descubrimiento del 1 por ciento sobre todas las ganancias de futuros vuelos que utilicen dicha combinación de rumbo, y un adelanto de $ 10.000 sobre dichos derechos.

3. Por decisión de la Junta, se le deduce la mitad de los mencionados derechos y adelanto como multa por los daños ocasionados a la nave utilizada.

Por lo tanto, se le ha INGRESADO en cuenta la siguiente cantidad:

Adelanto de derechos (Orden de la
    Junta A-135-7), menos deducción
    (Orden de la Junta A-135-8): $ 5.000
Su SALDO actual es: $ 6.192

---

pensar—. Pues, no. ¿Por qué iban a hacerlo? Cuando regresé era poco menos que un héroe. —Pienso en Shicky, tan amable, tan cariñoso; y en Francy Hereira, que me sostuvo entre sus brazos mientras yo gemía, a pesar de haber matado a su prima—. Ellos no estaban allí; no me vieron volar los depósitos para salvarme.

—¿De verdad fuiste tú quien voló los depósitos?

—Oh, demonios, Sigfrid —digo—. No lo sé. Iba hacerlo. Ya tenía el dedo en el botón.

—¿Crees que es lógico que el botón de la nave que pensarais abandonar hiciera explotar los depósitos de los módulos?

—¿Por qué no? No lo sé. De todos modos —prosigo—, no podrás darme ninguna excusa en la que yo mismo no haya pensado. Yo sé que quizá Danny o Klara apretaran el botón antes que yo. ¡Pero yo estaba dispuesto a hacerlo!

—¿Y qué nave pensabas que saldría despedida?

—¡La suya! La mía —me corrijo—. No, no lo sé.

Sigfrid dice gravemente:

—La verdad es que hiciste lo único que podías hacer. Sabías que no todos podíais sobrevivir. No había tiempo. La única elección posible era que algunos de vosotros murierais, en lugar de todos. Tú sólo decidiste que alguien se salvara.

—¡Estupideces! ¡Soy un asesino!

Una pausa, mientras los circuitos de Sigfrid meditan lo que he dicho.

—Bob —empieza prudentemente—, creo que te estás contradiciendo. ¿No me habías explicado que ella sigue viva en aquella discontinuidad?

—¡Todos siguen vivos! ¡El tiempo se ha detenido para ellos!

—Entonces, ¿cómo puedes decir que has matado a alguien?

—¿Qué?

Él repite:

—¿Cómo puedes decir que has matado a alguien?

—... No lo sé —digo—, pero sinceramente, Sigfrid, ya no quiero seguir pensando en ello.

—No hay motivo para que lo hagas, Bob. Me pregunto si te das cuenta de todo lo que has adelantado durante las últimas dos horas y media. ¡Estoy orgulloso de ti!

Y, aunque parezca extraño o incongruente, le creo; fichas, circuitos Heechee, hologramas y todo, y es un gran alivio para mí poder creerlo.

—Puedes irte cuando quieras —me dice, levantándose y volviendo a su mecedora del modo más humano posible, ¡incluso sonriéndome!—. Sin embargo, me gustaría enseñarte una cosa.

Mis defensas han quedado reducidas a la nada, de modo que me limito a preguntar:

—¿Qué, Sigfrid?

—Esa otra habilidad nuestra que antes he mencionado, Bob —dice—, la que nunca hemos utilizado. Me gustaría enseñarte a otro paciente que tuve hace tiempo.

—¿Otro paciente?

Me dice amablemente:

—Mira hacia el rincón, Bob.

Miro...

... y ahí está ella.

—¡Klara!

En cuanto la veo comprendo dónde lo ha obtenido Sigfrid; de la máquina que Klara consultaba en Pórtico. Está suspendida allí, con un brazo encima de un fichero, los pies flotando perezosamente en el aire, hablando seriamente; sus tupidas cejas negras se fruncen y sonríen, y su cara esboza una sonrisa, y hace una mueca, y después parece dulce e invitadoramente relajada.

—Si quieres, puedes oír lo que dice, Bob.

—¿Quiero?

—No necesariamente. Sin embargo, no hay razón para tener miedo. Ella te amaba, Bob, del mejor modo que sabía. Igual que tú.

La miro largo rato, y después digo:

—¡Desconéctala, Sigfrid!

Una vez en la sala de recuperación, estoy a punto de quedarme dormido. Nunca he estado tan relajado.

Me lavo la cara, fumo otro cigarrillo, y después salgo a la difusa luz del día bajo la Burbuja, donde todo me parece bonito y amable. Pienso en Klara con amor y ternura, y le digo adiós en mi corazón. Después pienso en S. Ya., con quien tengo una cita por la noche..., ¡a la que quizá ya llegue tarde! Pero ella me esperará; es una buena persona, casi tanto como Klara.

Klara.

NOTIFICACIÓN DE INGRESO

Para Robinette Broadhead:

Se le han INGRESADO en cuenta las siguientes cantidades:

Bonificación garantizada para la misión 88-90A y 88-90B (total de supervivencia):	$ 10.000.000
Bonificación científica otorgada por la Junta:	$ 8.500.000
Total:	$ 18.500.000
Su SALDO actual es:	$ 18.506.036

Me detengo en mitad de la calle, y la gente tropieza conmigo. Una viejecita se acerca lentamente a mí y me pregunta:

—¿Le ocurre algo?

Me la quedo mirando, y no contesto; después doy media vuelta y me dirijo nuevamente hacia el consultorio de Sigfrid.

Allí no hay nadie, ni siquiera un holograma.

Grito:

—¡Sigfrid! ¿Dónde demonios te has metido?

Nadie. No me contestan. Ésta es la primera vez que entro en la habitación sin que esté convenientemente decorada. Ahora veo lo que es real y lo que era holograma; y casi nada es real. Paredes de metal en polvo, pernos para los proyectores. La alfombra (real); el armario de los licores (real); algunos otros muebles que podría querer tocar o usar.

Pero ni rastro de Sigfrid. Ni siquiera la silla donde normalmente se sienta.

—¡Sigfrid!

Sigo gritando, con el corazón en la garganta y la cabeza dándome vueltas.

—¡Sigfrid! —chillo, y al fin veo una especie de neblina, un destello, y aparece ante mí en su caracterización de Sigmund Freud, mirándome cortésmente.

—¿Sí, Bob?

—¡Sigfrid, es verdad que la maté! ¡Se ha ido!

—Veo que estás trastornado, Bob —me dice—. ¿Quieres decirme qué te preocupa?

—¡Trastornado! Te has quedado corto, Sigfrid, ¡soy una persona que mató a otras nueve personas para salvar su vida! ¡Quizá no «realmente»! ¡Quizá no «intencionadamente»! ¡Pero, a sus ojos, yo los maté, igual que a los míos!

—Pero, Bob —responde pacientemente—, ya hemos hablado de todo esto. Ella sigue estando viva; todos lo están. El tiempo se ha detenido para ellos...

—Lo sé —gimo—. ¿Es que no lo entiendes, Sigfrid? Éste es el punto. No sólo la maté, sino que *aún estoy matándola.*

Con mucha paciencia:

—¿Crees que lo que acabas de decir es cierto, Bob?

—¡*Ella* cree que sí! Ahora y siempre, mientras yo viva. Para ella no han transcurrido los años desde entonces; sólo han transcurrido unos minutos y así será durante toda mi vida. Yo estoy aquí abajo, haciéndome viejo, y tratando de olvidar, y Klara está allí arriba, en Sagitario YY, flotando de un lado a otro.

Me dejo caer sobre la desnuda alfombra de plástico, sollozando. Poco a poco, Sigfrid ha ido redecorando todo el consultorio, añadiendo un objeto y otro. Varias piñatas cuelgan sobre mi cabeza, y hay un holograma del lago Garda en Sirmione en la pared, aerodeslizadores, veleros y bañistas divirtiéndose.

—Deja salir el dolor, Bob —dice Sigfrid amablemente—. Deja que salga todo.

—¿Qué crees que estoy *haciendo*? —Doy la vuelta sobre la alfombra de espuma, y me quedo mirando el techo—. Yo podría sobreponerme al dolor y la culpabilidad que siento, Sigfrid, si *ella* pudiera. Pero para ella no ha terminado. Está allí fuera, inmovilizada en el tiempo.

—Continúa, Bob —me anima.

—Estoy continuando. Cada segundo es todavía el segundo más reciente para ella..., el segundo en el que sacrifiqué su vida para salvar la mía. Yo viviré, me haré viejo y moriré antes de que ella haya dejado de vivir ese segundo, Sigfrid.

—Continúa, Bob. Dilo todo.

—¡Ella piensa que la he traicionado, y lo está pensando *ahora*! No puedo vivir sabiendo una cosa así.

Hay un largo silencio, y después Sigfrid dice:

—Sin embargo, lo haces.

—¿Qué?

Mis pensamientos estaban a miles de años-luz de distancia.

—Sigues viviendo a pesar de ello, Bob.

—¿Llamas a esto vivir? —contesto irónicamente, mientras me incorporo y me sueno con otro de sus interminables pañuelos de papel.

—Observo que respondes con gran rapidez a todo lo que digo, Bob —comenta Sigfrid—, y a veces me parece que tu respuesta es un contragolpe. Reaccionas ante lo que digo con palabras. Deja que esto cale en ti: tú *estás* viviendo.

—... Bueno, supongo que así es.

Es bastante cierto; no es demasiado gratificador.

Otra larga pausa, y después Sigfrid dice:

—Bob, sabes que soy una máquina. También sabes que mi función es tratar con sentimientos humanos. Yo no puedo *sentir* los sentimientos. Sin embargo, puedo representarlos con modelos, analizarlos y evaluarlos. Puedo hacerlo por ti. Incluso puedo hacerlo por mí mismo. Puedo construir un paradigma dentro del cual pueda valorar las distintas emociones. ¿La culpabilidad? Es algo muy doloroso; por esta misma causa, es un modificador de conducta. Puede influenciarte para impedir acciones inductoras de culpabilidad, y esto es algo muy útil para ti y para la sociedad. Sin embargo, no puedes utilizarla si no la sientes.

—¡Pero yo sí! ¡Dios mío, Sigfrid, tú sabes que la siento!

—Lo que sé —contesta— es que ahora te permites sentirla. Ha salido al exterior, donde puedes hacer que trabaje para ti, no sigue enterrada donde sólo podía dañarte. Para eso estoy yo, Bob; para sacar tus sentimientos adonde puedas usarlos.

—¿Incluso los malos? ¿Culpabilidad, miedo, dolor, envidia?

—Culpabilidad. Miedo. Dolor. Envidia. Los motivadores. Los modificadores. Las cualidades que yo, Bob, no poseo, excepto en un sentido hipotético, cuando hago un paradigma, y me las asigno para su estudio.

Hay otra pausa. Ésta me produce una extraña sensación. Las pausas de Sigfrid están normalmente encaminadas a darme tiempo para asimilar algo, o a permitirle computar algunos factores complicados de mi personalidad. Esta vez no creo que se trate de esto. Está pensando, pero no en mí. Al fin me dice:

—Por lo tanto, ahora puedo contestar a lo que me has preguntado, Bob.

—¿Preguntarte? ¿Qué te he preguntado?

—Me has preguntado: «¿Llamas a esto vivir?» Y yo te contesto: Sí. Esto es exactamente lo que yo llamo vivir. Y, en mi mejor sentido hipotético, te envidio por ello.